NF文庫
ノンフィクション

戦死率八割──予科練の戦争

久山 忍

潮書房光人新社

はじめに——予科練のことなど

海軍、飛行機ことはじめ

明治三八年（一九〇五年）、日露戦争が終わったころから、「海外では、どうやら飛行機が兵器として実用化されつつあるらしい」という情報が日本に入りはじめた。そこで海軍が、「それでは研究してみるか」ということになり、明治の終わりころ、アメリカとフランスから水上機を購入し、日本の技術者たちが研究をはじめた。

パイロットの養成については海軍兵学校を卒業した若い士官を海外に派遣して行った。それが大正元年ころである。後に花形となる航空隊のはじまりは、まことに密やかなものであった。

大正三年（一九一四年）になると第一次世界大戦が起こる。この戦争で飛行機が軍事兵器として初めて使われた。以後、飛行機の性能が飛躍的に向上する。

日本海軍が航空隊をつくったのが大正五年（一九一六年）である。航空隊発足当時のパイロットは海軍兵学校を卒業した士官にかぎられた。しかし、航空隊をつくってはみたが空を飛べる兵隊がいない。指揮官ばかり育てても兵隊がいないと戦闘にならない。

こういった事情から、軍艦に乗っている兵隊から適性のある者を吸い上げてパイロットに育てることにした。これが大正五年からはじまった下士官搭乗員制度である。この制度は、

飛行術練習生→航空術練習生→飛行練習生

と名前が変わり、昭和五年以降は、

操縦練習生

という名前におちついた。これがいわゆる、「操練」である。この制度によって士官と下士官の比率が〝一対一〇〟となり、航空隊の主力が下士官パイロットになった。

幾多の名パイロットが生まれ、実戦においてもっとも活躍したのが、この操練出身者であった。

しかし、軍隊というのは徹底した階級社会である。現場で指揮をとるものは士官（少尉以上）でなければならず、いかに腕がよくても下士官が指揮官となって作戦を遂行することなどありえない。

航空隊で作戦を行なうためには、全パイロットの一五パーセントを士官がしめる必要がある。

ところが海軍兵学校の卒業者の数は限られており、しかもその多くが軍艦（戦艦、巡洋艦

等）に配属されるため、海軍兵学校出身の士官パイロットを増やすことは困難であった。

そこで、士官パイロットを補充するために創設されたのが〝少年航空兵制度〟である。全国から優秀な少年を集め、優れたパイロットを量産し、ゆくゆくは士官パイロットに育てようとするものである。この制度は昭和五年からはじまった。

仮に、この制度によって一五歳で入隊した場合、特務士官（少尉）になるのは最短で二九歳である。一一年をかけて士官パイロットを養成する教育プランであった。

この少年航空兵というのは俗称で、正式には「飛行予科練習生」であり、飛行予科練習生の通称が「予科練（よかれん）」である。そして、この予科練の一期生だったのが、本書の冒頭に登場する伊藤進氏である。

海軍飛行予科練習生。この「七つボタン」の制服は昭和17年に制定

伊藤進氏は昭和五年に予科練に入隊し、昭和二〇年には大尉として首都の防空にあたった。そして終戦を迎え、九〇歳を大きく超えるまで長寿を保たれた。戦死率が極めて高い日本海軍のパイロットでは奇蹟的な存在である。

甲、乙、丙

予科練の第　期生は七九名であった。一五歳以上の高等小学校卒業者から採用された。競争率はじつに七〇倍以上であった。

予科練はもともと甲も乙もなかった。しかし、日中戦争が始まるとパイロットの消耗率が思ったよりも高く、士官パイロットの速成教育が必要となった。そして海軍は、昭和一二年から中学校四年（旧制）の学歴をもつ者を新たに予科練に入れた。これが甲種採用である。

これにより予科練は、

甲種飛行予科練習生（通称、甲飛）
中学校（旧制）四年一学期修了、昭和一二年から採用
乙種飛行予科練習生（通称、乙飛）
高等小学校卒業者、昭和五年から採用

となった。さらに昭和一六年になると、先に述べた操縦練習生（操練）が、
丙種飛行予科練習生（通称、丙飛）
となり、これにより、予科練は甲種、乙種、丙種に三分されることになる。

甲種予科練	略して甲、または甲飛と言った。中学校四年一学期修了程度の学力のある者を対象に採用した。甲一三期から三年修了程度となり、甲一六期から二年修了程度となった。甲種は、予科練の修業期間も短く、階級があがるのも早かった。この制度は昭和一二年からでき、終戦まで続き、一六期まで採用された。

乙種予科練	昭和五年から予科練の制度ができ、正式に「乙種」と称するようになったのは、甲種ができた昭和一二年からである。終戦間際に甲一六期が中学二年から採用されることになり、実質的に乙とかわりなく、甲乙が合併し、甲一六期となった。乙種予科練は二四期まで採用された。
丙種予科練	徴兵、または志願して海兵団に入団した者の中から採用した。年齢は徴兵年齢（満二〇歳）になっている者が多く、予科練の中では最も高齢者である。したがって、予科練の修業期間も一番短い。しかし階級があがるのは遅かった。

飛練	正しい呼び方は時期によって異なるが、最も多く使われたのが「飛行術練習生」であり、略して「飛練（ひれん）」といった。飛練には操縦と偵察の二通りがあり、予科練を卒業した操縦術、偵察術の練習生が、別々の航空隊に入隊し、全く違う訓練を行なった。昭和二〇年三月、操縦は四二期、偵察は四一期で飛練は閉鎖となった。 飛練教育課程が終わると、その延長教育として、実用機教程を受けに実施部隊（実戦部隊のこと）のある航空隊に、機種別（戦闘機、爆撃機等）に分かれて配属されていく。ただし、偵察はこの実用機教程がなく、すぐに作戦部隊、実施部隊に行き、錬成教育をうけた。 実用機教程が終わった時点で、はじめて飛行術章と呼ばれる特技章を付与され（偵察は飛練が修了したときに付与）、作戦部隊に配属され、戦闘に参加することになる。

飛行予科練習生修業期間（短縮状況）

	昭和一八年五月二二日改変（三月一一日から適用）	昭和一八年八月二二日改変
甲種	一年六ヵ月	六ヵ月
乙種	二年六ヵ月	一年八ヵ月
特乙種	一年	六ヵ月
丙種	六ヵ月	三ヵ月

――『予科練 甲十三期生』高塚篤著（原書房）より

予科練の修業期間は、おおむね、

乙種　三年
甲種　一年六ヵ月
丙種　六ヵ月

であったが、戦況により変更を繰り返している。

特筆すべきは昭和一八年の改変である。昭和一八年の中旬から、戦況の悪化に伴って予科練も大量採用の時代を迎えるのだが、昭和一八年五月に教育錬成のため一定期間の修業期間を定めておきながら、その三ヵ月後には修業期間を半分にするという恐るべき短縮を行なっている。早く飛練に入れて操縦技術を身に付けさせ、一刻も早く戦線に出すためである。

予科練の修業期間が短くなるということは、それだけ年少で死地に赴くことになるという

学年と年齢

年齢	戦前		現在	
6～7	尋常小学校１年		小学校１年	
7～8	尋常小学校２年		小学校２年	
8～9	尋常小学校３年	義務	小学校３年	義務
9～10	尋常小学校４年		小学校４年	
10～11	尋常小学校５年		小学校５年	
11～12	尋常小学校６年		小学校６年	
12～13	高等小学校１年	任意		
13～14	高等小学校２年			
12～13	中学校１年		中学校１年	
13～14	中学校２年		中学校２年	義務
14～15	中学校３年		中学校３年	
15～16	中学校４年		高校１年	
16～17	中学校５年		高校２年	任意
17～18	高等学校１年	任意	高校３年	
18～19	高等学校２年		大学１年	
19～20	高等学校３年		大学２年	任意
20～21	大学１年		大学３年	
21～22	大学２年		大学４年	
22～23	大学３年			

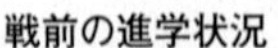
戦前の進学状況

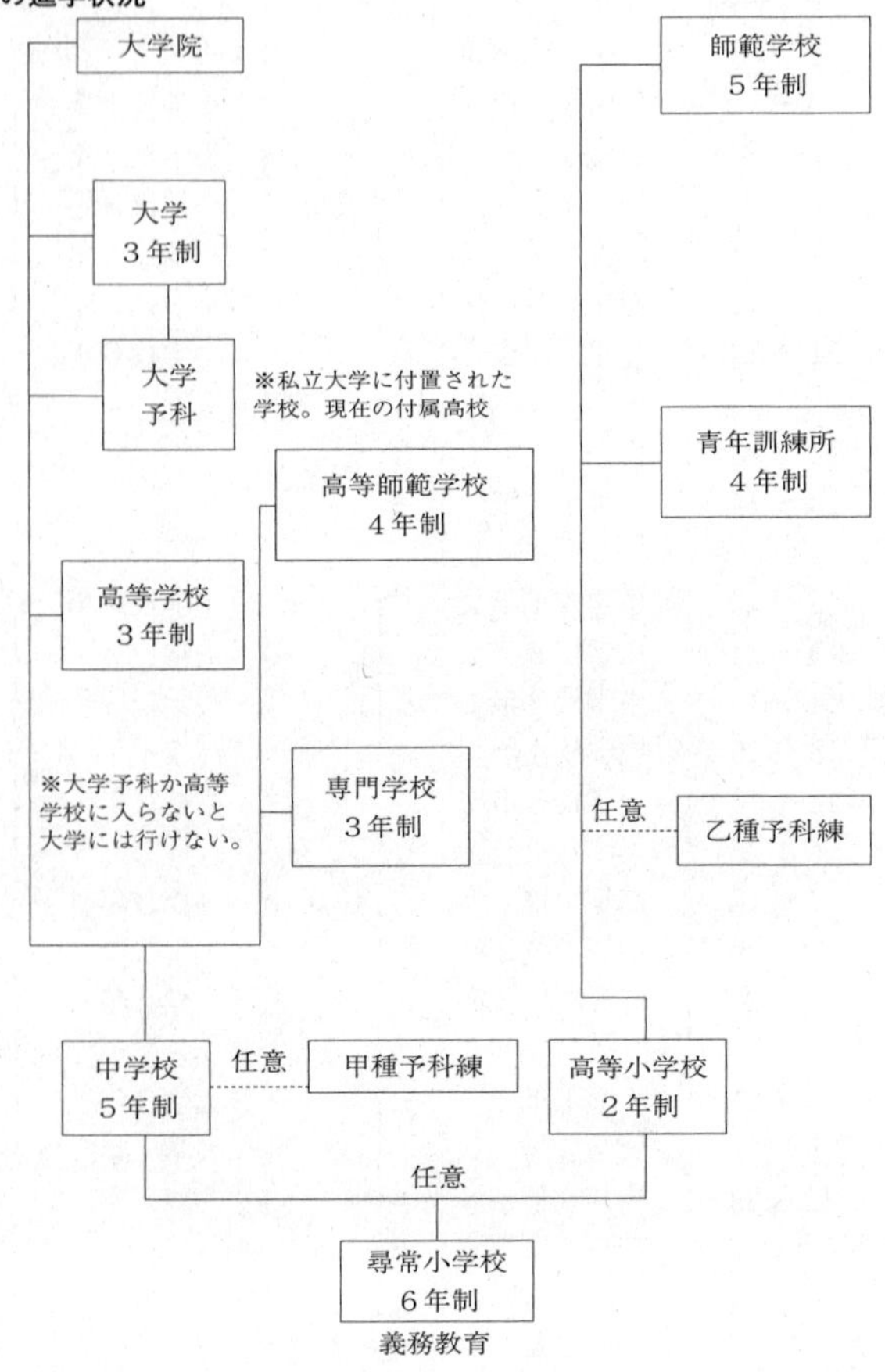
大学院
大学
3年制
大学
予科
※私立大学に付置された学校。現在の付属高校
高等師範学校
4年制
高等学校
3年制
※大学予科か高等学校に入らないと大学には行けない。
専門学校
3年制
中学校
5年制
任意
甲種予科練
師範学校
5年制
青年訓練所
4年制
任意
乙種予科練
高等小学校
2年制
任意
尋常小学校
6年制
義務教育

ことである。それまでは今の高校を卒業した年齢で第一線に配置されていたのが、この改変により、高校一、二年で戦場に送り出されることになったのである。そのうちの少なくない数の少年たちが、特攻に駆り出された。酷い話である。

甲飛、乙飛、丙飛の違いは、採用学歴のちがいだと思ってよい。今でも会社や役所が若者を採用するとき学歴によって待遇が異なる。それと同じである。

甲だの乙だのを理解するためには、当時の教育制度を大まかに知る必要があるのだが、これが私にとってはまことにややこしく、実感として理解しにくい。

おおざっぱにまとめると一〇ページの表となる。

尋常小学校を卒業すると、資産と学力がある子供は中学校に進む。この中学進学者のうち、一部の者が高等学校に進む。大学に行けるのは高等学校（あるいは大学予科）を卒業した者だけである。

戦前は農村が主体で、工業化もすすんでおらず、国民は総じて貧しかった。日本の総世帯の七〇パーセントが農業で生計を立てていた時代であった。

尋常小学校を卒業後、中学校に進む者は約二〇パーセントであった。子供たちのうち七〇パーセントは高等小学校に進学した。この高等小学校が今の公立の中学校と考えてよいだろう。ただし高等小学校は義務教育ではなかっ

昭和11年当時の全国の学校数（概数）

	中学校	高等学校	大学
数	559	32	45
生徒数	352,000	17,100	72,200

たので授業料はとられた。尋常小学校を卒業後、家が極貧のため上級の学校に進まない子供は全体の約一〇パーセントを占めた。

中学校に入った者は、一応、エリートコースのスタートラインに立ったことになり、様々な優遇措置が与えられる。予科練でいえば甲種と乙種の違いである。

両者を簡単に比較すると、

甲飛（甲種飛行予科練習生）

一五、六歳で入隊。一六歳で入隊した場合、二三歳で特務士官（少尉）になることができた。

乙飛（乙種飛行予科練習生）

一四歳で入隊。二九歳で特務士官（少尉）になることができた。

となる。本書に登場する青井潔氏と戸張礼記氏は甲種である。つまり中学校から予科練に入った組である。

昭和一二年以降、甲種ができたことで、これまでの予科練生は乙種と呼ばれることになった。

最初に乙種と呼ばれた予科練生は不愉快であったろう。「俺たちの方が早く入ったのに、なぜ〝乙〟なのか」と腹を立てたにちがいない。しかも進級に差がつく。甲種と乙種では一歳しか違わないのに、最終的に少尉になるのに六年も差があるのである。乙種の予科練生にとって面白いはずがない。甲種と乙種は、同年代だけになにかと対立したという。

選ばれし若者たちの死について

予科練の課程では飛行機には乗らない。予科練は、海軍軍人としての基礎訓練やパイロットに必要な基礎知識を勉強する場である。二学年制で、一学年が終了すると、操縦と偵察に分けられ、それぞれ違った訓練を受ける。誰もが操縦に行きたがり、偵察に回ると相当の精神的なショックを受けた。

予科練が終わると、はじめて飛行機（通称「赤とんぼ」と呼ばれる練習機）に乗って訓練がはじまる。これが飛練教育である。青井潔氏（甲一二期）の手記では、この飛練教育におけるすさまじい制裁の体験が記されている。

戸張礼記氏（甲一四期）は、予科練に入ったが、連合軍が本土を攻撃してきたため予科練教育が中止となり、東北に運ばれて特攻要員となった。戸張氏の手記は、飛ぶことがなかった予科練経験者の話で興味深い。

アメリカのパイロットは大学を卒業した者に限られ、パイロットは全て将校（少尉以上）であった。しかし、大学が少ない日本ではそうもいかず、希望者を募り、厳しい試験に合格した優秀な少年にまず基礎教育を施し、その後に操縦を教えたのである。

この制度をつくった海軍としては、少年のうちから訓練をはじめれば高い操縦技術を身につけることができ、大学を卒業してから操縦訓練をはじめるアメリカのパイロットを技術によって凌駕できるだろうという目論見があったはずである。

予科練平和記念館の資料によると、全国の予科練卒業者のうち、戦争に参加した数は二万四〇〇〇人で、そのうち戦死した者は一万九〇〇〇人である。じつに八〇パーセントが亡くなっている。高名な『予科練外史』を書いた倉町秋次氏も、予科練卒業者の約八〇パーセントが戦死したと記しているから、この数字が近似値なのであろう。ひとつの教育機関の卒業者が八〇パーセントも死亡したというのは尋常な数字ではない。

一六〜一九ページの表は予科練の入校者と戦死者数である。

少しだけ、数字を見た感想を述べる。

目につくのは甲種一三期以後の採用数の多さである。甲種一二期の約三二〇〇人に対し、甲種一三期は二万八〇〇〇人、甲種一四期は四万八〇〇〇人を採用している。

甲種一三期が採用された昭和一八年一〇月といえば、ソロモン諸島の戦闘で、日本海軍航空隊が大消耗している時期にあたる。つまりパイロットが大いに不足したため、養成期間が短い甲種採用を急激に増やし、全国の中学生をかき集め、予科練から飛練教育までを短期間でやったのである。

高塚篤氏の本（『予科練 甲十三期生』）によると、採用年齢に達した中学生が講堂に集められ、半ば強制的に志願させられたと書いてある。当時の中学校は全国でも五〇〇から六〇〇〇校しかなく、生徒数も三〇万から四〇万程度であった。

体力と学力に秀でた数万人の中学生を採用するためには、その何倍もの人間が受験しなければならない。学校ごとに志願者数を割り当てするなど、かなりの無理をしたものと思われる。この場合、自ら喜んで志願した者も多かったであろうが、周囲から説得されて泣く泣く予科練に行った者も少なくなかったであろう。

国が法律に基づいて行なう徴兵は二〇歳から行なわれるが、海軍独自の制度である予科練の採用であれば十代半ばから集められる。甲種一三期以降の募集状況を見る限り、予科練の制度は戦争が後半に至ると半ば「徴兵制度」と化し、中学生たちに迫っていたのかもしれない。

甲種一三期の飛練教育が終わるころ戦局は末期となった。戦争が終わる直前に飛練教育が終了してしまったのである。そのため、甲種一三期生たちは、卒業するや否や陸海空の特攻兵器の搭乗員に配属された。空を自由に飛ぶことを夢みて訓練に励んだ若者を待っていたのは、逃げ場のない「特攻」の世界であった。高塚氏は自著にこう書いている。

私の同期（甲十三期）は二万八千名。その人数は、一期上の甲十二期の三千名の十倍近くにもなる。そして、この二万八千名が配置されたのは、飛行兵として志願していながら航空機搭乗員だけでなく、水上、水中特攻、そのほか、陸上等、終戦時における日本海軍のあらゆる特攻の主力搭乗員になっていた。

そして、戦争末期を彩った壮挙である、神風特別攻撃隊、回天特別攻撃隊に参加し、沖縄その他で散華して行った同期もあれば、九三式中間練習機（赤トンボ）で特攻訓練を終

乙種飛行予科練習生

期	入校日	生徒数	死者	戦死率
1	5.6.1	79	49	62%
2	6.6.1	128	65	51%
3	7.6.1	157	105	67%
4	8.5.1	150	96	64%
5	9.6.1	200	109	55%
6	10.6.1	184	125	68%
7	11.6.1	204	168	82%
8	12.6.1	218	166	76%
9	13.6.1	200	167	84%
10	13.11.1	240	183	76%
11	14.6.1	393	293	75%
12	14.11.1	370	282	76%
13	15.6.1	294	227	77%
14	15.8.1	298	228	77%
15	15.12.1	620	447	72%
16	16.5.1	1,237	834	67%
17	16.12.1	1,209	547	45%
18	17.5.1	1,480	400	27%
19	17.12.1	1,500	113	0.8%
20	18.5.1	2,951	130	0.4%
21	18.12.1	4,359	56	0.4%
22	19.5.15	2,023	65	0.3%
	19.6.1	3,600	22	0.06%
	19.6.15	2,906		
	19.7.15	3,194		
23	19.8.1	4,654		
	19.8.15	1,658		
	19.8.20	1,682	107	0.6%
	19.9.15	1,281		
	19.10.15	1,224		
	19.11.15	2,907		
24	19.12.1	9,110		
	19.12.15	2,507		
	20.1.15	4,092		
	20.1.25	2,965		
	20.2.15	4,384		
	20.2.25	2,565		
	20.3.15	5,116		
	20.4.15	5,842		
	20.5.15	5,013		
	20.6.15	3,887		
合計		87,531	4,984	平均 0.6%

甲種飛行予科練習生

期	入校日	生徒数	死者	戦死率
1	12.9.1	250	182	73%
2	13.4.1	250	187	75%
3	13.10.1	260	223	86%
4	14.4.1	264	215	81%
5	14.10.1	258	215	83%
6	15.4.1	267	220	82%
7	15.10.1	323	261	81%
8	16.4.1	455	333	73%
9	16.10.1	851	630	74%
10	17.4.1	1,097	777	71%
11	17.10.1	1,191	733	62%
12	18.4.1	1,960	861	44%
	18.6.1	493	109	22%
	18.8.1	762	227	36%
13	18.10.1	11,092	481	4%
	18.12.1	16,896	492	3%
14	19.4.1	19,086	241	1%
	19.5.15	1,602	16	1%
	19.6.1	6,010	52	1%
	19.6.15	1,117	19	2%
	19.6.15	1,519	29	2%
	19.7.1	121	7	6%
	19.7.10	5,362	93	2%
	19.7.15	7669	2	0.02%
	19.7.15	1,057	16	2%
	19.8.15	1,429	21	1%
	19.9.15	1,624	27	2%
	19.10.15	1,617	23	1%
15	19.9.15	24,461	180	0.7%
	19.10.20	1,999	16	0.8%
	19.11.15	8,825	75	0.8%
		1,432	14	1%
16	20.4.1	10,788	38	0.4%
	20.4.15	204		
	20.4.25	864	2	0.2%
	20.5.15	497		
	20.6.1	942	1	0.1%
	20.6.15	858	79	9%
	20.6.25	2,789	6	0.2%
	20.7.15	2,183	1	0.04%
	20.7.25	5,524	3	0.05%
	20.8.25	386		
合計		139,730	7,114	平均5%

丙種飛行予科練習生

期	入校日	生徒数	死者	戦死率
1	15.10.1	31	25	81%
2	15.11.28	186	152	82%
3	16.2.28	402	348	87%
3と4	16.2.28 16.5.1	229	176	77%
4	16.5.1	358	302	84%
5	16.6.30	202	175	87%
6	16.8.30	376	304	81%
7	16.10.31	243	210	86%
7と8	16.10.31 16.12.27	306	243	79%
8と9	16.12.27	203	179	88%
9	16.12.27	128	102	80%
8と10	16.12.27 17.2.28	272	203	75%
10	17.2.28	329	252	77%
11	17.5.24	541	419	77%
12	17.7.20	181	131	72%
特別12	17.7.20	326	220	67%
特別11	17.8.1	276	223	81%
13	17.9.29	307	243	79%
14	17.11.30	313	234	75%
15	17.12.1	252	168	67%
特別15	17.12.1	485	326	67%
特別14	17.12.1	57	40	80%
16	18.1.31	321	250	78%
16と17	18.1.31 18.3.31	734	402	55%
17	18.3.31	204	127	62%
特別丙種	19.12.1	100	0	
合計		7,362	5,454	平均74%

乙種（特）飛行予科練習生

期	入校日	生徒数	死者	戦死率
1	18.4.1	1,584	826	52%
2	18.6.1	625	290	46%
3	18.8.1	526	132	25%
4	18.10.1	787	36	50%
5	18.12.1	934	26	3%
6	19.2.1	715	18	3%
7	19.4.1	353	4	1%
8	19.6.1	502	10	2%
9	19.8.1	478	4	0.8%
10	19.10.1	336	2	0.6%
合計		6,840	1,348	平均 20%

※「乙種（特）」とは、戦局悪化にともない、乙種予科練生のなかから特に技量優秀な者を選抜し、教育期間を短縮して実施部隊に配属した期である。

了し、出撃寸前の者もいれば、桜花四三式乙型（人間爆弾）、橘花（ジェット特攻機）、秋水（ロケット戦闘機）等の特殊機搭乗員、回天（人間魚雷）、蛟龍（五人乗り特殊潜航艇）、海龍（二人乗り特殊潜航艇）、震洋（水上特攻艇）等の搭乗員の大部分が、同期で占められていた。

甲十三期が、日本海軍の主戦力となって、日本各地の要衝に配備されたころは、日本海軍の落日迫るころであった。不完全ながらも、一人前の戦士に仕上がっていた甲十三期生たちには、国防の第一線に立っているという栄光があった。そしてそれは、必ず死に繋がっていく悲壮な栄光でもあった。更に言えば、終戦という惨めさの中には、何も残ることのない栄光であったのである。

この落日の栄光を担ったのは甲十三期ばかりではない。甲飛の先輩もそうであったし、海兵、予備学生、乙飛、特乙飛、丙飛の諸士、甲飛の後輩の十四期、十五期、十六期も該当するだろう。

しかし、徴兵適齢期にも達しない十代で、戦争、軍隊の理非もわからない少年の一つの期（甲十三期）の大集団が、前述のような特攻兵器の主戦力として広範囲に渡って配置された例は、陸海軍を通じて他には見られないことである。

（『予科練　甲十三期生　落日の栄光』　高塚篤著）

甲一三期は卒業とともに、そのほとんどが特攻に駆り出された。

表によると、甲一三期生の死者数は約一〇〇〇人である。二万八〇〇〇人のうちの一〇〇〇人であるから、戦死率は低い。しかし、この一〇〇〇人のほとんどが特攻かその訓練中に死んだとみてよい。

太平洋戦争を通じて特攻隊員で戦死した日本軍の総数が六〇〇〇人である。六〇〇〇人のうち一〇〇〇人が甲一三期で占められたというのは、異常な比率である。

特乙のことも気になる。

特乙とは、予科練（乙種）志願者の中から、年齢が一六歳に達した者から選抜し、乙種（特）飛行予科練習生として短期養成が行なわれた予科練生である。特乙一期といえば、太平洋戦争の終盤、すなわち、航空機による特攻が次々と繰り出されたもっとも大変な時期に、甲飛一〇期などとともに主力として戦い、その多くが一〇代の若さで戦死した。拙著『蒼空の航跡』で証言していただいた今泉利光氏も、

「特乙は可哀そうだった」

と何度も言っていた。予科練に入り、やっつけ仕事のような教育により飛練まで終わらせ、離陸と着陸がなんとかできるようになるとすぐに特攻に組み込まれて飛ばされた。戦場経験もなく、ただ特攻で飛ぶためだけに飛練教育を受けた一〇代の若者の心情は、特別に汲み取らなければならないだろう。

本書の概要

さて、本書のことについてである。

第一部は、予科練一期生の伊藤進氏の体験記である。残念なことに、伊藤氏と連絡をとり、御手持の資料を受け取り、何度か取材をしていたところ、伊藤氏が亡くなられた。この手記は、伊藤氏の遺稿となる。

第二部は、青井潔氏の体験である。予科練は甲種一二期である。青井氏は、その体験を自費出版（『陸と空と海で』）されている。本書では同書から抜粋して構成し、掲載した。一七歳で大型爆撃機の操縦をするまでの記録である。この青井氏も本書執筆の途中で亡くなられた。

第三部は戸張礼記氏からの寄稿である。予科練は甲種一四期である。空にあこがれて予科練に入り、戦局の悪化により飛ぶことなく陸の特攻隊に組み込まれた体験を記されている。

本書は、三人の若者が戦時下においてどんな青春を送ったのか、それを知るための本である。

現代のような自由はなく、娯楽もなく、やりたいこともできず、しかも行く先には死が待っているという凄惨な時代の話なのであるが、なぜだろうか、私はこの本に出てくる若者たちが眩しくてならない。ときに嫉妬を感じることすらある。

若者は生命を燃焼させたがるものである。私にも一〇代があり二〇代があった。しかし、私はそれができないまま漫然と年を重ねてしまった。そのことに対する悔いがいつまでも体内から消えない。そういう自分だからこそ、乱世のなかで命を賭してがんばった経験をもつ証言者たちに羨望を持つのであろう。

本書は戦記でありながら、戦乱のなかで奮闘する若者たちの青春記でもある。とくに、若い世代の方々に一読していただければと願っている。

久山　忍

戦死率八割——予科練の戦争　目次

はじめに——予科練のことなど　3

雷電の空　予科練一期／海軍大尉　伊藤　進　33

一七歳の陸攻パイロット　甲飛一二期／海軍一等飛行兵曹　青井　潔　125

第一章　予科練入隊までのこと　130

戦死率八割——予科練の戦争

むかし　この日本に戦争があった
国を挙げて「聖戦」だと言った
若者たちは戦場に赴き　多くが傷つき　夥しく死んだ
少年たちも　眉をあげて　そのあとに続いた
ただ　いちずに
あのころ　少年たちの眼には　海も　空も　風も
何もかもが　蒼く澄んで見えた
ひたむきな魂だけが　高く　熱く　熾(さか)っていた
なによりも　この祖国を　愛していたから
いまの世のひとに　愚かなことを……といわれようとも

——氏家昇（甲飛一四期）著『蒼の記憶』より

雷電の空

予科練一期／海軍大尉　伊藤　進

海軍飛行兵曹長時代の伊藤進氏

伊藤　進（いとう・すすむ）
大正3年生まれ。兵庫県出身。昭和5年、海軍予科練習生（第1期）として海軍に入隊、昭和8年に卒業後、水上機の搭乗員（操縦）となる。昭和9年から「球磨」「衣笠」等の軍艦に乗艦し、中国大陸の偵察任務等に従事。昭和16年から海軍でも数人しかない潜水艦搭載（伊号第21潜水艦）の水上機搭乗員（操縦）となり、シドニー港偵察等の実戦を経験。その後、霞ヶ浦航空隊の教官を経て、昭和19年7月から第三〇二海軍航空隊分隊長となり、局地戦闘機「雷電」を駆って本土防空戦に活躍。昭和20年7月には第三一二航空隊に転属となり、開発中のロケット戦闘機「秋水」のテストパイロットとなるが、まもなく終戦を迎える。海軍大尉。戦後は岩国市において創業（事務機器会社・桧山事務器）に成功し、平成20年に学校教育振興のために1億円を岩国市に寄付するなど社会貢献に尽力したほか、予科練1期生として全国の予科練卒業生から尊敬を集めるなど広い分野で活躍した。平成25年1月、死去。

私の自分史には、パイロットの記憶がある。戦時中、潜水艦搭載の偵察用水上機から戦闘機まで、いくつかの機種をのりかえて空を飛んだ。その記憶はいまなお鮮明でわすれがたい。空のみをみつめて戦場を突きすすんだ。これが私の青春であった。

私が水上機から戦闘機に転科したのは昭和一九年である。乗った戦闘機は「雷電」である。雷電の設計者は名機ゼロ戦をつくった堀越二郎であった。配属先は、厚木基地の第三〇二海軍航空隊（三〇二空）である。三〇二空配属時の私の階級は大尉である。帝都防衛戦闘機隊分隊長を勤めた。

私は、三〇二空で連日、本土上空に飛来する米爆撃機B29と戦った。文字通り命を削る闘いの毎日であった。自分が雷電にまたがって本土上空をかけまわることになろうとは、水上機に乗っていた時代からは想像もできない環境の変化であった。しかし、私にとまどいはなかった。戦場では過去を振り返る余裕などないからである。私は潜水艦で過ごした日々のことも忘れ、与えられた飛行機と任務にしたがって飛びに飛んだ。

雷電隊は、高々度から迫ってくるB29を邀撃（ようげき）せんと離陸後すぐに急上昇した。そして高度一万メートル、時速五〇〇キロで超空の要塞（B29）と死闘をくりひろげた。戦術は一撃離脱である。食うか食われるかの世界であった。

B29が日本本土にむけて出撃した機数は延べ三万三〇〇〇機にのぼる。その間、陸海軍決死の防空戦闘で失われたB29は四五〇機、敵の損害率はわずかに一・三六パーセントだった。雷電は最新鋭機であったが物量の差はどうにもならなかった。しかし、雷電隊の奮戦がなければもっと多くの家が焼かれ、さらに多くの人びとが犠牲になったことは確かだろう。

戦争などバカバカしい。それは骨身に沁みている。知らない国の若者同士がなんの恨みつらみもないまま殺しあうことの無益さ、有害さ、愚かしさはいうまでもない。私も二度とゴメンである。

しかし、戦時中、戦争に勝つために、日本のために、国土防衛のために、全身全霊をかけて戦ったあの日々がえも言われぬほど今はなつかしい。

青春には、いろいろなかたちがある。毎日を無我夢中で過ごしたあの日々は、二度と体験することができない宝石のような大切な私の記憶である。

空の戦場ですごした私の青春がどんなものであったのか。私が生きた時代でなにがあったのか。私のなかにある記憶を文字にして記しておきたい。

これからを生きる若者たちのなにかの参考になれば幸いである。

我々の世代のこと

私は大正三年（一九一四年）一二月、兵庫県に生まれた。大正は、明治と昭和にはさまれた短い年代である。わずか一五年しかない。明治が四五年、昭和が六四年つづいたことをかんがえると、まことにはかない。そのためになにやら印象がうすい。しかし、大正という時代は、短いながらも日本の歴史の岐路となったきわめて重要な時代である。

思えば、私のように大正のはじめに生まれた者ほど苦労した世代はない。大正時代は民主主義の思想がひろまり、「権利」や「自由」といった概念が国民に浸透した。その結果、人々が政治に対して発言を始め、世論が形成され、国民の声が政治に影響を与えるまでになった。大正時代は、一時的であるが軍国主義から遠ざかり、〝豊かさと自由〟という、これまで日本人が味わったことのない幸福感、あるいは充足感（多分にバブル的ではあるが）が都市に満ちた。

しかし、その新しき良き時代も我々大正初年の世代にあっては幼少のなかで素通りする。そして一〇代に入ると昭和に年号が変わり、私が成人するころになると日中戦争が勃発する。これ以降、日本は後戻りのできない戦争惨禍への道を突きすすむことになる。

私は、一度しかない青春時代を軍国主義のまっただなかでむかえた。その結果、二〇代は軍人として戦場にあり、終戦後の三〇代からは戦後復興のなかで大いに苦労させられた。

そういった人生を歩んできたからこそ、現在の日本の繁栄と平和を築く一員となったという自負と自信が私の心のなかにある。こういった想いは私に限ったものではなく、私たちの世代に共通した認識であろう。

老人ともなると色々迷惑をかけることもあるであろうが、そのご老人たちはかつてそういった苦労をした世代だということを知っていただきたい。そしてできれば、その方々が話される昔話に耳を傾けてほしい。何にも増しての歴史の勉強となるはずだ。

パイロットを目指して

小学校のころは、中学校（旧制）にすすみ、神戸高等商業学校（現在の神戸大学）にはいりたいと考えていた。私の家は、経済的に豊かだったから、成績さえよければ大学に行かせてもらえるだろう、と思っていた。

ところが、いざ私が進学する年齢になったとき父が村会議員にでた。昔は、政治に手をだすと「井戸と塀しかのこらないほど貧乏する」と言われていた。結局、私の家も貧乏になってしまった。

子どもというのは親の財布の中身に敏感である。もう中学には行けない、と子ども心に思った。当時は、上級の学校に行きたくても家が貧乏なので進学をあきらめる子どもがたくさんいた。私もその仲間入りである。

そして私が一五歳になったとき、新聞に少年航空兵（予科練第一期生募集）の記事がでているのを兄が見つけた。まだ飛行機というものに馴染みがない時代である。兄は、

「お前は体格がいいから、徴兵を受けたら陸軍にとられるよ。だったら海軍に行って、飛行機にでも乗ったらどうだ」

と言った。私も、

「どうせ軍隊に行くのであれば、陸軍にはいって地面をトコトコ歩くよりも飛行機に乗ったほうがおもしろいかな。いっぺん受けてみるか」

といった軽い気持で受験した。そして合格した。気持はふくざつであった。

飛行機の歴史はアメリカからはじまる。ライト兄弟が世界ではじめて動力による有人飛行機を飛ばしたのが、一九〇三年である。日露戦争がはじまる一年前の明治三六年のことであった。私が予科練にはいったのが昭和五年（一九三〇年）であるから、ノースカロライナ州キティホークの砂浜において、ライト兄弟が約三六・五メートル（一二〇フィート）飛んでから、二七年しか経っていない。

昭和五年当時の世間では「飛行機は必ず落ちる」と思われていた時代であった。空を飛ぶ機械が社会に普及するなどと信じている者はおらず、「飛行機は落ちるために飛ぶ」などと嗤う者が多かった。このような時代だったから期待よりも不安の方が大きく、予科練に合格しても手放しでは喜べない心境であった。

予科練

予科練習生（通称「予科練」）は、昭和四年一二月、軍のパイロットを大量育成するために創設された（昭和一一年一二月、「飛行予科練習生」と改称）。そして昭和五年（一九三〇年）六月一日、私は「第一期海軍予科練習生」として横須賀海軍航空隊の門をくぐった。

予科練と聞けば霞ヶ浦を連想するが、それは昭和一四年以降のことである。予科練のはじめは横須賀海軍航空隊の予科練習部として誕生したのである。予科練があった場所は横須賀軍港の北部に位置する田浦であった。

第４期予科練習生 鎮守府別志願・採用一覧

鎮守府別	佐世保	呉	横須賀	計
志願者総数	3,512	3,428	4,783	11,723
志願兵採用数	48	43	84	175
第２次検査ニヨル不合格者数	3	5	17	25
最終合格者数	45	38	67	150
合格者１名ニ対スル志願者数	78.04	90.21	71.39	78.15

予科とは、本科に進む前の予備教育のことである。予科練では飛行機に乗らない。座学や教練、武道、スポーツで心身を鍛え、海軍パイロットになるための基礎をつくるのである。事前研修制度といえばわかりやすいだろうか。

予科練は優秀なパイロットを育てるための基礎教育課程ではあるが、適性なき者を排除するためのふるい落としの色合いが濃かった。勉強と訓練についてこれないものは、即、退校である。優秀で強靱な若者でなければ飛行機の操縦はまかせられないということであろう。当然のことである。

予科練の教育期間は二年一ヵ月だった。私が卒業後、戦局の悪化とともに短くなり、終戦直前は半分くらいの期間になった。予科練修了後は、艦隊での実習を経て練習航空隊で飛行練習生として訓練（飛練教育）を受け、そのあと実戦部隊に配備される。

私が合格した予科練一期は応募が殺到した。応募者五八〇七人に対し、採用は七九人であった。競争率はじつに七三・五倍である。はいってみると全国のトップクラスの秀才があつまっていた。

横須賀航空隊に創設された予科練習部の建物

掲載の表は第四期「予科練習生」鎮守府別志願採用の一覧である。この倍率はどの期もおおむね共通していた。

予科練一期で卒業した者のうち、パイロットになったのは四〇人、偵察員が三〇人、機関銃や爆撃照準器などの整備員が八人だった。脱落者は一名でた。

卒業した同期のうち終戦まで生き残ったのは、パイロットが三人、偵察員五人、整備員八人だった。パイロットの戦死率が高かった。二期生、三期生はもっとひどい。とくに二期生は一〇〇人くらいパイロットとして卒業したが、生き残りは四人だった。

一期生で入校した我々は、当然のことながら先輩がいない。どんなことを学ぶのか、どんな生活をするのか、なんの情報もなかった。

「予科練」は優秀な少年を全国から集め、パイロットを大量に養成しようという世界ではじめての制度である。世界初であるがゆえになんのマニュアルもない。教える方も手探りの状態であった。予科練という制度をつくったものの、どうやって教育内容を組み立てればいいのかわからなかったようだ。

結局、なんでも教えてしまえということになり、英語、数学はもとより、微分積分、立体幾何、球面三角など、本当に飛行機搭乗員に必要なのか、と思うようなものまで習った。他の兵科の者たちからは、「海軍の学習院」とやっかみをうけるほど多岐にわたる科目数の授業がつづいた。

予科練はスポーツも盛んだった。私が夢中になったのはラクビーだった。予科練は旧制中学の四年、五年ぐらいの年齢だが、旧制高校の連中を相手に試合をしても負けなかった。今の高校一、二年が大学生と試合するようなものだ。全国えりすぐりの若者だけに学力だけでなく体力もファイティングスピリットもすごかった。

勉学も猛烈だった。本当によく勉強した。軍隊は、教育課程の成績がその後の軍隊生活に大きな影響をあたえる。おなじ階級でも成績の良い順番で階級の進級が速かったりする。そのため、軍隊の学校に入るとひとつでも順位をあげようと誰もが一生懸命に勉強する。

予科練は規律が厳しい。夜一〇時には完全に消灯し、一斉に寝る。日課時限も全員一緒である。

みんな同じ条件で勉強したはずなのに、どんなにがんばっても上位になれなかった。これが不思議で仕方がない。そして予科練も半ばをすぎたころ、やっと気づいた。学校内には、消灯しても電気がつくところがふたつある。トイレと掃除道具を入れるロッカーである。ロッカーはドアを開けると電気がつく。これを見つけた者が夜こっそりそこにいって勉強し、良い成績をとっていたのである。

それから私も消灯後にトイレ等で勉強したが、気づくのが遅くてトップはとれなかった。優等賞をとった生徒はやはりトイレ、ロッカーに最初から常駐して勉強していた連中だった。まんまとしてやられた次第である。

水上機搭乗

昭和八年（一九三三年）、予科練を卒業した。正式には、

「海軍第一期飛行練習生操縦専修卒業」

である。

私が卒業した昭和八年といえば、満州事変（昭和六年）を契機として、日本が国際連盟から脱退した年である。本来、航空兵の教育制度は、
予科練→実習航空兵（艦隊実習）→実用機訓練（飛練教育）→航空隊配置（実施部隊）となるのだが、国際情勢が緊迫したことにより我々は艦隊勤務を行なわず、そのまま霞ヶ浦航空隊で実用機の訓練にはいった。

実用機訓練では陸上機と水上機に分けられる。私は水上機のコースにすすんだ。

訓練に使われた飛行機は一五式水上偵察機である。この機は、日本海軍伝統である複座水偵の草分け的存在であった。大正一五年に中島飛行機が試作して海軍が採用し、重巡洋艦に射出機（カタパルト）が搭載されたときの搭載機として使用された。

射出機とは、軍艦から水上機を発射する装置である。航空母艦以外のひろい甲板がない軍艦は射出機をつかうのである。

この一五式水上偵察機はのちに複操縦（操縦席を前後ふたつ）に改修し、水上中間練習機として昭和一〇年まで採用された。

当時の飛行機は非常にちゃちだった。操縦性も悪くやっかいだった。しかし私は飛行機との相性がよく、五時間で単独飛行をすることができた。実用機で五時間は最短だった。

普通、単独飛行には初歩練習機で七～八時間を必要とする。一日に二回の搭乗しかない。一回の飛行時間は一五分から二〇分である。二時間短縮するということは、六回から七回、他の者よりも少ない回数で単独飛行ができたということである。

いかに他の者よりもはやく単独飛行できるか。これもまた我々に課せられた熾烈な競争であった。

水上機の離水と着水は常に風に正対して行なう。これが水上機の特性のひとつである。

陸上機の場合、滑走路の方向がきまっているので横風であっても滑走路の方向にしたがって離陸と着陸を行なう。これに対し、水上機は海や湖の水面を使うため方向の制限がない。そのため風向きによって毎回コースを変え、常に風に正対して離着水をする。

陸上機では離陸よりも着陸のほうが数倍難しい。水上機もおなじであるが、着水のむつかしさは陸をはるかに超える。水上機の着水の敵は波である。風と波のうねりの方向が異なる場合、波を横から受けながら風に正対して着水をしなければならない。いかに機体のバランスを保つかが腕の見せどころとなる。

　水上機の着水を難しくする最大の理由は高度判定にある。水面と機体との距離がつかみづらいのである。むろん、当時は電波高度計などない。カンを頼りに高度をはかる。センスと経験がものをいう職人の世界であった。

　夜はさらに難しさを増す。陸上機は滑走路灯で高さを判断できるが、水上機で夜間に着水するときは目標もなく水面の状態もわからない。水上機による薄暮や夜間時の着水はまことに至難であった。

　着水は、水面にむかう機体の機首角度と降下率（速度）をエンジンの出力で調節し、着水速度をきめる。着水姿勢がきまるとそのまま降下を続け、着水と同時にエンジンを絞って滑走に入る。無事着水し、機体が水上で停止したときに感じる安堵感は言葉にできない。

　水上機の操縦はとにかくむつかしい。当時、水上機乗りはたいていの陸上機を乗りこなせるが、その逆は不可能であるといわれていた。そのとおりであった。

戦地へ

　昭和九年（一九三四年）、私は、南支警備艦隊の旗艦である軽巡洋艦「球磨（くま）」のパイロットに選抜された。二〇歳であった。

　南支警備艦隊は日本海軍の水上部隊のひとつである。台湾に基地がある。当時は第三艦隊に属した。

第三艦隊は、常設だった第一艦隊・第二艦隊とは違い、必要に応じて編制され、必要がなくなると解散するという特設艦隊である。昭和七年（一九三二年）一月に上海事変が勃発したため、現地に駐留していた艦隊を増強して第三艦隊を編制した。中国の青島周辺の警備を担当する。

旗艦とは、司令長官や幕僚が乗る艦をいう。旗艦はその部隊でもっとも優秀な艦があてられる。

「球磨」は、五五〇〇トン型軽巡洋艦一四隻のネームシップとして大正九年に竣工した。ふねは同型のものを何隻も建造する。ネームシップとは最初につくられたふねである。第二番艦以降はそれぞれ別の名前がつくが、その船の型を総称するときは、ネームシップの名前で「〇〇型」と呼ばれる。「球磨」以降につくられた一三隻はそれぞれ名前は異なるが全て「球磨型」となる。

第三艦隊は最前線の艦隊であるため、出動回数も多かった。私は、台湾の膨湖島の馬公を基地として、廈門（あもい）、広東、香港などの写真偵察任務をこなし、実戦経験と飛行時間をのばした。

そのあと転勤となり、昭和一〇年から一一年にかけては連合艦隊に所属する巡洋艦「衣笠（きぬがさ）」に配属となった。このときの私の使用機は「九〇式水上偵察機」（以下「九〇式水偵」）の二号である。

九〇式水偵は、中島飛行機が一五式水上偵察機の後継機としてつくったものである。当時、九〇式水偵は一号と二号がつくられた。一号は双浮舟型である。飛行機本体にフロートがふたつある型である。私が乗る二号の操縦性は一四式や一五式に比べれば優秀であったが、水に降りてからの安定性は悪かった。これは二号が単浮舟型のためである。

単浮舟型は、大きなフロートが中央にひとつぶらさがり、機体がかたむいたときに支える小さなフロートが両翼の下にある。この型は波が静かであれば問題ないが、少しでも海面が荒れると着水後に機体のバランスを保つのが極めてむつかしかった。

昭和一〇年ころまでの水上偵察機の任務は、戦艦に搭載された場合は砲弾の命中状況を確認する「弾着観測」であり、巡洋艦に搭載された場合は敵艦隊の位置と水上兵力を偵察する「対勢観測」が主な任務とされていた。その任務を変えたのが九〇式水偵である。

九〇式水偵は、水上機としてはじめて空中戦や急降下爆撃ができる性能をもった。これ以降、水上機使用の仕事が広くなり、敵の基地深く潜入して空中戦覚悟の決死の偵察を行なったり、敵艦や敵基地への爆撃を担当したりすることになる。そのため水上機のパイロットは、戦闘機乗りと同等の空中戦の訓練に明け暮れた。

九〇式水偵は戦艦や巡洋艦に配備され、昭和七年の上海事変から昭和一二年七月に勃発した日中戦争初期まで活躍し、後継機種の九五式水偵がでると第一線をしりぞいた。製造機数は一五〇機ほどだろうか。このように九〇式水偵（二号）は実用性の高い偵察機であったが、先にも書いたように水上安定性に問題があるだけでなく、主翼の左右についている補助フロートが折れやすいという欠点もあった。このため現場では翼端をワイヤーで補強することもままあった。

転覆体験

昭和一〇年二月一一日は「紀元節」(現、建国記念日)のため休日であったが、飛行長の鶴の一声で飛行訓練を行なうことになった。訓練場所は鹿児島の志布志湾である。

この日は悪天候であった。風が強い。私は九〇式水偵(二号)に乗り込み、強風の中で離水した。離水のとき、高い波が翼端のフロートの脚にあたって折れてしまった。

あれこれ工夫してなんとか飛ぶことはできたが、折れたフロートがワイヤーでぶら下がったまま空中で暴れだした。フロートがバタバタガツンガツンと機体に当たる。そしてついにエルロン(補助翼)まで壊れてしまった。

(こりゃいかん)

操縦はすでに困難である。急いで着水することにした。機体が上下左右にゆれる。降下をつづけるが視点が定まらない。水面との距離の判断ができない。翼端のフロートもない。転覆はまぬがれない。着水の衝撃をなるべくやわらげるためギリギリまで速度をゆるめる。

(できるだけ機体を水平に保って着水したい)

そう願いつついそがしく手と足をうごかして機体のバランスをとる。

高度がさがる。水面が近づく。と、急ブレーキをかけたような強い衝撃が体にかかった。

中島九〇式二号水上偵察機。空中戦や急降下爆撃もできた

機体が着水すると同時に横転した。あっというまもなく水の中だった。私は落ち着いていた。ベルトをはずし、すぐに操縦席から脱出した。

水中にでるとどちらが水面かわからない。回りをみる。一方が明るい。そこにむかって泳いだ。水面までかなり距離があるように感じた。水を飲みながらようやく浮き上がった。

水上機は構造上しずまない。ひっくりかえったまま浮いている。裏返った翼の上によじ登って座った。疲労困憊である。ぐったりして救助をまった。やがて白波を曳きながら救助艇がきた。

救助艇が近づくと、乗っていた水兵が大声で、

「命に別状ありませんかあ」

と大声で言った。

(命に別状があったら答えられないだろう)

つまらんことを聞くなあと苦笑いしながら、

「大丈夫だ」

と答えた。

空から海へ

私は、昭和一二年に「衣笠」を降りた。その後、霞ヶ浦海

軍航空隊陸上機操縦教員として「甲種飛行予科練習生」の一期と二期の先任教員を三年つとめた。

その間の昭和一三年に広東攻略戦がはじまった。このため軽巡洋艦「神通（じんつう）」の応援パイロットとして派遣され、バイアス湾上陸作戦、中国大陸奥地の偵察任務や爆撃任務に三ヵ月間ほど従事した。

昭和一四年になると兵曹長に昇任した。この年、岩国海軍航空隊の開設準備の要員として岩国市に半年間赴任して隊付分隊士をつとめ、その後、館山海軍航空隊で零式観測機の教員任務に就いた。

そして、昭和一六年九月、私に転機がおとずれた。館山海軍航空隊から潜水艦乗組飛行長（海軍少尉）を命ぜられたのである。戦時中でも数人しかいない潜水艦勤務のパイロットである。予想していなかったのでびっくりした。

私が配置されたのは、伊号第二一潜水艦（以下、「伊二一潜」）であった。昭和一六年の初旬に竣工した最新鋭艦である。この潜水艦には、小型水上偵察機が分解して収納されている。その偵察機に私が乗るのである。

私が伊二一潜に配属となった昭和一六年九月は日米の関係が緊迫し、アメリカを相手にした開戦も噂されている時期であった。いざ戦争となれば、潜水艦は艦隊の最前線に配置され、さまざまな仕事をまかされるが、特に、敵基地や敵情の偵察は最重要任務である。そこで海軍が飛行機を搭載した伊二一潜を開発し、パイロットの人選を開始した。

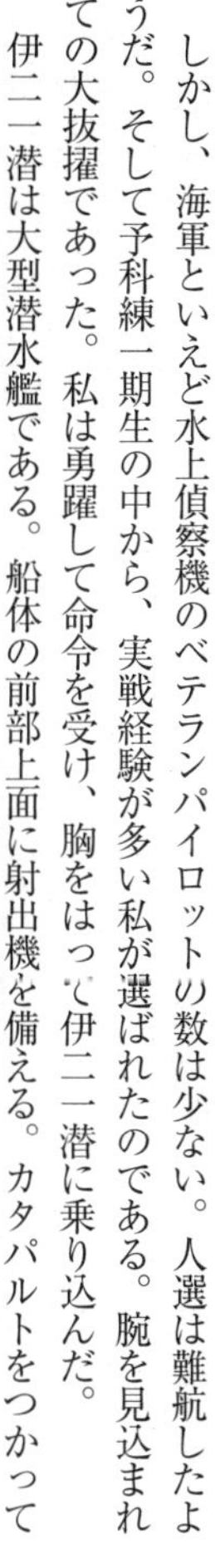

しかし、海軍といえど水上偵察機のベテランパイロットの数は少ない。人選は難航したようだ。そして予科練一期生の中から、実戦経験が多い私が選ばれたのである。腕を見込まれての大抜擢であった。私は勇躍して命令を受け、胸をはって伊二一潜に乗り込んだ。

伊二一潜は大型潜水艦である。船体の前部上面に射出機を備える。カタパルトをつかって零式小型水上偵察機を発進させ、敵地を上空から偵察するのである。

零式小型水上偵察機はパイロットと偵察員の二人乗りである。潜水艦搭載のため、

全長　八・五三八メートル

全幅　一〇・九六九メートル

と通常の機体よりも小さい。最高速度は約二五〇キロである。ゼロ戦が

伊21潜と同じ乙型の伊15潜。艦橋基部前方の構造物が水偵の格納筒。その前部に延びる斜路は射出機（カタパルト）

潜水艦搭載用に開発された零式小型水上偵察機

五〇〇キロ以上で飛ぶことを考えると、その半分の速度もでない。武装も七・七ミリ旋回機銃だけ。機銃の弾丸は拳銃の弾とほぼ同じである。機体が小さいため弾数も少ない。誠に脆弱な装備である。

零式小型水上偵察機は、通常は主翼やフロートを取り外し、潜水艦の格納筒に入れておく。そしていざ出撃となったときに潜水艦が海面に浮上し、洋上において格納筒から機体を引きだし、艦上で組み立てて射出機から発射するのである。この作業をしているときに敵機から空襲を受ければたちまち潜水艦ごと沈められる。いかに早く組み立て、いかに早く偵察機を空に放ち、いかに早く海中に逃げこむか。ここに乗員全員の生命がかかるのである。

真珠湾攻撃

昭和一六年一一月、伊二一潜に出航命令がくだった。

(これからどこに行くのか)

私は行く先を知らないまま司令部に海図を取りに行くよう命ぜられた。急いで司令部に行くと、太平洋方面、豪州、米沿岸と、膨大な量の海図を渡された。私は疑問に思い、

「すごい量ですね。何かあるんですか」

と尋ねると、航海長は、

「実は真珠湾攻撃に行くんだよ」

と教えてくれた。ハワイ島の真珠湾にあるアメリカの基地を攻撃するという。いよいよア

メリカと戦争をするのである。私は思わず身震いし、興奮を隠せなかった。

伊二一潜は、昭和一六年一一月一九日に横須賀を出航し、択捉島（えとろふとう）の単冠湾（ひとかっぷわん）に集結した。そして、昭和一六年一一月二六日、南雲忠一中将が率いる機動部隊、

航空母艦　六隻
戦艦　二隻
巡洋艦　三隻
潜水艦　三隻
給油艦　八隻

とともに出撃した。

私も伊二一潜とともに、一路、真珠湾をめざした。潜水艦も目的地に接近するまでは海上を軍艦と一緒に航行する。ただし、特殊潜航艇の甲標的を搭載した伊号潜水艦（五隻）は、機動部隊とは別に一一月一八日から一九日にかけてすでに呉軍港から出撃していた。甲標的のことはあとで触れる。


伊二一潜が水上に白い航跡をのこしながら波を切ってすすむ。一路、南へ。

横須賀を出港後に富士山が見えた。

「富士山もこれで見納めだな」

と思った。超大国アメリカとの決戦である。生きて帰れるとはさらさら思わなかった。私

が偵察で飛ぶ日は、昭和一六年一二月九日と計画されていた。私は、その日が命日になると覚悟を決め、遺書を用意した。

予定では、伊二一潜は真珠湾基地の制空海圏にはいった段階で潜水し、敵陣ふかくまで艦をすすめ、敵前で浮上して飛行機を組み立て、発艦した偵察機が真珠湾の上空を飛ぶというものだ。そしてアメリカの損害を確認し、偵察完了後、Uターンをして母艦にもどるのである。

偵察任務が成功するか否かは、いかに速く飛行機を組み立て、どれくらい短時間で発艦できるかにかかっている。潜水艦には偵察機専門の整備員は少なく、整備長以下三人しか乗艦していない。飛行機の組み立て作業には一五人から一七人の人員が必要である。潜水艦乗組員の力を借りなければとても人が足らない。そのため水雷も機関も主計兵も一緒になって偵察機の組立訓練を行なった。

訓練ではまず、格納筒から飛行機の胴体を引き出して翼をつけ、プロペラ、フロート、方向舵を装着する。作業途中、私が操縦席に乗り込み、エンジンをかけて暖機運転をはじめる。暖機には最低二分半くらい必要である。できれば三分がのぞましい。組み立てが完了すれば発艦が可能となる。

熟練するまでの努力は大変なものであった。横須賀での初訓練のときは組み立て完了まで二時間かかった。それから訓練につぐ訓練で二時間が一時間になり、三〇分、一五分、ついには五、六分で組み立てができるようになった。ただし、真珠湾への航行中、連日悪天候がつづいたため、飛行機の組み立て訓練ができなかった。そのことにずっと不安を感じていた。

それにしても飛行機搭載の潜水艦とはよくぞ思いついたものだ。潜水艦に飛行機を乗せるというアイデアは、艦隊決戦の際に「敵の意表をついて戦果をあげたい」という願いから生まれたものである。この、日本のオリジナル兵器のことを今考えてみると、なんともいじらしいような、涙ぐましいような工夫に思えてならない。いかにも国力が乏しい帝国海軍らしい発想である。


昭和一六年一二月八日、真珠湾攻撃が敢行された。攻撃は成功した。

伊二一潜はかねてからの計画どおり真珠湾に接近した。これから、いったん潜水航行を行ない、湾の手前で浮上して飛行機を飛ばし、我が軍の戦果を確認するのである。

ところが、真珠湾にむかって潜航を開始しようとしたそのとき、

「米空母エンタープライズが修理のため、本国にむかっている」

との報を受け、

「追跡し、撃沈せよ」

と命ぜられた。これにより私の任務であった戦果偵察は取りやめとなった。

伊二一潜は反転し、水上航行により全速でエンタープライズを追跡した。しかし、米空母に追いつくことはできなかった。今、考えれば無理な命令であった。エンタープライズの速力は二四ノットである。伊二一潜の最高速力が二三ノットであった。追いつくはずがない。

空母を全速力により追跡しているとき、なんども攻撃機が飛んできた。真珠湾基地から発進した残存の敵機である。空母からの無線をうけて掩護にきたのである。

敵機は高度を保ったまま爆弾を投下して去る。しばらくすると次の敵機が飛来して爆弾を落とす。

伊二一潜はそのつど潜航しなければならない。潜航には時間がかかる。水中に入ると速度も極端に落ちる。エンタープライズとの距離は離れるばかりだった。

潜航と浮上をくりかえしながらの追跡の途中、またもや敵機が現われた。伊二一潜の松村寛治艦長は業を煮やし、

「撃墜してやる」

と浮上したまま対空戦を命令した。松村艦長の補佐役だった私は、

「それは無茶ですよ」

と止めたが、艦長は、

「ヤンキーの弾に当たってたまるか」

と言って射撃命令を発した。そして、艦上の機銃が敵機にむかって銃弾をうちあげた。爆撃機が潜水艦に接近した。

「撃て、撃て、撃て」

と艦長が命ずる。伊二一潜の船外機銃が銃弾を発射する。しかしすぐに機銃が静かになった。

そして、機銃射手が、

「もう弾がありません」

と艦長に報告した。弾切れだった。

浸水

弾が切れて伊二一潜が沈黙したとき、接近した爆撃機が爆弾を投下した。爆弾は不気味な落下音とともに降下し、一〇メートルそばで爆発した。至近弾であった。爆発の衝撃波が伊二一潜をおそった。艦が爆風と波にあおられ大揺れに揺れる。艦長はびっくりしてすぐに潜航を命じた。

潜航後、すぐ頭上で二発目が爆発した。ふたたび艦に衝撃波が直撃した。そのとき、ふっ、と、照明が消えた。ショックで電気系統がショートしたのである。非常灯もつかない。艦内は墨につかったような闇となった。つづいてあちこちから、

「浸水」

という声がとんだ。戦慄すべき報告であった。潜航時の浸水は、死がまつ海底にむかうことを意味する。私は予科練で暗号解読や無電の訓練を受けていた。そのため潜水艦では発令所で指揮をとっていた。乗務員が行なう艦長への報告と艦長が発する命令はすべて耳にはいった。

伊二一潜の安全な潜航深度は一〇〇メートルである。浸水がひどければ一〇〇メートル以

内で止まれないかもしれない。そうなるとどうなるか。艦内が重い沈黙に包まれた。深度が刻々とふかまる。艦の降下がとまらない。海の底にむかってぐんぐん沈む。

五〇、六〇、八〇、九〇……。

ついに一〇〇メートルを超えた。その間、わずか数分。ギシギシと艦がきしむ。ギーッという、これまで聞いたことがない金属の摩擦音がなりひびく。艦内の兵がおびえた顔であたりをみまわす。

さらに深く潜った。艦の外殻がギシギシときしむ音がさらに大きく鳴った。

深度が一三〇メートルになった。そこで艦長が、

「メインタンク・ブロー」

と命令した。

潜水艦が潜航する場合、ベント弁(メインタンク内部空気排出弁)をひらく。ベントがひらくとメインタンクに海水が入って艦が沈下する。沈下がはじまるとトリムタンクや舵を操作して艦首を下げ、目標深度まで到達した段階でトリムを調節して水平状態を保つ。

浮上するときは艦内の圧縮空気タンクからメインタンクに空気を注入する。メインタンクに空気がはいるとメインタンク内の海水が排出されて艦が浮きはじめる。このメインタンクに空気を注入する操作を「メインタンク・ブロー」という。

浮上の命令をいまかいまかと待っていた兵たちが直ちに操作に取りかかる。その間も真っ暗な艦内の混乱はつづく。こうした状況になると人間は平静でなくなる。「浸水」と声があ

がるたび、

「毛布をもってこい」

という声が飛びかう。毛布で浸水がとまるはずがない。ベテランの潜水艦乗りであっても、こういう事態になるとパニックになってそんな行動をとってしまうのである。

艦はゆっくりと停止した。そして、じわじわと浮かびあがりはじめた。浸水の規模が小さく、メインタンクに注入された空気の浮力のほうが大きかったのである。

九〇、八〇、五〇、六〇……。

海面がちかづく。ふう、とみな一様に息を吐いた。肩の力がぬける。

海上に浮上した。すぐにハッチをあけて見張りがでる。新鮮な空気が艦内にながれこむ。

「異状なし」

との報告がはいった。敵機はいない。すぐに浸水部分の修理がはじまった。休むいとまはない。破損箇所の修理を海上ですすめながら、伊二一潜はふたたびアメリカまでの航行を開始した。

我々が追ったエンタープライズはシアトルの軍港をめざしていた。伊二一潜は、今からシアトル港までエンタープライズを追うのである。休日のない、長い長い海の戦いであった。

潜水艦ことはじめ

文献によると、潜水艦の開発が始まったのは一五〇〇年代からである。近代兵器としての潜水艦が確立されたのが一八〇〇年後半、そして実戦で使われたのは一九〇〇年にはいってからである。

欧米諸国が海軍兵力として潜水艦を採用したのは、

フランス　一八八八年
イタリア　一八九一年
アメリカ　一九〇〇年
イギリス　ロシア　一九〇一年
日本　一九〇四年
ドイツ　一九〇六年

である。

潜水艦の威力に世界が驚愕したのは、第一次世界大戦のUボート（ドイツ）の活躍である。一九一四年九月、オランダの沖で三隻のイギリスの巡洋艦（いずれも一万一〇〇〇トン）が、突如、何の前触れもなく、わずか二時間のあいだに撃沈された。沈めたのは一隻のUボートであった。Uボートの排水量は五〇〇トン、乗組員は二八人である。三隻の巡洋艦の乗組員の総数二二〇〇人のうち、一四〇〇人以上が戦死した。ドイツにとっては夢のような戦果であり、イギリスにとっては悪夢であった。これ以降、ドイツ潜水艦とイギリス海軍の死闘が展開する。

日本は、一九〇四年（明治三七年）、日本海軍がアメリカの民間企業から潜水艦五隻（ホーランド型）を購入した。この五隻（一号から五号潜水艇）でまず第一潜水艇隊が編成された。

さらにホーランド社から改良型の図面を買い取り、その図面をもとに川崎造船所が二隻の潜水艦を建造したのが明治三九年である。この二隻をもって第二潜水艇隊が発足した。これが日本海軍における潜水艦史のはじまりである。

大正八年（一九一九年）、第一次世界大戦で活躍したドイツのUボートが横須賀に到着した。

日本は第一次世界大戦のとき連合国側にいた。そのため敵国であり敗戦国であるドイツから戦利品として七隻のUボートを得た。これが日本の潜水艦を発展させる礎となる。日本海軍の技術者たちがさっそくドイツ潜水艦をもとに建造をはじめた。その後、日本海軍の潜水艦部隊の整備もすすみ、太平洋戦争の開戦時には、

第三艦隊（護衛部隊）
　第六潜水戦隊（四隻）
　　伊一二一・一二二・一二三・一二四
第四艦隊
　第七潜水戦隊（九隻）
　　呂六〇・六一・六二・六三・六四・六五・六六・六七・六八
第六艦隊

第一潜水隊（一三隻）
　伊九・一五・一六・一七・一八・一九・二〇・二一・二二・二三
二四・二五・二六
第二潜水隊（八隻）
　伊一・二・三・四・五・六・七・一〇
第三潜水隊（九隻）
　伊八・六八・六九・七〇・七一・七二・七三・七四・七五
連合艦隊直属
第四潜水隊（八隻）
　伊五三・五四・五五・五六・五七・五八
　呂三三・三四
第五潜水隊（七隻）
　伊五九・六〇・六一・六二・六四・六五・六六
※伊六一は開戦前に事故で沈没。
　伊六三・六七は訓練中に沈没。
という兵力を整えた。

戦艦（大型の軍艦）や巡洋艦（中型の軍艦）を主力とした部隊を「戦隊」という。駆逐艦（小型の軍艦）の部隊は「駆逐隊」という。潜水艦の部隊は「潜水隊」である。

「伊」だの「呂」だのと聞き慣れない名だが、これは大きさを意味する。〝いろはにほへと〟の伊と呂である。

「伊号」は大型、「呂号」は中型、「波号」は小型である。「伊号」は一等潜水艦で水上排水量一〇〇〇トン以上、「呂号」は二等潜水艦で同一〇〇〇トン未満、「波号」は二等潜水艦のうち水上排水量三〇〇～四〇〇トンの小型艦を示す。

潜水艦乗りたち

私が乗る伊二一潜は、敵地にちかづくと艦を浮上する。そして丸く長い水偵の格納筒から、

胴体

フロート

主翼

プロペラ

をつぎつぎと引きだす。偵察機の組み立て作業開始である。胴体に主翼を、エンジンにプロペラを、脚にはフロートを取り付ける。この作業を月光だけを頼りに狭い射出機の上で行なう。乗組員がめまぐるしく艦上を行き来する。訓練のおかげで手際がよい。

飛行機のかたちになると艦長から飛行命令を受け、搭乗員の我々ふたりが座席にはいる。

操縦席に座ったころには尾翼の組み立てが完了し、整備長の合図によって試運転が始まる。エンジン音が海上でけたたましく鳴る。私が操縦桿を握って発出に備える。ウォームアップができたところで、

「発射用意、テーッ」

と号令がかかる。同時に射出機から勢いよく偵察機が発出される。体がのけぞる。強いGがかかると同時にエンジンの出力を最大にする。射出機から離れた機体はいったんガクンとさがり、やがてそれをもちなおしながら水平飛行にうつり、やがて上昇体勢にはいる。

潜水艦搭載用である零式小型水上偵察機の航続時間は五時間である。当時の練習機程度の性能というべきしろものであったが、操縦性は上々であった。装備は旋回機銃（七・七ミリ）がひとつだけである。戦闘能力はゼロにひとしい。むろん単機で飛ぶ。護衛などなしである。

これで敵地深く潜入し、軍港や飛行場を探るのがこの飛行機の役目である。敵機に見つかればまず撃ち落とされる。任務は常に決死隊だったといっていい。

開戦以来、各潜水艦の搭載機は、

ハワイ

米西岸オレゴン州（爆撃）

アフリカ東岸マダガスカル島ディエゴスワレス

南太平洋の最南端の豪州タスマニア

等、数多くの局地偵察を実施し、それぞれの作戦に貢献した。しかしそういった潜水艦搭載の偵察機のことは、一般国民はもちろんのこと、潜水艦部隊が所属する海軍でもあまり知られていない。

大和をはじめとする戦艦やゼロ戦たちとはちがい、潜水艦は極めて地味で目立たない存在だからやむを得ないことではあるとは思うが、やはり知っておいていただきたいとも思う。

飛行機搭載の潜水艦は、日本海軍独自の発想から生まれた世界に例のない兵器である。

私の乗る伊二一潜は乙型巡洋潜水艦で、

排水量　二二〇〇トン
全長　一〇九メートル
最大水上速力　二四ノット
航続距離　一四〇〇〇カイリ（一六ノット、水上）
行動日数　三ヵ月
五三センチ魚雷発射管　六門
一四センチ砲　一門

洋上で乙型潜水艦から射出される零式小型水偵

二〇ミリ機銃二連装　一基
飛行機　　水偵一機
乗員　　約一〇〇人

である。アメリカ西岸まで行って作戦行動をとったあと、その足で日本まで帰ってくることなどいとも簡単にできる性能である。

今の人は、潜水艦といえば葉巻のようなずんぐりした形をイメージすると思う。しかし、太平洋戦争までの潜水艦は船のような艦形をしていた。いわゆる水上船型という形状である。第一次大戦から第二次大戦までの潜水艦はどれもこの形だった。

当時の潜水艦は、潜航している時間より浮上している時間のほうが圧倒的に長かった。当時の潜水艦の性能からいえば「水中にもぐることができる軍艦」と考えたほうが近い。

水中にもぐれば速力も航続力もおちる。そのため可能な限り浮上して目的地をめざすのである。太平洋戦争までの潜水艦は、基本的には普通の船のように海上を航行し、必要なときだけ潜航する。水上を航行するには水上抵抗がすくない形状が好ましい。そのため船のような形になる。

葉巻型や涙滴型が主流となるのは、動力に原子力が採用される第二次大戦以後のことである。

潜水艦に搭載されている飛行機の専門員は、操縦員、偵察員各一名、整備長一名、整備員三名である。飛行機の射出と揚収は一五ないし一七人の人員が必要となる。それらの作業を手伝ってくれるひとたちは、艦の主計兵であり、機関兵であり、魚雷員である。彼らは飛行機担当の整備員ではない。しかし訓練につぐ訓練により飛行機の射出と揚収に関してはベテラン整備員の域に達していた。

私が伊二一潜に配属された昭和一六年九月から、開戦準備のために横須賀回航するまでの約二ヵ月、ひまがあるごとに全乗組員が一丸となって訓練に協力してくれた。

「自分は潜水艦乗りだから飛行機は関係ない」

などと言う者は一人もいなかった。いつも明るくはつらつとした態度で訓練に励んでくれた。

主計兵は包丁をスパナに持ち替え、機関兵はディーゼルエンジンの代わりにフロートを組み立て、衛生兵は注射器をもつかわりにドライバーをもって汗を流すといった調子であった。艦に乗る誰もが、屈託がなく、垣根がなく、裏表がない。彼らと訓練をするたびに、いつも、

（なんと気分のいい連中であろうか）

と目をみはる思いであった。

昼間であれば、

「急速浮上、飛行機射出用意、メインタンク・ブロー」

の号令で潜水艦が浮上し、飛行機射出までの時間を約七分に短縮した。

揚収にあっては、飛行機が着水してから分解格納筒に格納し、潜水艦が全没潜航するまでわずか五分ないし六分まで上達した。

偵察機の発艦と揚収の時間短縮は、任務の成否、艦の安否を大きく左右する。そのためこの訓練に関しては艦長以下先任将校から乗員全員が真剣に協力してくれた。

敵と出会う可能性がない安全なときは、太平洋の真ん中で、夜でも朝でも関係なく訓練をくりかえした。夜間で月のあるときは懐中電灯を使用しない訓練をし、闇夜のときは小さな赤灯の懐中電灯を使い、手さぐりでの組立分解の訓練を行なった。すべては私と岩崎兵曹が飛ぶためである。

沖縄出身の先任将校に、

「先任将校、また御願いできますか」

と言うと、温厚な笑顔で、

「艦長よろしいですね」

と伝えてくれる。岩国出身の松村寛治艦長も、

「よかろう、やりたまえ」

と応じてくれた。語らなくても意は通じる。乗組員の暖かい協力を得て飛行機の組立訓練も順調に進み、練度を大いにあげ、我が伊二一潜は南太平洋に出撃したのである。

それにしても艦のメンバーが今もなつかしくてならない。陽気な中尉さんだった大野勝航海長はいつも鼻歌まじりで艦橋から大きな声で指図してくれた。大きな体の渡義純砲術長は

一番若い少尉さんだった。広島県西条町（今の東広島市）の造り酒屋の一人息子と聞いていた。いつも汚れた服を着て走りまわってくれた。眼鏡の奥で優しい目をして協力してくれた茨城県出身の斎藤掌整備長はいつも士官室で達観した顔で座っていた。東大卒の軍医の中尉さんもがんばってくれた。

しかし、終戦後、あの懐かしい人たちに一人もあえない。戦死された方はもちろんだが、生死不明の方もいまだ顔を見ない。さみしいかぎりである。

さて、我が伊二一潜は、真珠湾攻撃から逃れたエンタープライズを追う。

エンタープライズは、ヨークタウン級航空母艦の二番艦である。この艦は太平洋戦争開戦前に建造された、アメリカ海軍の象徴ともいえる正規空母である。

日本海軍が真珠湾攻撃を行なったとき、エンタープライズは真珠湾に帰港する途中だった。そして日本軍による真珠湾攻撃の報を受けて反転して逃げた。そのエンタープライズがシアトルにいるという情報が入った。それが本当かどうかを確認するのが伊二一潜の任務であった。

しかし、厳重に警戒しているシアトル基地の偵察は大変な危険を伴う。とうてい偵察が成功するとは思えない。結局、シアトルに行くには行ったが、飛行機を飛ばすことすらできなかった。

その後、伊二一潜は通商破壊命令を受けた。通商破壊とは、連合軍の輸送船を攻撃し、補給を断つ作戦である。

松村艦長は、タンカー五隻を撃破し、伊二一潜は、昭和一七年二月下旬、呉に帰航した。

伊二一潜は魚雷を一八本しか搭載していなかった。そのため、松村艦長は、輸送船一隻あたりに魚雷を一本しか使わなかった。輸送船に魚雷を一本放ち、命中後に海上に浮上し、艦に搭載してある大砲で輸送船の吃水線を砲撃して撃沈したのである。

伊二一潜の戦果は公式記録ではタンカーを二隻を撃沈したことになっている。しかし松村艦長は、

「アメリカ沿岸で五隻沈めた」

と報告している。

松村艦長は嘘をいう人ではない。伊二一潜の戦果は輸送船五隻であったはずである。

スバ港偵察

伊二一潜は、昭和一七年二月下旬、母港である呉港に無事寄港した。しかしそれもつかの間、十分な休養もとれないまま出航し、連合艦隊の泊地であるトラック島にむかった。トラック島に到着後、艦を整備し、昭和一七年四月一五日、トラック島を出航、ニューカレドニアを経てフィジー島にむかった。そしてフィジーにむかう途中、スバ港偵察の命令をうけた。初の実戦偵察である。

某日、朝、伊二一潜がスバ港の南方四五カイリの地点に浮上した。日の出一時間前の暗闇のなか、総員態勢で飛行機を組み立てた。

私と岩崎兵曹が乗り込む。私が前席に座り操縦桿をにぎる。波は凪いでいた。それでも海面はゆるやかに高低をくりかえす。ゆれる潜水艦からの発進は機体のバランスをとるのがむつかしい。しかも闇のなかである。経験を積んできた私でも緊張は隠せない。私が準備ＯＫの合図を出す。

「テーッ」

号令とともに水上機が発出された。射出はうまくいった。そのまま機体をゆるやかに上昇させる。

ふう、と一息ついた。

（はたして再びもどれるかどうか）

ふりかえって見おろすと海は闇である。母艦はすでに潜航しているはずだ。敵地へ単機のりこむのである。生還はよほどの幸運がなければ難しいだろう。

そのときの私に恐れはなかった。決死の任務にあたって気持に乱れがなかったのは私が剛気だったからではない。我々は死ぬことがあたりまえの時代にいた。だから死に対する恐怖がなかったのである。

問題は、いつ、どんな死に方をするかである。今回の作戦か、次の作戦か、あるいはその次か。いずれにしてもいずれ死ぬ。果たしてそのときどんな死に方をするのか。そのことだけが頭のどこかで灯台のともしびのように明滅していた。

水上偵察機は高度三〇〇メートルで敵地を目指した。エンジンは快調だ。上空をよく見ればところどころに星が見える。予報どおり天気はいいようだ。

高度三〇〇メートルで雲の中に入った。雲の頂上は高くないらしい。雲中を計器飛行で上昇して二〇〇〇メートルまであがった。雲上には出ないでそのままの高度で飛ぶ。

(ちかいな)

飛行時間と速度から目的地までの距離を予想する。

高度を次第に下げる。周囲が次第に明るくなる。雲も切れはじめた。三〇〇メートル上空から下をみるとサンゴ礁に砕ける白波がかすかに見える。どうやらスバ港の入口に着いたようだ。スバ港に着くのが予定時刻よりも少し遅れた。夜が明けそうだ。まもなく朝日がのぼる。

(まずい)

舌打ちをした。払暁とともに港にとびこむことが成功の条件であった。偵察任務成功の定義は「情報の入手」と「帰還」である。情報を入手しても帰って報告しなければ意味がない。警戒が厳しい敵基地を日中に偵察すれば無事には帰れない。時間の遅延は生還の可能性を低くする。しかし、危険だからといって引き返すわけにもいかない。いちかばちか行くしかない。

(ええい、ままよ)

予定通りの行動をとることにした。

スバ港に入った。いよいよ本番である。スバ港はスコールが降り、ところどころ白い霧が海面まで垂れさがっている。偵察をするには最適の状況であった。こうなったら敵機になりすまして港内に入るしかない。

（堂々といこう）

腹をきめた。

高度を三〇〇から五〇〇メートルに上げた。高度を上げたのは機体を識別されないためである。

そして港の中央にむかってまっすぐに飛び込んだ。このときの情景は今でも鮮明に記憶している。

スバ湾は、半島の両岸があたかも両腕で海を囲うような地形である。美しいサンゴ礁が見える。この地形と珊瑚礁が波浪をふせいでいるため、入り江の海は波が静かである。湾内は広く、水深もある。そのため大型船の碇泊も可能である。港をかこむ陸地には町がひろがる。絵に描いたような天然の良港であった。

スバはフィジーの首都である。海に突き出た小さな半島に位置する。スバ港は太平洋航路の重要な中継基地として世界各地から多くの船があつまっていた。そして戦争になると連合軍の軍事基地として活用されるようになった。とくに、日本攻略のために連携をふかめるアメリカとオーストラリアにとって重要な中継基地となっていた。ここに、真珠湾で取り逃がしたエンタープライズが逃げこんでいるというのも時期と位置からしてうなづける。

（さて、どこだ）

上空から血眼になってエンタープライズをさがす。しかし見つからない。

湾内の紺碧の海の周囲は起伏に富んだ低山がとりかこんでいる。朝日が昇ってきた。山々の緑が濃くなる。光が樹木にふりそそぎ美しい陰影をみせはじめた。

港の上空で旋回飛行にはいった。海面をさがす。

（いないなあ）

大型艦は見当たらない。港内には軽巡が一隻、駆逐艇らしきものが七隻しかいなかった。艦の種類を確認するために高度を三〇〇メートルまで下げた。軽巡洋艦はグラスゴー型である。つぶさに見たがやはりそれだけで他にはなにも見えない。

港の警戒は薄い。警戒警報が鳴っている様子もない。高射砲陣地にも動きがない。スバ港はあいかわらず眠ったままであった。だんだん気持が大胆になってきた。さらに高度を下げた。港内の上空で旋回飛行にうつった。軽巡の左舷を飛ぶ。見ると、起床したばかりの水兵たちが上甲板で歯磨きをしている。後席の偵察員の岩崎兵曹が、

「飛行長、機銃で撃ちましょうか」

と伝声管を通じて言う。

「おいおい冗談じゃない、隠密偵察だぞ。それより敵さんに手を振ったらどうだ」

と答えた。もはや隠密でもなんでもない。世にもめずらしい公然偵察である。岩崎兵曹は、

「そうですね」

と答えると、水兵にむかって大きく手をふった。敵兵も我々を味方だと思ったのであろう。気がついた何人かが手を振り返した。

潜水艦搭載機は胴体も主翼も日の丸を消して緑色の迷彩がしてある。ちょっと見ただけでは飛行機の国籍はわからない。これで味方だと思って追いかけてこないだろうと安心し、偵察任務を終えて潜水艦に帰ることにした。すっかり明るくなったスバ港を後にして帰路についた。

ところが、スバ港の連合軍基地は我々の偵察を捕捉していた。そして密かに攻撃機を発進させ、追いかけてきたのである。私はそれにまったく気づかないまま飛行をつづけた。

我々は母艦にむかって飛ぶ。はたして伊二一潜を見つけられるか。私は不安であった。無線により母艦の位置を確認し、そこにむかって飛んでいるのだが、地形目標のない洋上は方位を失いやすい。飛行機はつねに風の影響をうけ、機体が風下に向かってながれる。風力と速度と風向きから誤差をだし、修整しながら飛ぶ。自分たちの航法が正確かどうかは目標地点についてみないとわからない。航法に失敗すれば燃料がつきて海の藻屑となる。

仮に、航法がうまくいっても母艦を見つけるのが大変であった。巨大な潜水艦も広大な海ではペンでちょんとついた程度の小さな点にすぎない。しかも海上には波浪がある。光も乱反射する。見つからないからと高度を下げれば視野がせまくなる。上げれば見えにくい。

この場合、海上にいる母艦からは偵察機の発見は容易である。しからば合図をしてあげようと光を点滅させたり信号弾をあげたりすることもあるにはあるのだが、敵地の近くでそれをやれば敵機に発見され攻撃を受けることもある。そのため母艦から合図をだすかどうかはケースバイケースである。

仮に、母艦と無事にめぐりあっても、敵機が接近すれば偵察機の収容をあきらめて潜航する。そうなれば偵察機は母艦をうしなってこれまた海の藻屑行きである。それだけに偵察任務を終え、母艦を海上に発見したときの安堵感は言葉に表現できない。

我が偵察機が旋回にはいった。機体を傾けて海を見わたした。海面に見慣れた艦が浮いている。

「いました」

伝声管から岩崎兵曹のうれしそうな声が聞こえた。岩崎兵曹の航法は正確であった。母艦を無事に発見した。

「いたな」

私も弾んだ声で答えた。

母艦は、水上偵察機が少しでも安全に着水できるよう大きく回頭して波を抑える。クレーンがついている方向に面舵をとるのである。すると一時的ではあるが波がすうっと静かになる。そこを風に向かって着水する。操舵士と操縦士の呼吸があわなければ波が高い洋上での着水はうまくいかない。

着水はうまくいった。機体が潜水艦の近くに停止した。直ちに収容にかかる。分解した各部を吊り上げ、格納庫に収納した。出発から帰着まで約一時間半、収納に八分を要した。

飛行機の収納が終わり、我が伊二一潜が潜航を開始しようとしたそのとき、はるか向こうに敵機が現われた。

「敵機ぃ」

見張りが叫ぶ。あっというまに機体が大きくなる。艦上にいた者が逃げる鼠のように艦内に入る。

ハッチを閉じると同時に急いで潜航を開始した。爆弾が投下された。落下した爆弾が大きくはずれて爆発した。衝撃波が追いかけるようにして水中の我々を襲う。伊二一潜が震動でゆれながら潜航を続ける。映画の一シーンのように間一髪で難をのがれた。ギリギリであった。

スバ港には敵空母はなかった。その旨を潜航中に艦長に報告した。私たちの偵察が成功したおかげで甲標的のスバ港への出撃は中止となった。

伊二一潜はしずかに移動を開始した。

甲標的（こうひょうてき）

さて、ここで甲標的について説明しなければならない。

甲標的は、日本海軍が開発した特殊潜航艇である。魚雷二本を艇首に装備し、電池によって動く小型の潜水艦（正確には「潜航艇」）である。

甲標的は大型の潜水艦の甲板に搭載され、敵地にちかづくと水中から発進して港のなかに侵入し、敵艦船を攻撃する。人間魚雷といわれた回天とは全く別ものである。回天は死ぬことを前提として出撃するが、甲標的は魚雷攻撃をしたあと母艦への生還を目指す。しかし、実際には、甲標的も回天とおなじ生還ができない死の兵器であった。

その昔、日露戦争において、連合艦隊がバルチック艦隊を日本海で覆滅した。これが日本海軍のゆるぎない神話となっていた。

いま考えればおとぎ話のように聞こえるが、日露戦争が終わった後、日本海軍はアメリカを仮想敵国として作戦を練り、いざアメリカとの戦争が始まれば、太平洋において「日本海海戦」を再現し、アメリカ艦隊を覆滅しようと本気で考えていたのである。

アメリカ海軍との決戦を勝利に導くためには、大海戦が行なわれる前にできるだけ敵の兵力を殺ぐ必要がある。そこで、ワシントン、ロンドン条約（軍縮条約）の制限に抵触しない兵器の開発に知恵をしぼった。そして甲標的が誕生した。

甲標的は、

全長	約二四メートル
全高	約三・五メートル
最大直径	約一・九メートル
全没排水量	約四六トン
喫水	約一・九メートル

特殊潜航艇「甲標的」。艇首に魚雷発射管２基を装備している

耐圧深度　　　　　約一〇〇メートル
最大速度（水中）　約一九ノット
水中航続距離　　　約八〇分
安全潜航深度　　　約一〇〇メートル

という性能である。乗員は二名。魚雷を艇首に二発搭載している。国力なき小国が知恵と技術をそそぎこんで開発した、世界に例をみない近代兵器である。

当初の開発計画では、洋上決戦の尖兵的な働きを期待された。しかし、実際につくってみると、魚雷を発射したとき、衝撃で艇首が跳ね上がって海面に飛びだすことがわかった。魚雷の威力にくらべて甲標的の艇体が小さいのである。そのため発射された魚雷の照準がさだまらず、どこに行くかは撃ってみないとわからないという結果となった。

しかも、いったん魚雷を発射すると甲標的の艇体がおちつくまで一分ちかくかかる。本来であれば、二本の魚雷を扇形に連続発射し、航行する敵艦への命中精度をあげる。しかしそれができない。

ヒットエンドランが生命線の潜水艇が、一発撃ったのち二発目を撃つために一分以上もその場にとどまっていなければならないなどナンセンスである。

しかも一発目の魚雷が当たる可能性はゼロに等しい。敵艦に魚雷を命中させるためには約八〇〇メートルまで接近しなければならない。甲標的にはソナーなどなく、敵を見つける方法は長さ約三メートルの特眼鏡（潜望鏡）が一本あるだけであった。小さな甲標的は波の影響をもろにうけてゆれにゆれる。大海の波浪のなか、細い潜望鏡を海面から数メートルだして敵艦を肉眼でさがすのである。

仮にそれで発見しても、敵艦の進行方向や速度などを暗算で試算したうえで甲標的を操作しながら魚雷の発射操作を行なう。この作業を搭乗員の二名が身動きもままならない狭い艇内で行なう。神であっても魚雷命中は無理であろう。

そこで甲標的の任務が洋上から港湾に移ることになる。敵の軍港に侵入し、停泊中の敵艦を攻撃することにしたのである。

湾のなかであれば波はしずかである。敵艦もとまっている。なるほど、大海原で航行中の戦艦や空母を攻撃するよりもはるかに現実的であるように思えた。

そして、ついに甲標的が実戦に投入された。その初陣が真珠湾攻撃であった。

真珠湾攻撃において、甲標的を搭載した伊号潜水艦は五隻であった。

伊二二潜・岩佐艇（岩佐直治大尉、佐々木直吉一曹）

伊一六潜・横山艇（横山正治中尉、上田定二曹）
伊一八潜・古野艇（古野繁実中尉、横山薫範一曹）
伊二〇潜・広尾艇（広尾彰少尉、片山義雄二曹）
伊二四潜・酒巻艇（酒巻和男少尉、稲垣清二曹）

真珠湾攻撃では甲標的は五隻とも湾内に潜入することに成功した。そしてそのうち三隻が魚雷攻撃を行なった。戦果は諸説あってさだまらない。

五隻の甲標的のうち、四隻が撃沈され、一隻（伊二四潜搭載）が座礁して拿捕された。帰還できた甲標的はゼロであった。一〇人の搭乗員のうち九人が戦死した。戦死した九人は、大本営が「九軍神」と名付けて発表した。マスコミもこれにのり、さかんに英雄として書きたてた。

一〇人のうち一人だけ生きのこった。伊二四潜の甲標的に搭乗していた酒巻少尉が意識不明の状態で敵の捕虜となったのである。太平洋戦争における日本人の捕虜第一号である。

酒巻少尉は、他の兵士とおなじように決死の任務を敢行しながら、生きたがために捕虜の汚名を着てその後の人生を生きた。本人の気持はどうであったか。内地にいたご家族はどのような辛いめにあったのか。そういったことを想像し、あるいはその心情を感じとることが、これからの戦争教育ではなかろうか。

負の歴史としてとらえられがちな日本の昭和戦史は、じつは貴重な教訓がつまった日本の財産なのである。我々の戦争の記憶と記録を、ぜひこれからの時代に活用してもらいたいものである。

オークランド偵察

伊二一潜はスバ港から一路南下した。つぎに命ぜられたのは、ニュージーランドのオークランド港の偵察である。

昭和一七年五月二四日、午前四時、我々はオークランド港にむけて雲の中を飛んだ。約三〇分後、薄明るくなった海岸に出た。視界不良。小雨の中を北上しているとオークランド飛行場の真上にでた。視界不良を幸いに高度四〇〇メートルまでさげてみる。ここでも味方機と思ったらしい。滑走路に着陸誘導灯をつけてくれた。もちろん降りるわけにはいかない。港も小舟ばかりである。敵艦はなし。長居は無用とひきかえすことにする。

「飛行長、一機で飛ぶのも気楽な面もありますが、ちょっと寂しいですね」

と岩崎兵曹が話しかける。まさにそのとおり。もし不時着しても生還できる見込みは皆無なのだ。小さな三〇〇馬力のエンジンが快調に回転してくれるのがほんとうに有り難い。

帰還時間が予定よりも早い。収容地点に帰投しても潜水艦の姿が見えない。やはりまだ潜航しているのである。付近の二〇カイリくらいを偵察して安全を確認する。そこで、

「付近に敵なし浮上せよ」

の暗号電報を打った。

二分後、巨鯨のような真っ黒な巨体が大海を突き破りながら海面に現われた。母艦である。ハッチが開かれ、水兵たちが司令塔からデッキに飛びおりるのが見える。間髪を入れず着水態勢に入り、潜水艦の至近場所に着水した。少々波は高かったが、潜水艦が消波運動で作ってくれたウエーキの中に降りたので無事だった。

偵察機の収容がおわると大急ぎで潜航した。そのあと偵察報告を行なう。艦長は、

「ご苦労だった。君が発進直後に、オークランド偵察を取りやめて直ちにシドニー飛行偵察を行なう様にと艦隊司令部から命令が来たんだよ。もう少し電報が早く着いていればよかったよ」

と言われた。

（なんだ無駄骨だったか）

と少々がっかりした。

シドニー港偵察

マダガスカルのディエゴスワレス軍港を目指す「甲先遣支隊」に対し、我々「東方先遣支隊」はオーストラリアのシドニー港を目標とした。

第八潜水隊があたらしく編成されたのが昭和一七年三月である。これまで連合艦隊に編成されていた潜水艦部隊を切り離し、太平洋上において独立して作戦を行なうための編成であった。

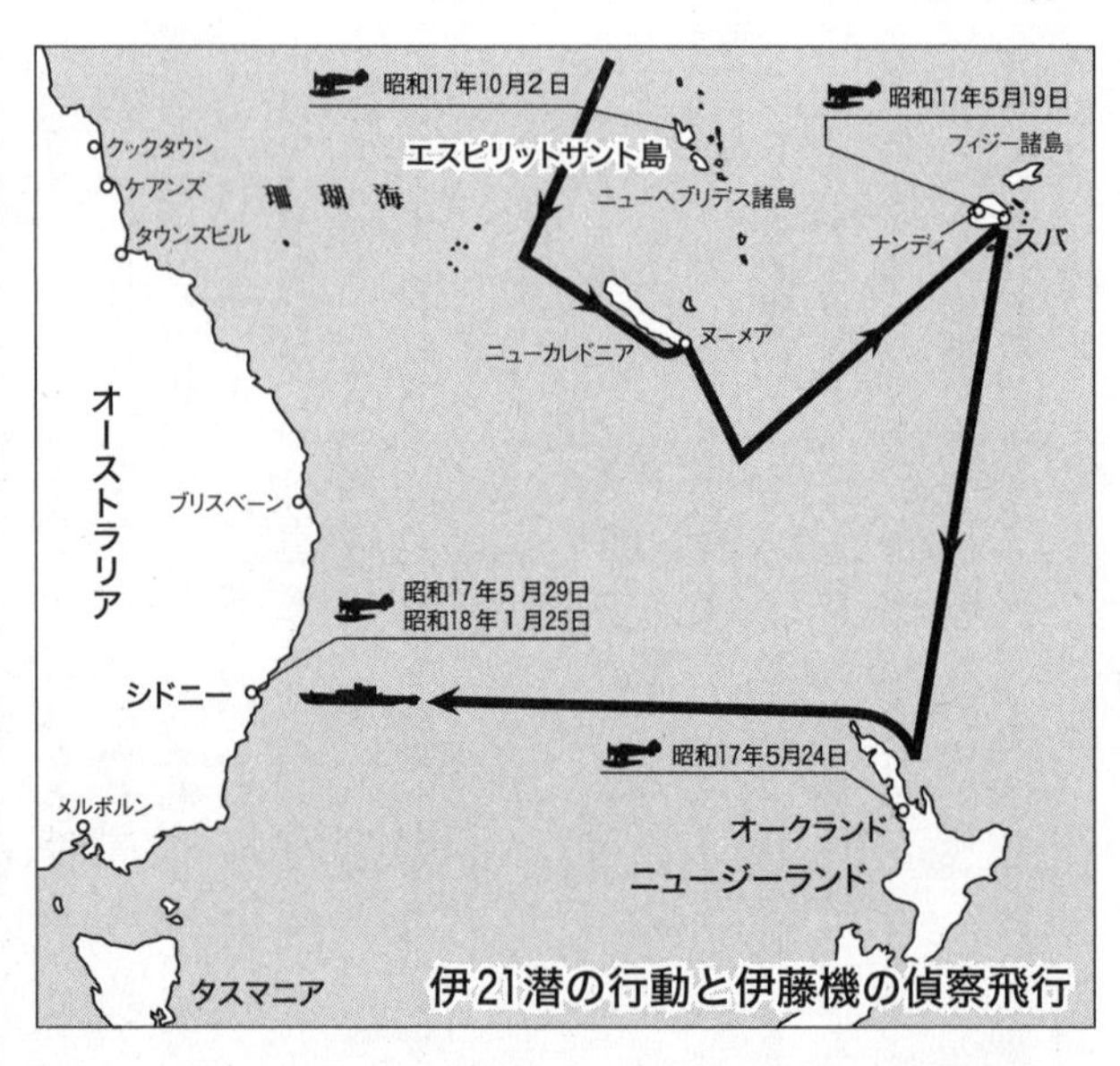

伊21潜の行動と伊藤機の偵察飛行

第八潜水隊は特殊潜航艇「甲標的」による特別攻撃を実施する。そのため、特設巡洋艦「報国丸」「愛国丸」を母艦とし三個の部隊（甲・乙・丙）にわけられた。私が乗る伊二一潜は、伊二二、伊二四とともに丙先遣支隊となった。丙先遣支隊は当分の間、乙先遣支隊とおなじ方面で作戦を行なうため、乙と丙支隊をあわせて東方先遣支隊とされたのである。

予定では、昭和一七年五月三一日に甲標的三隻（松尾艇、伴艇、中馬艇）がシドニー湾に攻撃をかける。伊二一潜に与えられた任務は、そのための事前偵察であった。私が攻撃の前日に偵察を実施するのである。私はこれまでに実戦での飛行偵察を成功させて自信を深めていた。

真珠湾攻撃からともに行動してきた松村艦長は、私を信頼してくれていた。私も松村艦長に絶大な信頼をおいていた。勇敢で人情味の厚い、すばらしい艦長だった。私は、艦長の期待にこたえ、任務を果たそうと燃えていた。

伊二一潜は、一路、シドニーへむかう。南緯三三度三〇分の線上を伊二一潜は真西に進路をとった。荒天続きで艦の速力はでなかった。艦橋で雨衣に身を包んで見張り当直に立つ。凍えるほどの寒さである。南十字星が輝く南方といえば暑いと思いがちだが、この緯度の五月は晩秋である。寒さがこたえる。このとき、「シドニー港に敵戦艦ウォースパイトがいる」という情報が入った。昭和一七年五月八日の珊瑚(さんご)海海戦で損傷を受け、南下中のイギリス戦艦ウォースパイトを伊二九潜がシドニー沖で発見し、これを追跡、約三浬まで迫りながら惜しくもシドニー港内に取り逃がしたというのである。日本海軍はこのウォースパイトを甲標的で攻撃する作戦計画を立てた。そして、

「伊二一潜の偵察機は、五月二九日朝までにシドニー港を偵察せよ」

という命令を我々が受けた。開戦後、約半年が経つ。華々しい作戦の成功に湧いた東南アジア方面とは対象的に、昭和一七年五月になっても南太平洋の海域では今だ目立った戦果がない。我々にあせりがなかったといえば嘘になるだろう。

昭和一七年五月二九日の深夜、オーストラリアのシドニーの北東四〇浬の海域に、伊二一

潜が密やかに到達した。

「急速浮上、飛行機射出用意、メインタンク・ブロー」

号令一下、艦内は慌ただしさを増す。我々に課せられた任務はきわめて困難なものである。延期がゆるされない決死の任務であった。

私はここにくるまでの約一週間、偵察員の岩崎兵曹とシドニー港内の形状、侵入退避の方法、帰投不能のときに打電する暗号文の作成など、綿密な計画を練った。あとは天候に恵まれることのみを神に祈った。昭和一七年五月二九日の月没は、日の出の二時間前である。月がある間に偵察を完了しなければならない。

伊二一潜が浮上した。たくさんの輸送船が灯火を煌々とつけて航行している。漁船も何隻かでている。うねりが大きい。シドニー沖は風も波もさえぎってくれる島ひとつない洋上であるから、これが普通かもしれない。

月明かりはある。しかし雲量が多く、風も刻々と強くなってきた。風にむかって艦が航行するとピッチング（縦揺れ）が大きくなりカタパルトから発艦するのは困難となる。

しかし、特別攻撃の事前偵察という任務上、明日に延期することは許されない。命を賭しても発艦してシドニー港に行かなければならない。

私は夜間飛行が得意だった。慎重にやれば飛ぶまではできるだろう。問題は着水である。着水の時に転覆する公算が大きい。そこで艦長に、

「艦長、発艦はピッチングの山を使ってなんとかやりますが、着水時に転覆の公算が大きい

ですから、救助の用意をお願いします」

と頼んでおいた。

午前二時四〇分になった。私と岩崎兵曹が偵察機に乗り込んだ。発艦は午前二時四五分、合成風速にむかった射出機に偵察機がセットされている。予想以上のうねりである。射出機の先端が大きく上下する。大波によるピッチングの山がもりあがって頂点に達した瞬間に発艦しなければならない。

操縦桿を握る手に汗がにじむ。

（おちつけ）

大きく深呼吸した。

（いつもどおりにやれ。かならずうまくゆく）

いつも自分にかけるおまじないを、このときも心のなかでつぶやいた。

艦が風上に向かう。強い風のなか、ピッチングが上向きに転じたときに水偵を射出した。発艦は成功した。風にあおられながら徐々に高度をとる。機体が風に舞う木の葉のようにゆれる。

冷や汗をかきながらも、なんとか墜落せずに上昇体勢にはいった。機体は高くあがるにつれて安定してきた。高度が五〇〇メートルになったところで水平飛行にうつった。

「ふうっ」

大きくため息をついた。

天気はよい。風はあいからわず強い。しかし上空では風向きが安定しているため飛ぶことに支障はない。

五〇〇メートルの高度のままシドニーに接近する。幸い敵機との遭遇はない。

シドニーの灯台が見えてきた。灯台は点灯している。灯台が光を消していないということは、シドニーの警戒員が本機の接近に気づいていないという証拠である。

サウスヘッド砲台上を通過し、市街上空に達する。民家には灯りがともっている。シドニーのシンボルであるハーバーブリッジがよく見えた。軍艦の姿はない。

サウスヘッド砲台を通過してシドニー市街の上にでた。家々の灯火が美しい。月夜ではあるけれども、雲がたくさんあって以外と暗い。そのため海面の様子が見えにくい。飛行艇錨地の近くにあるガーデンアイランドは、海図では島になっているが実際には陸続きになっていた。そこに巨大な船渠を建設している。

やがてコカトゥー島にある海軍ドックを発見した。見ると二、三隻の駆逐艦らしき艦が入渠している。コカトゥー島はシドニー湾に浮かぶ最大の島である。島の西には軽巡らしき艦が横付けされている。しかし、大きな艦は見あたらない。

「こまったなあ」

と思いながらコカトゥー島上空を高度三〇〇メートルでグルグル飛んでいるとき、三基のサーチライトに捕捉された。飛行機に日の丸はついていないので大丈夫だろうとは思ったが、安全のために大急ぎで島に背をむけて高度をあげ雲中に避退する。雲高は約七〇〇メートル。

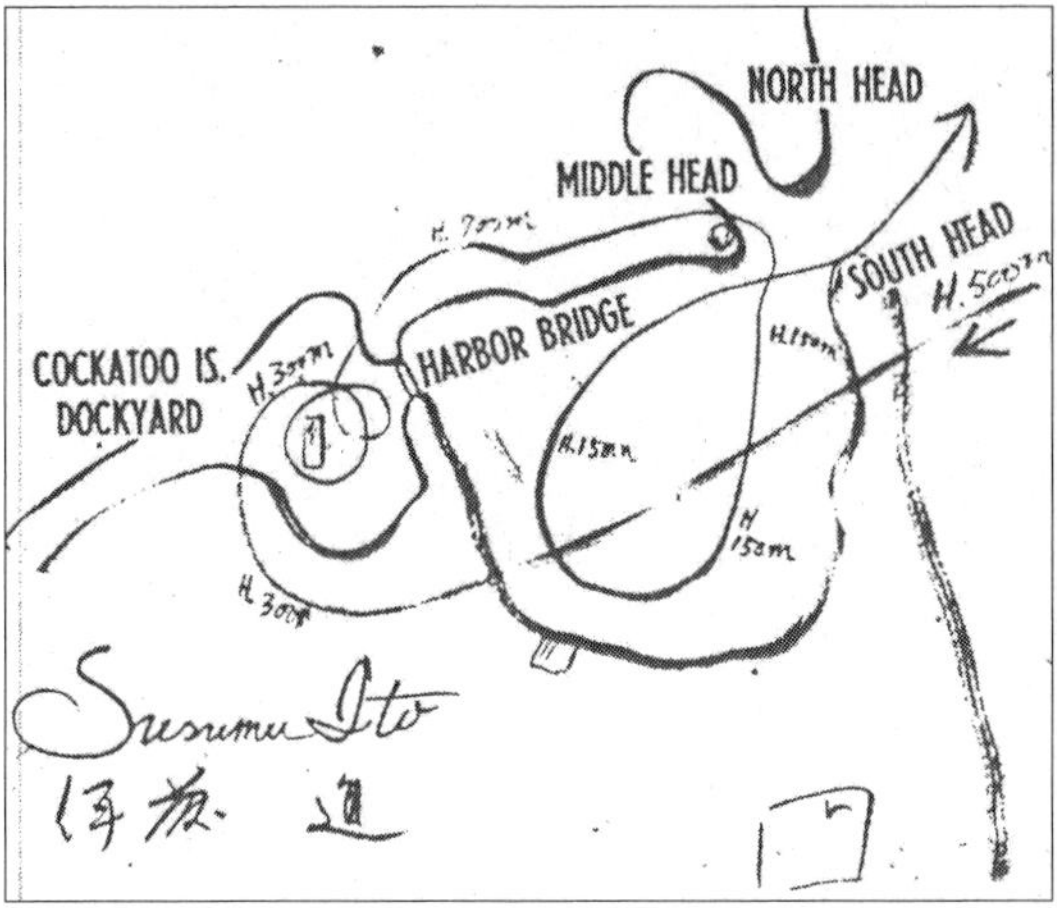

豪新聞社の求めで伊藤氏が描いたシドニー偵察時の水偵航跡図

ところどころ切れ目があって逃げこむにはおあつらえむきである。弾も飛んでこない。局地偵察は三度目である。場慣れしたのか割合と平然とこなすことができた。

そろそろいいかと高度を下げると、再びサーチライトで補足された。しかしあいかわらず下から撃ってこない。調子にのって超低空で港内を旋回しながら飛んだ。

海面が暗い。いまだ目的の戦艦は見えない。今度はノースヘッド付近から高度を一五〇メートルまで下げ、さらに降下姿勢で湾内に突っこんだ。海面に手が届くほどの高さだ。港にはクレーンやワイヤーなどがある。低く飛びすぎると接触する可能性がある。高度を五〇メートルにとり障害物に引っかからないように偵察した。

戦後、私のところにオーストラリアのテレビ局や新聞記者が訪れ、

「シドニーではハーバーブリッジをくぐって偵察したというが本当か」

と質問してきた。そういう伝説がいつのまにか出来ていたようだ。しかし、それはウソである。そんな危険を冒すほど頭は悪くない。しかし、それに似たことをやったことはある。霞ヶ浦で飛行教員をやっていた頃、練習機で川にかかる鉄橋をくぐった。自分の腕前を試すためだった。上官にばれると懲罰をくらうのでこっそりやった。

練習機は速度が遅くて操縦がしやすかった。一回の成功ではたまたまにすぎないから、二回、三回とくぐって同僚たちに自慢していた。その後、他の連中もやったが、事故を起こす者はいなかった。やってみると案外簡単なものである。思えば命をかけてバカなことをしたものだと思う。しかし、若さというのはそういうものだろう。今は、そのころの時代がひどく懐かしい。

以上は余談。話をシドニー湾の上空にうつす。

明日の夜、特殊潜航艇(甲標的)がこの湾に潜入する。そのことを考えると、確実に敵艦の存在を見極めなければ彼らを犬死させることになりかねない。

再びガーデン島付近まで来た。そのとき、碇泊している二隻の大型艦が見えた。

「いたいた。岩崎兵曹、見ろ。敵艦らしいぞ」

「ウォースパイトですかね。飛行長」

「いや違う、アメリカの戦艦らしい」

と私が首をひねった。

ウォースパイトはクイーンエリザベス級戦艦の二番艦である。排水量は約三万三〇〇〇トンであるから、戦艦大和の約半分の大きさである。艦齢こそ古いが、イギリス海軍でももっとも有名な戦艦だと言っていい。日本海軍でいえば「長門」に相当するだろう。しかし、ウォースパイトはいない。そのかわりにアメリカの戦艦がいる。戦後に知ったことだが、このとき在泊していたのはアメリカの重巡洋艦「シカゴ」とオーストラリア重巡洋艦「キャンベラ」であった。しかしこのときは海面が暗くて艦名がわからなかった。我々は艦を識別しようと必死に目を凝らした。しかしわからない。やむなく艦幅の広い方を戦艦、狭いほうを重巡と判断した。

その後も湾内を旋回したが、ウォースパイトはついに発見することができなかった。しかし戦艦がいることはわかった。特殊潜航艇の獲物としては十分とはいえないまでも、撃沈できれば戦果としてはまずまずだろう。戦艦の在泊が確認できたことを神に感謝する気持であった。

旋回中、港口付近の防潜網が月明かりで白く輝いて見えた。不思議な妖しい光であった。ここでまた探照灯にキャッチされた。結局、シドニー上空では三度照射された。しかしついに一発も撃たれることはなかった。敵も本機が敵なのか味方なのか迷ったのであろう。

偵察の目的を達することができた。さらばシドニーよ、というわけでノースヘッドから航法を開始して帰途についた。すでに月は没して真の闇夜になっていた。正確な航法を心がけながら一路、母艦にむかって飛ぶ。

公式記録だと、潜水艦に搭載されている小型水上偵察機による夜間強行偵察を行なったのは我々が初めてである。ただし実際には私の同僚が以前に一度、夜間偵察飛行を行なってい
る。

夜間の強行偵察は危険を伴う。気象、波高、敵情、視界、警戒といった要素がすべてうま
くいかないと成功しない。実行された例は世界戦史でもまれであろう。

日の出までまだ一時間半ある。ノースヘッドから三〇度に飛ぶ。

どれだけ飛んだかわすれたが、予定到着時間になっても潜水艦が発見できなかった。

空も海も真っ暗である。過去の経験から、この状況では潜水艦はもちろん大型巡洋艦でも
発見が困難である。闇夜でカラスを見つけるようなものであった。

予定時刻よりさらに五分間ながく飛ぶ。まだ発見できない。はるか遠くのほうにニューカ
ッスルの灯が見えはじめた。後席から岩崎兵曹が、

「飛行長どうしますか。もう少し走りますか」

と言う。私は、

「いや、どうも走りすぎたようだ」

と岩崎兵曹に言い、

「もう一度シドニーに戻って灯台から航法をやり直そう」

と答えた。そのときふと、

「例の暗号もっているか」

と聞いた。

「大丈夫です。何時でも打てます」

と岩崎兵曹が即座に答えた。

「じゃあ反転してシドニーに向かうが、その前に探照灯照らせの暗号をやってみろ。敵前だから多分だめだと思うがね」

と、こんなやりとりをしたあと、出発前に決めた暗号の「ラララ」を岩崎兵曹が送った。するとはるか前方の海面の一点が短く光った。母艦が小型探照灯をつけてくれたのである。

「見えました。本艦です」

岩崎兵曹が嬉しそうに叫ぶ。

「俺にも見えたぞ、これで航法をやり直さんでも済んだな」

と私も大声で言った。

後で聞いたところ、母艦からは我々の飛行機が見えたそうだ。航法のなかでももっとも難しいのが夜間洋上航法である。我々の航法は正確だった。

シドニー偵察では発進した時点から帰還のことを心配していた。夜間の帰還を困難にする最大の障害は、母艦発見の困難さにある。特に天候が悪化すると、洋上の潜水艦を見つけることは極めて難しい。

敵地の沖だけに灯火を点けることはできない。灯りを消した潜水艦の艦影は闇に溶ける。母艦が発見できなければ死あるのみである。それがこのとき探照灯を点けてくれた。しかも三〇秒近く照らしてくれた。敵の近くで灯火をつけるリスクは大きい。敵の軍艦や哨戒中の敵機に発見されたらひとたまりもない。

「万一の場合は暗号を送信する」

と言ってはおいたが、

「場合によっては点灯する」

というだけの約束だった。

まさか点けてくれるとは思っていなかっただけに嬉しかった。本当に助かった。松村艦長以下の潜水艦乗組員に感謝するほかなかった。

さっそく潜水艦目指して高度を下げた。

高度を一〇〇メートルに下げると、闇夜の海上に墨絵のように浮かぶ潜水艦がみえた。さらに、その周囲の海一面に白波が立っているのが、かすかではあったがみえた。波が大きいのである。

今度は着水が大変だ。出発時の予想は見事に的中した。一難去ってまた一難である。

「バンドをはずして風防を開けとけ。手足を前にしっかりつっぱってろよ。転覆覚悟だぞ」

と岩崎兵曹に指示した。私もパラシュートを外し、ベルトを解き、転覆にそなえた。この波に着水すればフロートの足が折れることはまず避けられない。

次第に近づく海面。気が気ではない。どうせ転覆するなら衝撃を最小限度にしたい。救出の時間を短縮するために艦の近くに着水したい。速度を落としながら高度をさげる。海面との距離がはっきりしない。高度判定がむつかしい。ほとんどカンであった。

ザザーッとフロートが海面に触れた。その瞬間、つぎの大きな波頭に乗り上げ、大きくジャンプした。ここで通常ならプカッとエンジンを吹かすところだが、脚が折れたらしいのでスティックを一杯引いたままつぎの着水をまった。一瞬のできごとがずいぶん長く感じられた。

次の衝撃がきた。あっ、と思った。我に帰るとフロートが上にあり、胴体を下にして転覆し、私は水の中にいた。転覆は経験ずみだったので慌てることはなかった。

(大丈夫だ、落ちついている)

予定通り座席を蹴って飛行機から脱出した。水の中にでると一度下にもぐってから浮かびあがった。

海面にでると浮いている機体につかまった。岩崎兵曹が見えない。

(さては機体に取りのこされたか)

と、岩崎兵曹が乗る後部席を足でさぐってみるがなにもない。

(ならば海面にいるか)

と思って大声で呼んでも返事がない。あたりは真っ暗で風の音だけがビュービュー鳴っている。見えるのは目の前の壊れた飛行機だけである。

機体の反対側を探してみるつもりで掴まっていた手をほんのちょっと離した。するとたちまち機体と私は二メートルも離れた。風と波が強いので浮いている飛行機がどんどん流れていくのだ。

潜水艦の救出部隊は飛行機をさがす。転覆した飛行機から離れれば発見が困難になる。流れる機体に追いつかなければならない。私は予科練時代に遠泳で鍛えていたので泳ぎには自信があった。しかし、いくら手足を動かしてもまったく距離が縮まらない。そればかりか体は沈み水をガブガブ飲む。

（いよいよか）

浮きつ沈みつし、まさにグロッキーになりかけた。そのとき体に何かが当たった。なんだ、とおもって探ると手がロープにふれた。それが潜水艦から投げられた救助用のロープであった。それを無意識につかんだ。意識が混濁しつつあった。かすかに「助かったな」と考えたときには潜水艦の丸い横腹に引き寄せられ、飛行服の襟首をつかまれて引き上げられていた。猫の首筋をつかんで吊るすような格好であったにちがいない。

艦上にあがると真っ先に岩崎兵曹の安否を尋ねた。幸いなことに岩崎兵曹は五分前に救助されていた。自分が助かったことよりもうれしかった。

頭がはっきりすると気になるのは大切な飛行機を壊したことである。すぐに艦長のところに謝罪に行くと、松村艦長は、

「助かって良かった」

と労をねぎらってくれた。

それにしても泳ぎに自身がある私がなぜ浮かなかったのか。ライフジャケットも着けているのに。

濡れた飛行服を脱いでやっと気がついた。一〇倍の双眼鏡を首にかけ、右足ポケットには一四年式けん銃と弾八発、左脚ポケットには予備弾倉二個に一六発の実弾を入れているではないか。これでは河童（かっぱ）でも泳げないだろう。

壊れた飛行機はひっくりかえったままどんどん風に流されてゆく。このままでは敵に飛行機を発見されるので沈めなければならない。艦を寄せてけん銃でフロートを撃ったが沈まない。やむなく水兵が機体に乗りうつって大きなハンマーで孔をあけて沈めた。

あたりは次第に明るくなり始めた。付近にはたくさんの輸送船が通っているので大急ぎで潜航した。

潜水後、偵察報告をした。偵察は成功である。作戦の成功を祝し、全士官が集まって冷や酒で乾杯した。酒は小さなグラスで二杯まで。これが我が艦の習慣であった。

シドニー攻撃

私のシドニー湾偵察による報告を受け、五月三一日夜、シドニー湾口の七浬の位置で三隻の潜水艦が特殊潜航艇（甲標的）を発進させた。私は遠方で待機する潜水艦の甲板から基地の様子をみた。

午後七時から七時半にかけ、たくさんの敵の探照灯が狂ったように港内を照射しているのが見えた。

出撃した三隻の甲標的はその後、消息を絶った。攻撃を実施したことは確実であるが成否は不明である。以下は戦後の資料による。

三隻の甲標的のうち、まず伊二七潜から発進した中馬艇（中馬兼四大尉、大森猛兵曹）は、湾口の防潜網に引っかかったところを、哨戒艇に発見されて自爆した。

伊二四潜搭載の伴艇（伴勝久中尉、葦辺守兵曹）は、防潜網の東南端にある出入り口から港内に潜入し、アメリカの重巡洋艦「シカゴ」に魚雷二本を発射した。しかし一本目は艦首をかすめ、二本目は艦底を通過して岸壁で爆発し、係留中だった宿泊艦「クタバル」が大破したことまでは、わかっている。

なお、伴艇は、二〇〇六年にシドニー沖の海底で発見されている。

残る一隻の松尾艇（松尾敬宇大尉、都竹正雄二曹）は、防潜網の外側で哨戒艇の連続攻撃により撃沈された。

戦争は愚劣である。もう二度としてはならない。しかし、そうだからといって戦時中に見せた若者たちの勇気、愛国心によってとった果敢な行動までも否定してはならない。

日本はあまりにも無惨な敗戦を経験したがために、戦争に携わったすべての人物とその行

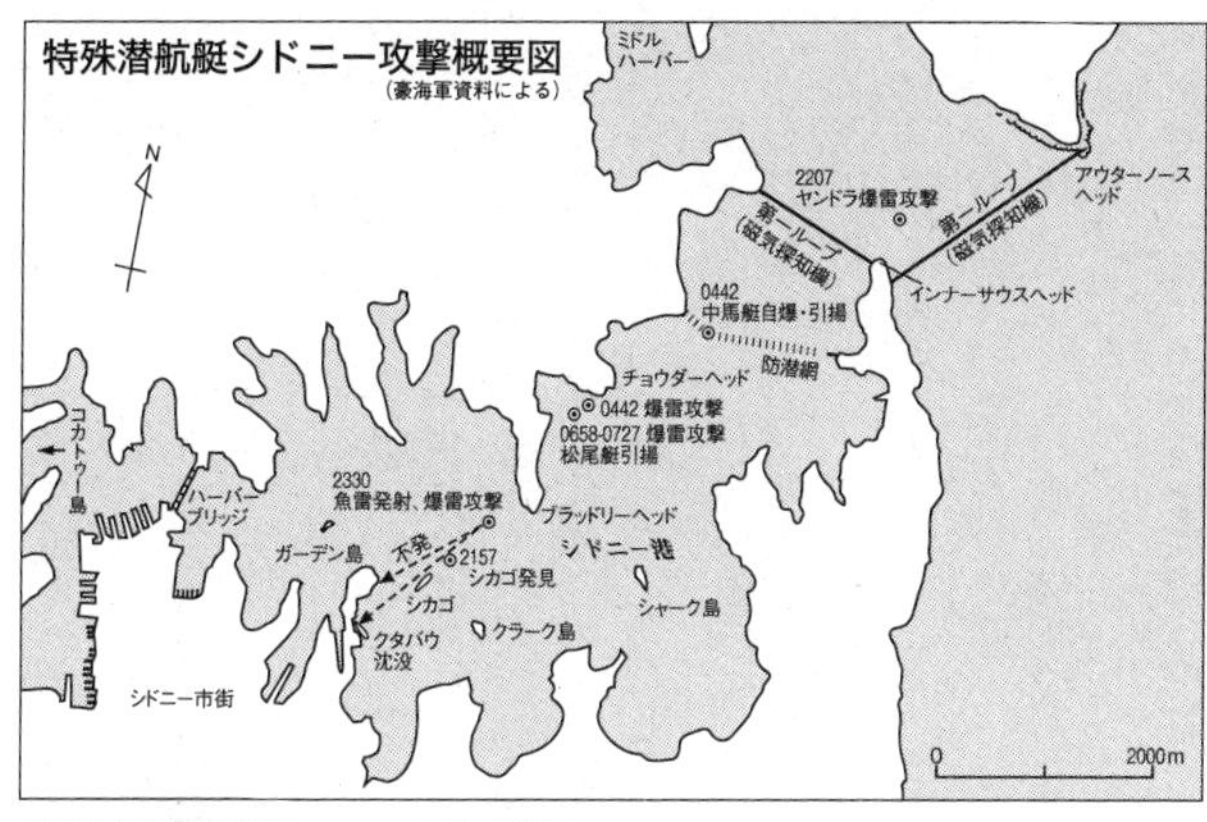

シドニー湾で撃沈された甲標的・松尾艇。攻撃後の昭和17年6月10日、オーストラリア海軍が引き揚げたときの撮影

為を十把一絡げに否定しがちなところがある。戦争を肯定すれば軍国主義と警戒され、批評すれば自虐史観だと横やりを入れられる。

しかし、そうではあるまい。戦争の主役は若者たちである。純粋な若人たちが寝食をわすれて心身を鍛え、死を覚悟して実戦に挑んだ。誰しもにできることではない。戦争は悪いことだからという単色の価値観によって、戦争に関するすべてのことを否定するのは間違っている。

戦争は愚劣である。しかし彼らはすばらしい戦いをした。それは永遠に記録されるべき若者たちの姿である。彼らのことをけっして忘れまい。そして彼らから何かを学ぼう。

そう考えることが正しい歴史認識であると私は思う。

我々五隻（東方先遣支隊）の大型潜水艦は、収容地点で六月三日の夜まで三隻の特殊潜航艇が帰ってくるのを待った。待機した三日は暴風雨であった。我々は山のような波にもまれながら待ち続けた。しかし三隻ともついに帰ってこなかった。

この日、アフリカの東岸にあるマダカスカル島のディエゴスワレス港では、特潜三隻による英国戦艦攻撃成功の通知が届いた。が、彼らもついに一人も帰ってこなかった。

真珠湾の特殊潜航艇は有名だが、シドニーとディエゴスワレスの特殊潜航艇のことを知る人は少ないのではないか。

ここに、シドニー攻撃に参加された乗員の名をもう一度、記しておく。

伊二二潜　松尾敬宇大尉、都竹正雄二等兵曹

伊二四潜　伴勝久中尉、葦辺守一一等兵曹
伊二七潜　中馬兼四大尉、大森猛一等兵曹

謹んで六勇士のご冥福を祈る。
彼らが示した果敢な戦意は、旧敵国オーストラリアにおいて現在も讃えられている。

潜水艦を去る

約一年六ヵ月の潜水艦勤務で、飛行偵察を五回（シドニー二回、スバ、オークランド、エスピリットサント）実施した。

そして、昭和一八年三月、私は霞ヶ浦航空隊教官に転勤を命ぜられた。今度は、海軍兵学校で飛行科に配属になった士官（飛行学生）に飛行技術を教えるのである。

潜水艦を降りるとき特に寂しさは感じなかった。転属は軍人の常だからだ。

ただ、潜水艦を去るときしみじみ思ったことがひとつある。

私は潜水艦に乗るまで、日本海軍で一番優秀なのは飛行機乗りだと思っていた。しかし潜水艦の乗員とつきあってみて「一番優秀なのは潜水艦乗りだった」と認識を改めた。

軍人としての優秀さだけでなく、人間としてもすばらしかった。艦長から下士官、兵に至るまで、皆、誠実で強い精神力のもちぬしであった。誰も見ていない海中の世界で、日本のために縁の下の力持ちの役目を果たしていた。それもいやいやではなく、やりがいと誇りをもって英気はつらつと任務に当たっていた。その態度は見事なものであった。

　彼らが立派な乗員であったからこそ私も任務を果たすことができたのである。そして、そんな彼らのほとんどが、どこで沈んだかわからないという戦死を遂げている。太平洋戦争に参加した一五四隻あまりの潜水艦のうち、八割を超える一二七隻が再び帰って来ることはなかった。このことを、今、どれくらいの方が知っているのだろうか。

　普段、語られることが少ないこうした事実が、日本史として明確に記録されることはもとより、日本人の記憶にも鮮明に残って欲しいと願ってやまない。そうなってくれれば彼らの霊も浮かばれるであろうし、逆に、そうならなければ余りにも彼らが可哀そうである。


　飛行学生の教官になってからは数多くの学生を教えた。その教え子のなかに、後に特攻隊員第一号となった関行男（せきゆきお）大尉（死後、中佐に二階級特進）がいた。関大尉は、一九四四年、レイテ沖海戦で神風特別攻撃隊「敷島隊」の隊長として米艦に突入した。

　関大尉は大変まじめで優秀な生徒だったが、他の生徒とは違う雰囲気をもった男だった。寡黙でどちらかといえば内向的な性格であった。

　私の教官生活は昭和一八年三月から昭和一九年までだった。霞空では、海軍兵学校六八期から七三期（少尉から大尉）の飛行学生に赤とんぼ（九三式中間練習機）を使って操縦訓練をした。

　その間に思いがけない仕事が舞い込んだ。私が前線帰りということで戦訓講話を命ぜられたのである。

　以後、ＮＨＫ中央放送局貴賓室から、ラジオによる全国放送を二回、東京都の中学校約四〇校を講演してまわった。私の講話は意外と評判がよく、海軍省から講演官に任命されたりした。

局地戦闘機「雷電」

昭和一九年、私は、戦闘機に転科した。水上偵察で培った操縦技術を買われたのであろう。配属先は、第三〇二海軍航空隊（厚木）である。階級は大尉になっていた。帝都防衛の戦闘機隊分隊長である。

　第三〇二航空隊（通称「三〇二空」）は、本土防空専門部隊として昭和一九年三月一日に追浜基地で発足した。パイロットの多くはゼロ戦のエース級や私のような水上機のベテラン操縦士たちである。

　水上機から戦闘機への転科については特に戸惑いはなかった。艦隊にいたときから空中戦の訓練を十分にやってきたからである。

　三〇二空の主力機は、局地戦闘機「雷電」と夜間迎撃機「月光」である。私がまたがるのはむろん雷電である。

　本土防空については、大正一〇年（一九二一年）に陸海軍が話し合い、航空任務の分担協定が交わされ、

　陸軍が重要都市や工業地帯
　海軍が軍港や要港などの局地防空
と決まった。本土防空の主力は、陸軍ということになる。
しかし戦況の悪化にともない、海軍も防空専門の航空隊を編成する必要に迫られ、昭和一九年三月一日に帝都防空戦闘機隊として新たにつくられたのが三〇二空である。
　B29に真っ向から立ち向かい、また終戦時には小園安名司令以下の隊員が徹底抗戦を唱えた部隊である。
とはいっても創設された昭和一九年のはじめは本土空襲が始まる前である。そのため横須賀航空隊の追浜基地に間借りして静かに開隊した。
三〇二空の定数は、
　雷電　四八機
　夜間戦闘機月光　二四機
だった。しかし開隊時には戦闘機がなく、二週間を経た三月一四日になってようやくオレンジ色に塗られた雷電の試作機「一四試局戦改」三機が配備された。
　その後、私が第一飛行隊の第二分隊長になったころ、雷電、月光及び零戦（夜戦型の「零戦」も含む）を主力に、彗星艦爆、銀河双発爆撃機などが配備され、総数一〇〇機を超す実戦部隊になったのである。なお、このとき月光は、B29爆撃機を迎撃するため機銃を胴体に斜めに取り付けてあった。

三〇二空司令は、小園安名大佐。斜め銃の強力な推進者として知られるベテラン戦闘機乗りの猛将である。飛行隊長（のち飛行長）は、私と同じく水上機出身の山田九七郎少佐、第一分隊長は宮崎富哉大尉である。そのほか、のちに敵弾で左手首を失いながら、義手をつけて再び戦闘任務につく森岡寛大尉、雷電を語るとき必ず名前が挙がる伝説的な撃墜王、赤松貞明中尉（着任時少尉）など、技量優秀なパイロットが集まって仕上げの訓練に汗を流していた。

撃墜王、赤松中尉

当時、撃墜王として有名だった赤松中尉の戦歴は古い。

昭和一二年に日中戦争がはじまった。中国との戦争がはじまると海軍はすぐに航空隊の中国大陸派遣を決定した。そして中国戦のために編成された海軍の航空隊が、一二空と一三空である。この両隊が、昭和一二年（一九三七年）九月、約一〇日間にわたって南京を空襲した。

赤松貞明中尉

さらに、昭和一二年九月一九日には、中国の戦闘機と空中戦となり、一二空と一三空が共同で敵機一四機を撃墜した。このときの日本機の損害はゼロであった。

この当時の第一三航空隊の先任搭乗員が黒岩利雄である。そして次席が赤松貞明であった。

のちにエースパイロットとして有名になる武藤金義や岩本徹三はまだ新米で、食事当番などをしていた時代である。

赤松中尉は、太平洋戦争がはじまる四年も前に、すでに名パイロットの名をほしいままにしていたというところにこの人の凄さがある。

私が三〇二空に着任すると赤松中尉は私の部下になった。

（この男が有名な赤松か）

と、そのとき思った。三〇二空に着任してすぐ、私は部下である赤松中尉に空戦訓練を申し入れた。

（赤松中尉がうまいと言ったって神様じゃないんだから）

やればなんとかなるだろう、という気持で挑戦したのである。そして、お互い零戦に乗り、高度三〇〇〇メートルで巴戦を始めた。

巴戦とは、戦闘機に乗って一対一で後方をとりあう訓練である。結果は完敗であった。見事にやられてしまった。三回ほどまわったところで、後ろにピタリとつかれてしまったのである。

地上に降りてから、私が赤松中尉に空戦の極意について聞くと、赤松中尉は、

「最後にものをいうのは体力と腕力です」

と語ってくれた。

赤松中尉は、零戦の試験飛行でエンジン全開の垂直旋回をするとき、片手で操縦桿を引き、

そのときの急旋回があまりに強烈だったため強いGによってエンジンが停止したことがある。人間が耐えられるG（加速度）には限界がある。一定の限度をこえるとパイロットは意識を失い、自然に操縦桿を持つ手がゆるむ。そこで機体にかかっているGも緩和され意識がもどる。それを赤松中尉は極限のGに耐え、ついには強烈な遠心力によってエンジンにガソリンが供給されなくなるまで操縦桿を引きつづけたというのである。常人では考えられない体力である。それほど強い肉体のもちぬしだった。赤松中尉の短い答えは、超一流の技術と経験をもつ者の言葉だけに説得力があった。

殺人機

早朝、整備員によってエンジンが始動される。強制冷却ファンの金属音があたりに鳴り響く。整備兵たちが滑走路をいそがしく走りまわる。

今日もまた、命がけの激しい訓練が始まるのである。

この時期、敗色が濃くなる一方であった。B29が本土に飛来する今、日本海軍は攻撃機や偵察機よりも戦闘機を必要としていた。そして、新型戦闘機を駆る我々がまさに首都防空の要であった。その責任の重さが重圧となって私の体にのしかかる。

三〇二空の搭乗員たちは、連日激しい訓練を実施した。このため事故が多発した。あまりの事故の多さに、

「カラスが鳴かない日はあっても、厚木で事故がない日はない」

とまで言われた。

局地戦闘機「雷電」の相手は、五〇〇〇メートルから一万メートルの高度で飛来する大型爆撃機である。この時期（昭和一九年）の敵機はB29に絞られていた。「敵機来襲」の情報がはいると直ちに滑走路から飛び立ち、敵機が到着する前に敵機より高くあがらなければならない。そして飛来する敵の上空で待ち構え、急降下をして攻撃するのである。

そのためには長距離の航続性能や巴戦で必要となる旋回性能よりも、上昇や下降するときの速度と強烈な攻撃力が求められる。そのためには大出力のエンジンが必要である。しかし、開発当時に使用できたのは、三菱の空冷「火星」と、愛知の液冷「熱田」の両エンジンだけだった。

結局、信頼性や取り扱いに不安がある液冷エンジンは採用されず、一四試局戦（試製雷電）のエンジンは「火星」に決まった。ところが、この「火星」は大型機用のため、零戦の「栄」に比べ直径が二〇センチほど大きい。このため雷電の胴体は太い葉巻型になってしまった。これが雷電の「視界不良」の主要因となるのである。

雷電は、

全長九・七メートル

全幅一〇・八メートル

である。

爆撃機攻撃のため翼内に二〇ミリ機銃を四梃装備していた。

Ｂ29は高度一万メートルを飛ぶ。雷電は一万メートル以上まで急上昇し、会敵するや、急降下によって攻撃する。パイロットにとって体力と精神力が求められる機体と戦術であった。

厚木基地を離陸する三〇二空の局地戦闘機雷電二一型

私は厚木に着任して初めて雷電を見たとき、

（いやな飛行機だな。乗りたくないなあ）

と思った。胴体は太くてずんぐりしており、操縦席からの前方視界が極めて狭い。そのため最初は雷電に乗るのがいやだった。試飛行を見ていると着陸時の速度が速い。

（これは事故が増えるな）

と内心思った。

実際に訓練が始まってみると、案の定、離着陸事故が続出した。たくさんのパイロットが訓練中の着陸に失敗し、若い命を落とした。

私も実際に操縦しておどろいた。スピード感がまるで違う。零戦をはじめ、これまで経験した飛行機とはまったく違う迫力であった。

着陸だけでなく、離陸もこれまで乗ったどの機よりもむつかしい機体だった。

二〇〇〇馬力に近いエンジンを全開にして離陸すると、みるみる下方に大地が消えてゆく。

(さすが新型だ)

と感心する。

エンジンを全開にしたまま急上昇する。すさまじいGがかかる。高度五〇〇〇メートルまでわずか数分で到達した。続いて大きく宙返りし、そのまま全速で横転、さらに垂直降下を試みた。速度計は約四〇〇ノット(時速七四〇キロ)を指した。

高度一〇〇〇メートルで水平飛行にうつり、再び三〇〇〇メートルまで急上昇した。これまで操ったどの飛行機よりも上昇力は優れていた。思ったより操縦性は悪くない。

(事前に聞かされていたほど難しい機体でもないな)

と思った。ついで垂直旋回に入った。これが大変だった。失速しやすいのである。わずかに操縦桿を引いただけできりもみに入りかける。

(なるほど、噂どおりイヤな飛行機だな)

とこのとき感じた。

空中戦は、言いかえれば旋回を競うものである。くるくるお互いに回転しながら後方をとりあう。

旋回がしにくいということは空中戦はできないということであり、雷電は、一対一で行なう格闘戦は弱いということになる。

（これでは巴戦はやれないな）

というのが私の感想だった。しかし、スピードは速かった。しかも重武装である。

（B29に対抗できるのは雷電だけだろう）

とも思った。速度が遅い零戦では、とてもたちうちできない。

前と下方の視界の悪さは評判通りであった。とくに着陸時は操縦のむつかしい機体である。それでも私はいつも着陸をピタリと決めることができた。こういうときこそ水上機できた高度感覚が物を言う。部下たちも、

「隊長うまいですね」

とほめてくれた。

「お前達とは飯の食いようが違うよ」

三〇二空の雷電の前に立つ伊藤進大尉

とよく言ったものである。
雷電には、視界不良だけでなく、色々な不具合いがあった。エンジンの不調も多い。出撃しても途中で引き返す機が続出した。ただし、私は雷電であがって途中で引き返したことは一度もない。これには秘訣があった。

まず整備員と一緒になってオーバーホールをする。整備員と油まみれになって作業をし、自分の目でエンジンの知識を身につけたのである。

給油されるガソリンの種類を知ることも大切だった。より良質の燃料が補給されるかどうか、常に自分の目で確認するよう心がけた。

また、ウォーミングアップを十分に行ない、エンジンは丁寧に扱うこと。エンジンを大切にするためには、増速と減速をいかにスムーズに行なうかが肝要であった。

私が出た初期の予科練では工学の教育をみっちりうけた。そのことも自分の機を万全な状態にすることに役立った。実際、一〇機で出撃し、私の機以外の九機が不調で引き返したこともあった。

雷電の主脚は油圧ではなく電動で引き込む方式だった。そのためこれもトラブルが多かった。私も一度、どうしても脚が出なくなり、胴体着陸をしたことがある。このときも、水上機でやった転覆覚悟の着水の経験があったため落ちついてやれた。

滑走路は陸上である。水上機とはちがい、

（着陸のときに機体が壊れても、生きてさえいればおぼれることはない）

という安心感をいつも持っていた。はじめから戦闘機に乗ったパイロットには絶対にもてない意識である。

トラブルの多さと操縦の難しさにより、雷電は一部の搭乗者たちから「殺人機」と言われていた。

これは零戦とくらべるからそう思うのである。

零戦ほど操縦がしやすく素直な飛行機はない。零戦の操縦性の良さは戦闘機でありながら中間練習機なみだった。世界でもっとも扱いやすい飛行機であった。

その点、雷電はクセが強い。操縦にコツが必要だった。そのため嫌われたのであろう。私は経験とこれまでに培った技術で乗りこなした。そして、稼働率の低さから搭乗員の固有機を決めることが難しいなかで、自分専用の雷電に乗り続けた。これが私が生き残った最大の要因だったかと思える。

初の邀撃任務

昭和一九年一一月一日、関東上空にはじめてF13（B29改造の高々度写真偵察機）が飛来した。

機首に「東京ローズ（TOKYO ROSE）」とペイントされた同機は高度九八〇〇メートルで写真偵察を行なっていた。

その日、三〇二空では進級の申し渡し式が行なわれていた。私はこの日、大尉になった。敵機の飛来により、式は中止され、直ちに我々が出撃した。これが私の本土防空戦の初陣となった。

本土を防衛するためには敵の気勢を殺がなければならない。そのためには敵軍の尖兵であるF13を叩き落とさなければならない。我々は初撃必墜をもって対抗する方針であった。

一種軍装から飛行服に着替えると、トラックで雷電のもとに走った。

相手は悠々と偵察をつづけている。高度一万メートルまで上昇するのは雷電でも二八分から三五分かかる。とても追いつくことはできない。虚しく基地にもどった。

三〇二空の本格的な邀撃戦は、昭和一九年一一月二四日の中島飛行機武蔵製作所に対する空襲からである。三〇二空から出撃した機数は、雷電を含め延べ一〇九機だった。しかし、戦果はＢ29撃墜一機にとどまった。

初の大戦果があがったのは、昭和一九年一二月三日の空襲時である。

雷電二四機、零戦三五機が横須賀と厚木の上空に待機し、彗星や銀河とともにＢ29を迎え撃った。

そして、撃墜九機、撃破八機の戦果をあげた。

その後もＢ29は、連日、関東に襲来した。私は出撃を重ねた。それはまさに死闘だった。いつ死ぬかわからない、異空間における瞬間の闘争であった。

B29との死闘

雷電にはＢ29が備えているような与圧装置がない。パイロットたちは与圧装置がない機体で高々度の戦闘を強いられた。搭乗員の体には想像を絶する大きな負担がのしかかった。

高度一万メートルでの外気温はマイナス五〇度、酸素は地上の五分の一になる。東京上空一万メートルで日本海側の佐渡島と太平洋側の伊豆大島の両方が見えるような視界のよい日でも、雷電の搭乗員には飛来するB29の大編隊が目に入ってこない。そしていきなり目の前に大編隊がワッと現われる。遠くから発見できないため戦闘態勢をとる暇がなかった。

低酸素の影響で視力や判断能力が低下しているのである。

敵機の速度が速いため、私たちは「前下方攻撃」という戦法で戦った。後方からの攻撃では敵機に追いつかないのだ。

敵が一万メートルなら、こちらも一万メートルで突っこんでいく。敵機に近づいたら頭をさげてすれ違いざまに撃つ。あっという間なので照準を合わせることはできない。

射撃直後、顔がひきつるほど機体を横滑りさせてB29の直近をすり抜ける。衝突も覚悟の上での攻撃であった。しかしなかなか弾は命中しない。

B29は空襲後、九十九里浜の沖に退避をはかる。このときB29は、五〇〇〇、四〇〇〇、三〇〇〇と急速に高度を下げる。これは邀撃にあがった我々を振り切るためだけではない。そうしないと帰りの燃料が持たないのである。敵機に隙ができる瞬間である。そこを狙って我々は一気に襲いかかった。もっとも雷電も航続力が少ない。攻撃をかけられる時間は極めて短かった。

（これは少々お手上げだな）

というのが操縦席での正直な感想であった。

雷電はほとんどが二一型であった。三一型と一一型は、ぽつんぽつんと混じっている程度だった。

雷電の稼働機数は日によって変動が激しい。昭和二〇年の一月から二月にかけてが、もっとも安定していた時期だろう。

昭和二〇年二月ころの第二エプロンは活況を呈していた。エプロンと滑走路にはさまれた草地の左に「彩雲」が見える。中央から右寄りには一〇八一空の「零式輸送機」「一式陸攻」「九六式輸送機」が駐機していた。

第一飛行隊指揮所前のエプロンにある台上に第二分隊長である私が立つ。その前に整列搭乗員が発進前の敬礼をする。私が答礼する。このあと、

「かかれ」

の号令でパイロットたちは搭乗割に記入された番号の雷電にむかって走る。

エプロンから誘導路に置かれた二機のうち、胴体に黄帯を巻いた方が私の機である。三つの黄桜を垂直安定板に付けている。三機撃墜の証である。

晴天の日は必ずＢ29が飛来した。その都度、我々は邀撃にあがった。

結局、雷電による空中戦は一〇〇回以上行なった。我々は命を捨てて奮闘したが、昭和二〇年の三月に入ると戦況がさらに苦しくなった。

三月末、東京から約一〇〇〇キロに位置する硫黄島が敵に占領されたのである。

これによってＢ29に戦闘機の護衛がつくようになった。第二次大戦最強の戦闘機といわれるＰ51ムスタングの登場である。

高空を日本本土空襲に向かう米爆撃機B29の編隊

昭和二〇年五月二九日、横浜地区にB29（五〇〇機）とP51（一〇〇機）が来襲した。

この日、私は風邪を引いて出撃できなかった。私が三〇二空時代、飛ばなかったのはこのときだけである。最初は戦闘機の護衛がついてきたことに気づかなかった。地上から見上げていると戦闘機同士が空中戦をやっている。逃げているほうが敵機だと思い、

「逃げているやつを狙え、射撃始め、射撃指揮官撃て、撃て」

と高角砲に命じた。ところが実際は追いかけられているのが日本機だった。もともと格闘性能が低い雷電にとってP51は手強い相手だった。有利な位置からの一撃離脱以外、空戦は避けたほうが良いと言われていた。

それにしてもアメリカ機と日本機では外装もまるでちがった。雷電の機体はいつも油まみれであるのに対し、P51はピカピカで宝石のように輝いていた。こういったところにも国力の差が現われていた。

連日、戦闘がつづいた。毎日が激しい空中戦であった。仲間がつぎつぎと死んでゆく。

（つぎこそ自分か）

と、そう思う暇もないほど過酷な戦いの日々であった。

頭のなかにあるのは戦闘のことだけだった。

超空の要塞と呼ばれたB29は手強かった。二〇ミリ機銃を撃ちこんでもなかなか墜ちなかった。B29の機体は優れた防御砲火を備えていた。五発や六発当たっても屁でもない。

B29を単機で撃墜したのは一回しか見たことがない。そのため我々は、九機から一〇機、少ないときでも五機から六機でいれかわり弾を撃ちこんだ。

五機で一機を撃墜すると、五分の一の撃墜、三機でやれば三分の一の撃墜として記録される。私は撃破は何十機もやったが、撃墜となると五機半しかない。

B29の機銃の配置も重厚で、迫る日本の戦闘機を機銃各塔が全方位でとらえて火を吹いた。B29の機銃は一三ミリである。この一三ミリがエンジンや燃料タンクに当たると致命的だった。

私は幸運だった。常に全編隊の先頭で飛び込んだためケガをしたことがない。機体を壊したこともなかった。その分、後続する僚機や部下の機がつぎつぎと撃ち落とされた。

B29との戦いは人間の限界をこえたものだった。体力と気力と運の世界であった。命をかけて博打をやっているようなものであった。この空の戦場において、私はこれまでに鍛えた操縦技術と幸運を頼りになんとか生き残ることができた。

なお、この時期、唯一、楽しい思い出がある。東宝の一流の女優や俳優が慰問にきたのだ。

そのとき司令が、

三〇二空第一飛行隊指揮所前に整列した搭乗員たち。手前の台上に立つのが第二分隊長・伊藤進大尉。２機並んだ雷電の奥の機体が伊藤分隊長機で、胴体に黄帯を巻いている

昭和20年４月、B29邀撃のため鹿屋基地に進出した三〇二空雷電の列線

と私も誘ってくれた。来たのは山田五十鈴をはじめとする芸能人である。分隊長クラス以上が集まって一緒にステーキを食べながら水割りを飲んだ。

当時、サントリーの角瓶（ウイスキー）は最高級品であった。東京の闇市で一七〇〇円で売られていた。そんな酒がでたため女優さんたちも大変喜んだ。私にとっても、つかの間の楽しみとなった。

「控え室で一緒に飯を食おう」

三〇二空鹿屋へ進出

昭和二〇年四月下旬、三〇二空の雷電隊二〇機は、鹿児島県の鹿屋基地に進出した。総指揮官は飛行長の西畑喜一郎少佐、飛行隊長は山田九七郎少佐、私は空中指揮官に任命された。

このころ、沖縄を攻略中の米軍は、連日、日本軍の特攻隊の脅威に晒されていた。米軍は日本の特攻攻撃を防ぐため、南九州にある特攻隊の基地である鹿屋基地をB29で爆撃するようになった。これに対し、日本軍は各地から基地防空専門部隊を集め、

三〇二空（厚木基地）
三三二空（鳴尾基地）
三五二空（大村基地）

から合計三六機の雷電が鹿屋基地にそろった。こうして、第一基地機動航空部隊雷電隊

（通称「竜巻部隊」）が編成され、B29を迎え撃つことになったのである。

昭和二〇年四月二七日、マリアナ諸島から一二三機のB29が来襲した。

三〇二空からは、私以下一九機が邀撃に参加した。

基地を狙ってくる敵は燃料消費を抑え爆撃精度をあげるため、高度六〇〇〇メートル（低いときには五〇〇〇メートル）で来た。この高度であれば邀撃はしやすい。

私は列機を率い、敵機よりも一〇〇〇メートル上空に位置した。

そして我々がB29の前上方から接近し、つぎつぎと単縦陣を組み、敵機が前下方三〇度付近にきたところで背面飛行に移り、背面降下の姿勢で照準を保ったまま急降下に入り、敵と接近すると背面から正規の急降下姿勢になった。

こうすれば射撃距離に入るころは六〇度から四〇度くらいの角度になり、射撃に適した態勢になっている。これが「直上方攻撃」と呼ばれる戦法である。この邀撃で三〇二空は撃破二機を記録している。

昭和二〇年四月二七日から五月一九日までの間に、三〇二空は鹿屋基地で七回の出撃を繰り返した。戦果は、撃墜（撃墜確実も含む）が八機、撃破四六機であった。

だが、空襲を阻止するには至らず、逆に出撃のたびに雷電は機数を減らしていった。

沖縄戦の趨勢が決すると、米軍の南九州爆撃も終了した。

三〇二空は残存機を鹿屋に残し、厚木に帰還した。搭乗員や整備員の多くが陸路で帰る中、私は雷電で帰還したことを記憶している。稼働するほぼ全ての雷電を鹿屋基地に派遣していたため、厚木基地の戦力の低下は深刻であった。

結局、終戦まで、厚木基地の雷電の稼働機が一〇機を上まわることはなかった。

秋水部隊で終戦

終戦間際、私に新しい任務が与えられた。

昭和二〇年(一九四五年)八月一日、ロケット戦闘機「秋水(しゅうすい)」のテストパイロット要員(分隊長)として第三一二海軍航空隊(霞ヶ浦基地)への配属を命ぜられたのである。

横須賀航空隊百里原派遣隊を拡大して開隊された三一二空は、有人ロケット機である「一九試局地戦闘機」すなわち「秋水」の部隊である。当時、三一二空は横須賀に本部があったが、滑空訓練部隊は霞ヶ浦にあった。私は、八月一日付で霞ヶ浦に着任し、グライダーによる滑空訓練をはじめた。

訓練機材は、高速曲技訓練用の力型滑空機(グライダー)である。艦上攻撃機に牽引されて離陸する。この機は、空にあがれば最高速度五五ノットで軽々とスタント飛行ができた。コツさえ覚えれば何時間でも飛んでいられる性能のよいグライダーだった。

秋水は、ドイツに派遣された潜水艦が持ち帰った設計図をもとに開発中の新兵器だった。そして、昭和二〇年七月七日に第一回目の試験飛行が行なわれた。このとき秋水は墜落し、試験飛行は失敗に終わっている。飛行中、エンジンが突然停止してしまったのである。

結局、秋水の第二回試験飛行は実施されることなく、八月一五日の終戦を迎えた。

私の約一年にわたる本土防空戦は、こうして幕を閉じた。

＊

戦後、ながい刻(とき)が経った。

ロケット戦闘機秋水。横須賀航空隊で初飛行時の撮影

多くの戦友たちをのみこんだあの戦争も遠い昔に過ぎ去った。

しかし、私の心のなかにある戦争は今も生々しい映像として記憶されている。この記憶は死ぬまで色褪せることがないであろう。

私が教官を務めたこともある予科練の地、茨城県霞ヶ浦には、現在、陸上自衛隊の武器学校がある。

毎年、同地で全予科練合同慰霊祭が執り行なわれ、全国から予科練出身者や遺族らが多数参列している。予科練一期生である私は、出身者の最先輩として参列してきた。

戦争に参加した予科練出身の総数は約二万四〇〇〇人である。そのうち戦死者は一八五六四人と伝えられている。死亡率は八割近い。

残る二割の生還者に七〇年の時がながれた。この二割の方々の戦争の記憶もまた、色褪せることがないであろう。

戦時中、戦死した戦友たちよ。日本は立派に再建した。君たちのおかげである。

どうか安らかに眠りたまえ。

一七歳の陸攻パイロット

甲飛一二期／海軍一等飛行兵曹　青井　潔

海軍一等飛行兵曹時代の青井潔氏

青井　潔（あおい・きよし）
昭和2年生まれ。岐阜県出身。昭和18年4月1日、第12期海軍甲種飛行予科練習生（通称「甲飛12期」）として三重海軍航空隊に入隊。当時、青井氏は、県立岐阜第二中学校（四年制）の3年を修了したばかりの満15歳6ヵ月であった。青井氏とともに三重空に入隊した同期生は886名であった。そのうち、4分の1にあたる208名が戦死した。青井氏は手記（『陸と海と空で』）に「もし終戦が遅れていれば、昭和20年中に半数以上が戦死したであろう」と書いている。予科練修了後、フィリピンの三一空で飛練教育を受けた後、17歳（海軍二等飛行兵曹）で第一三海軍航空隊（マレー半島のアエルタワル基地）に配属となり、日本海軍最年少の陸攻（九六式陸上攻撃機）操縦員として爆撃任務（予備機）についた。同隊で終戦。海軍一等飛行兵曹。平成26年、死去。

まえがき

ここに貴重な写真がある。

昭和九年から一〇年のはじめころのものと思われる。前列中央に還暦をむかえた祖父（青井泰次郎）がすわる。その左に国鉄職員の制服を着た謙一叔父、右に陸軍伍長の礼一叔父、後列左に海軍三等兵曹の梅吉叔父、そして、その右に横須賀海軍航空隊のジョンベラ姿の正雄叔父が写っている。

田舎を出てそれぞれの途を歩みはじめた息子たちにかこまれ、祖父も幸せそうである。早くに妻（私の祖母）を亡くし、男手ひとつで育てあげた自慢の息子たちである。哀しみや苦しみに耐え、一身で生きぬいてきた祖父の偉さ。私は今でも祖父を超えることができない。

この写真には、長男として家を護っていた私の父（光三）は写っていない。

私の家は貧しかった。我々が育った茅葺の家も敷地は他人のもの。祖父が毎日、汗水なが

息子らに囲まれた青井潔氏の祖父・青井泰次郎（中央）。前列左は次男・謙一、右は三男・礼一。後列左は四男・梅吉、右は五男・正雄。長男の光三は写っていない

して耕す桑畑も、麦畑も、芋畑も借り物である。盆暮れには地主のところへ年貢を収めにいかなければならない。つけで買った肥料の支払いも済ませなければならない。写真をとったこの時期、長男である私の父が家を継いで祖父を助けるために身を粉にしていた。

金銭的にめぐまれた家はさらにそれを発展させるために子供の教育と将来に金をかける。裕福な家には優秀な子弟ができることが多いのは、優れた血統もあるであろうが、その多くは徹底した教育がほどこされるからであろう。

戦前は貧富の差がはげしかった。富裕層が独占したのは富みだけでなく、知的財産についても独占していたといえる。そういった時代であっても突然変異的に貧しい家に優秀な若者が育つことがある。青井家の叔父たちがまさにそれであった。笠田そう（祖母）と青井泰次郎（祖父）の婚姻が村人の誰もがうらやむ兄弟をつくったのである。

庄屋、名主、地主、高級官吏、大実業家の家に生まれないかぎり、自分の才能や素質を活かして世にぬきんでるのは極めてむつかしい時代であった。

戦前の日本では、高等小学校を出た者が身をたてるには、軍人に志願するか、国鉄・私鉄職員、警察官、郵便局員に採用されるしかなかった。そうすればボロを着た生活から解放される。このいずれかの道にすすめるのは高等小学校でトップクラスの成績をとっていた者に限られた。

優秀だった青井家の兄弟たちは、時代の流れのなかでそれぞれの進路にすすんだ。

長男の光三（私の父）は、家を継いで祖父を助けた。

次男の謙一（明治四一年生まれ）は、国鉄に入り、着々と昇進した。

三男の礼一（明治四三年生まれ）は、徴兵で岐阜六七連隊に入営、すぐに下士官となり、陸軍士官学校を経て陸軍少尉に任官、終戦時は少佐までのぼりつめた。

四男の梅吉（明治四四年生まれ）は、高等小学校を出て大阪に丁稚奉公に出たあと、自ら海軍を志願し、海軍水雷学校、海軍兵学校専修学生を経て海軍少尉となり、潜水艦の乗員となった。

五男の正雄（大正四年生まれ）は、昭和六年に海軍少年航空兵第二期生の試験に合格し、艦上攻撃機のパイロットとなって活躍した。私も正雄叔父のあとを追ってパイロットの道をすすんだ。叔父たちのうち、次男の謙一、四男の梅吉、五男の正雄が戦死した。

以下、私の体験を記したい。

第一章　予科練入隊までのこと

太平洋戦争の勃発

私の小・中学生時代は、日中戦争（当時は支那事変と呼ばれていた）の真っ最中であった。日本と中国は、昭和四年の張作霖爆殺事件、昭和六年の満州事変、昭和一二年の盧溝橋事件を経て戦争になった。

日中戦争がはじまった昭和一二年当時、戦闘に参加したのは正雄叔父だけである。その他の叔父たちは、それぞれの道をまっしぐらにすすんでいたが、いつ礼一叔父と梅吉叔父に出動命令がくだるかわからないという緊迫した空気が家内にながれていた。

中国との戦争が本格化すると無言の凱旋をする人が増え、生活物資が入手困難となり、食糧は配給制となり、衣料は切符がないと買えないという社会になった。暗い気分ばかりが国民を押し包んでいた。

しかし、だからといってそれを苦にしていたわけではない。当時の我々は、今のような満ち足りた生活を知らずに育った。そのため、いかに不自由な生活を強いられようとも、それがあたりまえだと思っていたのである。

頑強に抵抗する蒋介石軍を憎み、蒋介石政権を支援するアメリカやイギリスを鬼畜と呼び、戦争に出征する兵士があれば旗を振って鼓舞し、新聞に掲載される戦況に一喜一憂の毎日であった。

この当時の多くの日本人が、中国との戦争に勝てば生活は楽にもなろうし豊かにもなるであろう、もう少しの辛抱だ、日本は必ず勝つのだから、と信じて疑わなかった。

こうした国民の意思がいつしか連合軍を相手とする太平洋戦争に突入する推進力となったのである。


そして昭和一六年一二月八日、日本は運命のときをむかえる。

太平洋戦争がはじまったのである。

緒戦は好調であった。真珠湾攻撃の成功、マレー沖海戦の勝利、山下兵団のマレー半島の南下、酒井部隊の香港攻略戦と連戦連勝をつづけ、日本中が歓喜につつまれた。

さらに年があけると、マニラ無血占領、ジャワ・スマトラ・シンガポール・ビルマ（現ミャンマー）の占領、ソロモン諸島・ニューギニア方面への進出、日本海軍機動部隊のインド洋出撃などなど、連日、華々しい日本軍の活躍が新聞紙面を躍り、ラジオ放送に国中が沸きに沸いた。

日露戦争の劇的勝利の再現だ。

戦勝はすぐそこにあり。

日本国万歳。

という気分が日本中をおおった。勝利はもうすぐのように見えた。

しかし、賑やかな報道とは裏腹に生活は一向に好転しない。

「欲しがりません勝つまでは」というスローガンのもと、男は国民服を着せられ、女性は髪形から化粧にいたるまで国から干渉され、やがてモンペの着用が制度化されて、どこに行くにもモンペ姿で出かけるようになった。

そして日本中の男たちが続々と召集され、都市や農村、あらゆる市町村から抜けていった。それはまさに、いずこへともなく消えていったというべき社会現象であった。

私の学校からも先生がつぎつぎと応召していなくなった。私が好きだった英語の教師も出征し、定年退職した年輩の教師が職場復帰をした。まだ六〇歳そこその人だったが、爺むさく、迫力とぼしく、自分一人でぼそぼそと授業をはじめ、生徒に語りかけることもなかった。授業はダレにダレた。

英語がきらいな者にはありがたかったであろうが、私のように英語が得意で少しでも英語力を向上させたいと思っていた者にとっては、はなはだ迷惑であった。

国民生活の逼迫

太平洋戦争がはじまると生活物資の困窮は加速した。

海外からの輸入に頼っていたゴムと砂糖の不足がまず国民生活を直撃した。雪がふっても履いていくゴム長靴がない。自転車のタイヤがすり減っても新品がなく、パンクしてもチューブがない。配給の割り当てはいくら待っても当たらない。闇値がついた物資は横流しされ、金がない者はいくら悔しがっても手が届かなかった。砂糖不足をおぎなうためにさとうきびを植え、その汁を煮詰めて飴をつくった。

繊維品が切符制となり、純綿が姿を消し、スフ製（ステープルファイバー）のぺらぺらの衣類が出回った。戦闘機や軍艦の製造や補修に必要となる金属が不足したため、貴金属や金物の供出が強制された。鍋釜はもちろん、ハサミや大工道具に至るまで国に取りあげられた。

戦争がはじまってまっさきに打撃を受けたのは私の家のような貧乏な一般市民だった。正直で貧しい家庭ほどありとあらゆる金属製の生活用品を供出し、配給品はまわらず、生活の働き手である父や未来を託していた子どもを戦地にとられた。ただでさえ貧乏だったところ、戦争が始まることにより貧が加速した。

社会も荒廃した。石油は軍需にまわされ、燃料不足のため木炭バスが出現した。バスのうしろに細長い鉄の釜をとりつけ、もくもくと煙を吐いた車がゴトゴトと人をはこんだ。バスはいつもぎゅうぎゅうだった。立っている者は歯を食いしばってつり革にしがみついていなければならない。

道路は凸凹である。車輪が通る部分は大きくくぼみ、真ん中が盛り上がった。雨が降ると凹みに水がたまり、車がとおるたびに泥水がはね、ますます凹みは深くなっていく。国家予算の大部分は戦費に使う。道路をはじめとする公共施設を修復する予算は自治体にない。

国土は荒れるばかりであった。

昭和一七年の戦況

日本軍の快進撃も太平洋戦争開戦から半年までだった。

昭和一七年六月にミッドウェー海戦が行なわれた。この戦いで、日本海軍の第一、第二航空戦隊の精鋭母艦四隻を失うという大敗を喫した。そして大本営はこの結果を秘匿した。

同年八月には、ガダルカナル島の飛行場がアメリカ軍に奪われ、昭和一八年二月の撤退まで、泥沼のような消耗戦を展開した。

日本は、五〇〇〇キロ以上はなれた島をめぐる争奪戦において、はなはだしく航空機と軍艦を喪失し、物資の補給もできなくなり、島に上陸した数万の兵たちは餓えて餓死者があいついだ。その無惨さは言語に絶するものである。

私は、昭和一八年一月末の朝日新聞で、〝ガダルカナル島の日本軍が「転進」した〟という報道を自宅で読んだことをよく覚えている。後世において有名となる「転進」報道である。

転進とは撤退のことである。日本の大本営は、「負けた」と国民に報告することができず、撤退を「転進」と発表したのである。

私は、このジャングル戦がいつもと違うトーンで報道されていることに気づいていた。父も、

「転進というのは負けて逃げるということだ」

と言っていた。

いつの時代でもそうだが、国家が国民に対して正直な態度を失うとロクな結果にはならない。

大本営は、ガダルカナル島の戦いによって、補給がのびきった孤島での戦いがいかに悲惨なものかを学んだはずだが、その後も補給困難な南の島での戦闘をやめようとせず、つぎつぎと日本兵を南方の島々に送りこみつづけた。

このとき、日本軍がガダルカナル島戦で負けたことを認め、国民に事実を発表し、戦線を大幅に縮小して守勢をとっていれば、あれだけ多くの日本兵や軍属あるいは民間の人々が、南方の島々で戦死（その多くが輸送途中の海難と陸上における餓死）することはなかったであろう。

三重航空隊への入隊

昭和一七年四月、ミッドウェー海戦がはじまる三ヵ月前。私は中学三年生になった。

戦争はたけなわである。重苦しい毎日であった。ただし、教室は楽しかった。不得意科目の芸能教科（図工、音楽等）から解放され、文系科目（英語、国語漢文、地理・歴史）の学

力は向上し、得意とはいえなかった数学、化学、物理の成績もまずまずであった。この調子で四年になれば進学組で大いに覇を競うことができそうで待ち遠しかった。

今まで優秀だと思えた者がそうでもないことがわかり、これまで大きく見えた者が「こんなに小さかったのか」と感じるようになった。自分の背が伸びれば他人が低くみえるのは当然のことである。

体力的にも充実し、体育、軍事教練も難なくこなし、陸上競技部には在籍していなかったが、短距離走とマラソンも上位に食い込んでいた。

しかし、大戦争の負の影響は社会と家庭を直撃した。私の家も困窮し、本家からもらってくる紙糸操りの内職に家族総出で明け暮れるようになった。紙埃にまみれての作業である。稼ぐお金の額は一銭、二銭の積み重ねである。老齢の祖父も幼い弟と妹たちも全員参加である。家族のだれも一言の泣き言もいわず一心不乱の作業に没頭した。私は紙糸を操りつつ、

(これ以上、学校に通わせてもらうわけにはいかない)

と内心覚悟した。今、自分が中学に通わせてもらっていることにすら罪悪感に苛まれる思いであった。

昭和一七年の夏は記憶にのこるほど暑かった。蝉の声がやかましいある日、学校内の掲示板に、

「海軍甲種飛行予科練習生募集」

というビラが張りだされた。いわゆる「予科練」である。

中学三年修了程度の学力と航空機搭乗員としての体力、適性があればよいという内容である。ビラを見るかぎり、油断を許さぬ難関のように思えた。

その後、予科練の年齢制限が一五歳以上、一八歳以下であることを知った。そのとき私は一五歳だったから、受けるとなると最年少で他の者と学力や体力を競うことになる。結局、これが私のプライドを刺激し、予科練へ走らせる原動力となった。それと、叔父の正雄が百里原で飛行練習生の教官をしていたことも大きかった。正雄叔父は私のあこがれであり、人生の目標でもあった。

(叔父のようになりたい)

という思いもまた、私をパイロットへの道を歩ませる大きな力となっていた。

それから間もなく、私は予科練に受験の願書をだした。

昭和一七年一二月、岐阜中学で学科試験が行なわれた。試験そのものは楽なものだった。正直に言えば、もう少し難しかったほうが自分のプライドを満足させてくれるのに、という不満を感じる程度の内容であった。

昭和一八年一月に、岩国海軍航空隊で二次試験（適性考査）があった。そして、昭和一八年三月一八日、呉鎮守府人事課から、第一二期甲種飛行予科練習生採用通知が届いた。そのなかには「昭和一八年三月三一日に三重海軍航空隊に入隊すること」という通知文も同封してあった。

「ああ、とうとう行くのか」

と言いながら私は縁側に座り込んだ。

「なんや、嬉しゅうないんか」

と母が不審がった。母は、私の予科練入隊は「運命」だとあきらめていたようだ。動ずる風もなく淡々とした様子だった。

それに対し、進学に未練タラタラだった私の動揺は激しかった。婆婆ともあと二週間である。勉強に運動に打ちこんだ学生生活であった。楽しかったあの教室を去ることが悲しかった。もっともっと競争し、自分の可能性をとことん試してみたかった。

しかし、これ以上、親のすねをかじるわけにはいかない。兄弟に迷惑をかけることもできない。自分の身をたてる方途は予科練しかない。これから行くこの道をおろそかにしてはならない。

縁側に寝転んで蒼い空を見ながら、そんなことを考えていた。

昭和一八年三月三一日の朝、神社の境内で村人の壮行の辞をうけて故郷を後にした。木曽川駅まで身内と一緒にあるいた。名古屋駅までは父が同行してくれた。名古屋駅で父とわかれて関西線に乗り換えた。このとき、岐阜県庁の職員に引率されて岐阜県出身者が同じ客車に乗ったはずである。しかし、どうしてもそのときの情景が思いだせない。記憶にのこらないほど慌ただしかったのであろう。

途中から雨になった。高茶屋駅で下車した。幌をつけた三重航空隊のトラックがむかえにきていた。それに数人で乗った。そこからはおぼえている。

我々はどこへ行くともわからないままゴトゴトと車にゆられた。しょぼつく雨がこれからの自分の将来を暗示しているようである。朝の出来事が遠い過去のことのように思われた。故郷がずいぶん遠くに去ってしまったような気分であった。気持が暗く沈む。陰鬱であった。

はやくも故郷が恋しくてならない。途中で学業を放棄してしまったことが悔やまれてならない。二度と中学にもどることはない。すきだった英語や漢文とも縁がなくなった。成績もどんどんあがっていたから、あのままいれば二学期はトップをとれたかもしれない。考えても仕方がないことをウジウジといつまでも考えていた。

(仕方がないのだ。これ以上、親のすねをかじるわけにはいかないのだ)

そう思ってあきらめようとするのだが、またすぐに後悔の念が心に湧く。

貧乏のため進学しないで故郷にいるのはばつが悪い。それよりも飛行機乗りになって、下士官、准士官と出世すればなんとか恰好もつくだろう。

(仕方がないのだ。俺にはこの道しかないのだ)

トラックの荷台でゆられながら、そう考えて自分をなぐさめた。

のどにつかえる夕食

駅から三重航空隊まではほんの数分の距離であった。

車から降りると、隊の正門で名前をよばれて組わけが行なわれた。組ごとに下士官に引率されて兵舎にむかう。着いたところが第六兵舎三五分隊であった。

第六兵舎は二階建てである。二階は三〇分隊から三二分隊まで、一階は三三分隊から三五分隊までが寝起きする。各分隊とも八個の班で編制される。各班の人数は一八人である。分隊の総数は一四四人であった。私は三五分隊の第五班となった。第六兵舎の一階の西側入口をはいってすぐが第五班の居住区である。二〇人がけの食卓がある。そこで衣嚢（いのう）がわたされた。

衣嚢とは軍服等の支給品がはいった袋である。中身はざっと、

軍服二着（第一種軍装）
白の夏服二着（第二種軍装）
白の事業服二着
煙管服一着
雨衣（黒のゴム引き合羽）一着
冬の襦袢一着
夏のシャツ三枚
靴下四足
白の脚絆一組
黒の艦内帽一

白の艦内帽二
靴二足
がはいっていた。我々はひとりひとつずつ衣嚢をもらうとその場で中身をだし、ひとつひとつに筆で名前を書いた。
「服が合わなきゃ体を合わせろ」
などと言いながら、古参下士官がいろいろと説明してくれる。
私の班員は、私をいれて一八名である。このうち戦死は一名だった。これは少ない。武運の強い班だった。

もう七〇年も昔のことなのだが、この昭和一八年三月三一日のことはよくおぼえている。夕食の準備のために各班から三人が烹炊所に行き、食事をうけとってきた。飯のはいった食缶がひとつ、汁のはいった食缶がひとつはこばれてきた。いずれも大きなものである。飯の食缶のフタを上向きにしておかずがもられる。汁の食缶のフタには漬け物がのる。この日の夕食は胸がつかえて食べきれなかった。

各自、今朝出発するときには母親がつくってくれたおにぎりや寿司をもたされる。その食べ残しがまだある。班長たちは、

「腐るから食ってしまえ。食えなければすてろ」

と言う。私も弁当がまだ残っている。母が心を尽くしてつくってくれたものだ。懐かしい

故郷の味である。しかし、この弁当もついにノドをとおらず捨ててしまった。家から着てきた中学生の服も明日送りかえすため梱包した。

母がつくった弁当を捨て、これまで着ていた中学生の服を包み終わったとき、故郷との惜別の儀式が終わったかのような切ない気持になった。

夕食後、ハンモック訓練をやり、ラッパが鳴り、ようやく眠りにつくことになった。しかし、目がさえて眠れない。思えば、神明神社の境内で予科練に入隊する私の壮行式が行なわれたのが今朝のことである。それがなんだかずっとずっと昔のことのような気がする。それほど今日一日のできごとが多く、また環境の変化が激しかった。

ハンモックで寝るのは初めてである。寒い。体がなかなか温まらない。寝付けないまま家族のことを思い出す。特に幼い妹の顔が鮮明にうかぶ。次いで、母、祖母、父のことを想う。恋しくてしかたがない。泣きそうになった。一五歳と六ヵ月の夜であった。

訓練開始

第一二期甲種飛行予科練習生の入隊式は、昭和一八年四月五日に行なわれる。それまで我々は正式の軍人ではない。仮入隊である。四月五日までは教員たちも比較的やさしかった。入隊式までは、朝礼、隊内見学、体操、身辺整理が主な日課だった。入隊式の当日、午前九時、ピカピカの第一種軍装に身を固め、といえば聞こえはいいが、私といえばダブダブの服にブカブカの帽子をかぶってというでたちである。みな足並みがやっとそろう程度の駆け

足で練兵場に整列し、入隊式は無事におわった。

これで晴れての入隊である。そして、音に聞く予科練のスパルタ教育がはじまった。掃除のやり方が悪い、動作がのろい、声が小さいでやり直しの連続である。

とくにハンモック（予科練では「釣り床」という）の上げ下ろしはこたえた。三歳、四歳も上の者がいるなか、第五班では私が最年少である。人間の一五歳から二〇歳にかけての一年の差は精神的にも体力的にもかなりの差がある。私の体はまだ子どもで、身長も力も他の者よりも劣っていた。

釣り床（ハンモック）に入った予科練生たち

ハンモックの上げ下ろしを数回やられると、息がきれ、目が眩み、足もとがふらふらした。ハンモックの環をビームのフックにかけなければならない。それをとびあがってかける。背の高い者にはなんでもない作業であるが、私のような小さな者には大変な苦労が襲いかかる。

とびあがってフックにかけるとき、タイミングがずれると隣の者とぶつかってはね飛ばされてしまう。失敗すると全員でやり直しとなる。ふたたび挑戦する。今度こそと気合いをいれて飛び上がるのだが、またもや隣とぶつかって突き飛ばされる。一発目をはずすとあせりもあってその後もうまくかかってくれない。あせりにあせってぴょんぴょんと飛び跳ねる始末である。やっとフックにかかって一息つくと、またもやり直しとなる。

次は徒手教練である。軍人らしい動作ができるまで徹底してやられる。不動の姿勢から、行進、集合、解散の動作を、

「別れ、集まれ、別れ、集まれ。遅い、遅い」

という怒号の連続のもと、ふらふらになるまで仕込まれた。

訓練がはじまるとともにかく腹が減って仕方がなかった。航空隊に着いた夜は胸ふさがる思いでノドを通らなかった食事が、今ではいくら食っても足りないほど腹が空いた。

神奈川から来た原信夫など、

「ここの飯はまずくて食えねえなあ」

と私に相づちをもとめるように言っていたが、正直に言えば私には三度の食事がありがたいごちそうであった。朝食の味噌汁には豆腐のかけらや小さな油揚げが浮いている。昼や夜は骨だらけの魚や安い肉がおかずで出る。こんな食事を家でしたことがない。これをまずいといえる人はよほど恵まれた育ちの家庭に限られた。

当時、日本の大多数を占めていた貧農の子どもが軍隊にはいってまずびっくりするのは、ひえでなく麦飯が食べられることだった。三度三度飯（麦飯といえど飯は飯）が食えて、それがどんなものであっても必ず魚か肉のおかずが付くというのは歓喜に値することだったのである。

初飛行

予科練の前期が終了した。その後、後期の厳しい訓練を経て、飛行適性試験をうける時期にさしかかった。この試験で、操縦コースに行くか、偵察コースに行くか、分かれるのである。

第二鈴鹿飛行場における飛行適性試験は、昭和一八年六月からはじまった。

我々の班はしんがりだったため、七月下旬の暑い最中に順番がまわってきた。白の第二種軍装に衣嚢（いのう）をかついで高茶屋駅から鈴鹿空への移動である。

飛行適性試験は、七月二八日から三日間にわたって行なわれた。この三日間の飛行作業に、操縦に行けるか、あるいは偵察に回るかの運命を託す。果たしてどうなるであろうか。

適性飛行の初日、我々は生まれてはじめての飛行服、飛行帽、飛行眼鏡、飛行靴で勢揃いした。にわか仕立ての飛行兵姿である。適性飛行は一日一回、一五分、三日間で三回乗る。

適性飛行がはじまった。はじめての飛行訓練はじつに印象深いものだった。

使用する機は三式初歩練習機（「三式初練」と言っていた）である。この機は、昭和五年から採用され、太平洋戦争がおわるまで使用された。スピードや馬力は劣るが、どんな空中操作であっても難なくこなす優秀な機である。機体にエンジンカバーがなく、機械がむきだしになっている。座席は複座で前に練習生、後に教員が乗る。最初に座席に乗りこんだとき、エンジンの轟音と旋回するプロペラの風圧にたまげた。教員が、

「離陸する」

と伝声管で言う。機が走りだし、激しくなるエンジン音と顔にあたる風の強さにまたまた驚く。

さらにスピードが増す。左右の草が一枚の青い絨毯のようにみえる。周囲の景色が後方に吹き飛ぶ。

急に震動がなくなった。機が地上を離れたのである。

(今、俺は空に上がっているのだ)

という感動で胸がいっぱいになった。

「練習生、操縦桿に手を添えろ。たまごを握るように軽く握れ、目標、前方の石原産業の煙突」

と声がかかる。

「ハイッ、ハイッ」

と返事はするが我ながら頼りない。ちょっと機が右に傾いただけで大地の風景がグラリと動く。

「まっすぐ、まっすぐ、ようし、水平飛行」

機体が水平になった。とたんに大地が盛り上がる。地平線とそれに続く伊勢湾の水平線がぐーっと隆起してエンジンのシリンダーの握りこぶしひとつ上のところまでくる。なんだか下向きに飛んでいるようで心細いが、これで水平だという。

「左旋回。舵が大きい。あて舵を忘れるな。それ、左に滑ってる。左を踏め。ほれ、頭があがってるぞ」

たてつづけに指示が飛ぶ。難しい。自分一人でなどできっこない。おっかなびっくりで操縦桿に手を添え、踏み棒に足をのせると、ヒク、ヒクと教員が操作しているのが伝わってくる。

飛行機の舵の操作がこんなに小さいとは知らなかった。

自転車に乗っているときはハンドルを右に左に大きく切るが、飛行機でそんなことはとんでもないことだ。ほんのわずかな方向舵、昇降舵のうごきが飛行機の姿勢をおおきくかえる。大事なのは当て舵だ。舵をきかせたらすぐ当て舵で元にもどす。これをやらないと機はそのまま運動が止まらず、横転、降下、上昇を続け、最後には墜落ということになる。

三式初歩練習機は、双翼が太い支柱に支えられた羽布張りのごつい飛行機である。目の前で回転するプロペラを通して前方がみえる。ちょっと頭を下げただけで地面がわっと目の前に立ち上がってくる。墜落しそうな気がしておもわず「うわっ」と声を出しそうになる。右にまわるときは右足を踏んで機体を右にぐっと傾ける。そのとき支柱の間にぐわーっと大地や海の風景が右から左にながれる。そのまま右に倒れそうで思わず体を左によせたくなる。

三式初歩練習機での飛行は外が見えすぎる。風防もなにもない野ざらしの操縦席である。迫力あふれる大パノラマであった。私の体を空へはこぶエンジンはモングース一三〇馬力、五気筒である。零戦のエンジンが一〇〇〇馬力、一四気筒である。それに比べればおもちゃのようなエンジンであるが、どうしてどうして乗ってみるとすごい迫力である。

伊勢湾の海風にむかって離陸すると、真下は白子の街である。近鉄線をまたいで四日市の石原産業の煙突を目標に飛ぶ。

「練習生、あの煙突を逃さぬように飛べ」

と後席から指示をうけるが、操縦桿には手を添えているだけ。すべては教員まかせである。

「にぎりが固い。もう少し手をゆるめろ」

とまた声が飛ぶ。手の中に操縦桿の頭部がある。その頭部が生き物が息づくようにほんのわずかうごく。後席の教員が操縦桿をうごかす。その動きが私がにぎる頭部に伝わる。それは本当に小さな動きだった。動いているのか動いていないのかわからないくらいのかすかな動きなのに、飛行機は右に左に上に下にとじつによく動く。

飛行途中、左旋回、右旋回もやらされたが、舵の切りが大きすぎてうまくいかない。加減がまるでわからない。着陸後、

「お前は右旋回がまったくできない」

と叱られてしまった。

初飛行のあと、生まれてはじめて空を飛んだのだからということで記念写真をとった。まず個人写真から。飛行服に身を包み、飛行眼鏡を額のうえに、飛行帽の耳垂れをはずし、三式初歩練習機の前で足を広げて立つ。革手袋をして胸を張った姿は、早や一人前の飛行機乗りである。一五歳と一〇ヵ月の「勇姿」であった。今ではその写真も変色したが、炎天下の

昭和18年7月、鈴鹿空で飛行適性検査を受けた35分隊第5班。後列左から2人目が青井潔一飛

飛行適性検査で生まれて初めて空を飛んだ飛行服姿の青井一飛。搭乗した三式初歩練習機の前で

陽をうけて我ながらたくましくも初々しい一枚である。

もう一枚は五班一同の写真と、さらにもう一枚は三五分隊の五班から八班の集合写真をとった。これもすばらしい記念となって今も残っている。

一二期（甲種）の適性飛行検査は我々三五分隊が最後であった。昭和一八年、真夏の七月三〇日に無事終了した。

この日、故郷では川祭りの日である。時

節柄なにかと不便はあるだろうが、いまごろは懐かしい人たちがみな浴衣をきて、川面に映える提灯の山車に目をみはり、笛、太鼓のしらべに酔っていることであろう。そう思うと急に帰りたくなった。いますぐみんなに会いたくなった。

だが、私はこの鈴鹿飛行場から三重空に帰らなければならない。そして、三重空にかえった我々は一学年の残りの期間もまた鍛えに鍛えられるであろう。そして一学年が終わると操縦コースか偵察コースかの判定を受けたのち二学年に進むのである。

今後、私の人生は、いったいどうなるのであろうか。

昭和一八年九月某日、操縦と偵察の発表の日がきた。

誰もが操縦員になりたい。操縦桿をにぎりたい。そう願っていた。操縦になるか。偵察になるか。今日が運命の日であった。みな、行き詰まるような思いであった。発表は淡々と行なわれた。

「青井、操縦」

はあ、とため息がでた。

(ああ、よかった)

はやく故郷のみんなに知らせたい。ベテランパイロットとして活躍中の正雄叔父も喜んでくれるだろう。偵察にまわった者は一様にショックをうけていた。彼らの気持を察し、ぐっと気持を抑えこんでだまった。

第二章　飛練のはじまり

甲種第一三期の入隊

昭和一八年一〇月一日、飛行兵長に進級した。それと同時に新しい分隊の編成も行なわれた。操縦二一分隊、二二分隊、偵察二三分隊、二四分隊である。我々は三重空分隊となった。三重海軍航空隊で飛行訓練を受けるのである。私は二一分隊七班である。一二期（甲種）は三重空で最上級生となった。気力、体力も充実し、各種訓練の練度もあがった。剣道、柔道、銃剣術、相撲、カッター、通信、信号、運用、航海術、整備術、機体、エンジン構造等、飛行機の実物にふれるよりも遥かに座学が多い。眠くて耐えがたかったが、みなよくがんばった。

昭和一八年一〇月末、操縦分隊は奈良分遣隊に移ることになった。移動先は、奈良県丹羽市にある天理教の大きな宿舎である。移動理由は、一万人をこえる甲種第一三期が入隊することになったためである。我々は甲種一三期の指導にあたるという。

奈良分遣隊の宿舎は三重空の建物とは規模も勝手もちがう。巨大な旅館を団体が貸し切ったようなものであった。搭乗員大量採用にともなう育成場所確保のための苦肉の策であった。

各宿舎には海軍伝統のハンモックがない。畳の上で毛布で寝る。艦隊生活といえば釣り床（ハンモック）訓練である。海軍の象徴的な訓練ができないとは。

（そんな生活ではたして軍人精神が注入できるのかいな）

と我々は疑問を感じた。

昭和18年暮れ、奈良分遣隊時代の外出時、奈良猿沢の池にて。左から2人目が青井練習生

予科練は外部から隔離された基礎訓練専門の社会である。目隠しをされたような生活であった。そのため隊外でなにが起こっているかまったくわからなかった。噂を聞けば、戦況は苦しく、海軍は大量に搭乗員を養成しなければならない情勢に迫られ、全国の中学校から志願者をつのったという。そして大挙して東京に押し寄せたのが甲種一三期の若者たちであった。

昭和一八年四月に海軍に入って以来、世間と隔離されてきた私は、世の中がどうなっているのか知るよしもなかった。私はてっきり、岐阜に残してきた級友たちは相変わらず勉強に励んでいるものだとばかり思っていた。しかし現実は彼らに厳しかった。学校生活よりも勤労動員にかりだされ、過酷な労働を強いられたあげく、予科練志望を学校から盛んに勧誘され、それを受けてぞくぞくと予科練に志願しているというのである。この期には私の中学時代の同級生や上級生がたくさんいた。私は、時代が急激にかわっていることを甲種一三期の入隊によって知った。

卒業

昭和一九年三月一日、天気は晴れ、身の引き締まる朝をむかえた。この日、予科練習生課程を修了した。広い練兵所で二個分隊が合同で卒業式を行なった。垣田大佐から祝辞と激励の言葉をいただき、式は無事に終了した。昼食は卒業祝いのごちそうであった。分隊長、分隊士、教員一同もニコニコ顔である。私は上官に恵まれた。みな人間味のある本当に良い人ばかりであった。

予科練卒業時の青井飛行兵長

海軍の予科練といえば、バッター（お尻を棒で殴打する制裁）を始めとする激しい私的制裁で有名だが、おどろくべきことに私はこれまでバッターを受けたことが一度しかなかった。しかし、これから我々は飛練にはいる。さらなる厳しい試練が待っているはずである。はたしてどうなるのであろうか。

飛練とは、飛行練習生のことである。予科練を卒業した者が、各航空隊にある練習航空隊に配属され、本格的にパイロットの技術を身につけるのである。

この時期、戦況は悪化の一途を辿り、いよいよ日本は追い込まれていた。国内の燃料も欠乏しつつある。そこで我々の期は、燃料が豊富なフィリピンに送り込まれ、そこで操縦の練習をすることになったのである。初めての試みであった。場所はマニラのニコラスフィールド基地である。配属される部隊は三一空である。三一空は、マニラ郊外のニコラスフィールドに新しく開隊された練習航空隊である。

いきなりの外地派遣である。すぐ出発である。あわただしく荷物の整理をしながら、心は早くも遠い異国のマニラに飛んでいた。

マニラに向かう青井氏らが便乗した油槽船「さんるいす丸」

さっそくパイロットのひな鳥たちがマニラにむけて出発した。我々を乗せた列車は一路、九州にむかった。やがて関門トンネルを通って門司についた。
昭和一九年三月八日、午後、快晴、風があり時々粉雪が舞う。海風が身にしみる。

私が乗る船は「さんるいす丸」である。七二六八・六四トン、一二ノットの油槽船である。他の船と約二〇隻ほどの船団を組んで門司港を出港した。

どの船も物資は積んでおらず、どれも空船である。これから南方で原油や物資を積みこんで日本に持ち帰るのである。積んでいるのは人員だけである。各船にはカーキ色をした陸軍の兵たちがいっぱい乗っている。これは南方戦線にはこばれる将兵たちである。その数がおびただしい。

敵潜水艦がうようよと遊弋し、海にでることが「特攻」といわれるこの時期、我が船団はマニラ湾まで無事に航行し、ときに昭和一九年三月二七日、午後三時、マニラ港に入港した。

一発の魚雷を受けることもなく長距離の航海を終えた。奇跡と呼ぶにふさわしい幸運であった。しかしほっとしたのもつかの間、これから、飛練にくらべれば予科練など幼稚園のようなものだ、といわれる地獄の日々がまっているのである。

マニラは異国

マニラは、長い植民地時代を通じてスペインとアメリカの支配を受けた。東洋きっての美しい都市として知られる。太平洋戦争がはじまり、日本軍がフィリピンに侵攻したとき、アメリカがいち早く非武装都市を宣言し、日本が無血占領した地である。

この町の美しさを知るには空から眺めるのが一番であろう。緑したたる南国の樹木のあいだに赤青緑の屋根の住宅が整然と建ちならぶ。海はブルーに輝き、雲白く、空青く、海岸の砂浜がまぶしい。

当時の我々は初めてみる異国情緒にやみくもに感動し、その風景に声もなく眼を見張った。町の中心部にはスペイン城跡、エスコルタ街、ケソン橋など見どころも多く、なるほどここは外国だと思わせるものばかりであった。

フィリピン人が、老若男女を問わず、赤、青、黄の色シャツや派手なしま模様の服を着て歩いているのにも面食らった。その当時の日本人の感覚では男が色物の服を着ることなど思いもよらないことであった。今で言えば女装して近所を歩くのと同じくらい恥ずかしいことであった。

ここに生活する一般市民のくったくのない生活ぶりをみる限り、いったいどこで戦争が行なわれているのやらと思うばかりの、まったくののどかな雰囲気であった。

ただひとつ困るのは、物が豊富に街にでまわっているにもかかわらず、インフレの進行が早く、

革バンド一本　五円から一〇円
皮財布　一〇円以上
焼きめし、ちらし寿司、ぜんざい等（一食）　三円くらいから
店頭で山盛りにして売っている豆板（一枚）　一円

といった具合で、当時三六円に航空加俸とあわせて八〇数円だった飛行兵長の給料では、なにを買っても高く、すぐに給料を使いきってしまうことであった。そのため週に一回だけ

許される外出もちっとも楽しくなかった。それでも厳しさを増すいっぽうの内地（日本国内）に比べれば、まだまだうらやましい土地であった。

翌日、午前一〇時、我々をここまで無事に運んでくれたさんるいす丸を帽ふれで見送ったあと、迎えのトラックの荷台に乗り込み、市街地をぬけて三一空にむかった。

やがて広い草原にでた。よく見ると、草原だと思ったのは干上がった田んぼである。乾ききって大きなひび割れが走っている。その上に道らしきものがあり、車はそこをゴトゴトと走る。三一空までまもなくだという。ということは前方に街らしきものがみえてくるはずだが一向にその気配がない。

そのうち道をまがった。すると前方にアタップつくりの兵舎らしき平屋が二、三棟建っているのが見えた。その平屋の前でトラックが停まった。ここで降りろ、という。みると、長い旗竿の上になにやら旗がひるがえっている。なんとそれが隊の存在を示す軍艦旗であった。ここが我々の訓練場所である。「第二ニコラスフィールド」と呼ばれていた。内地の横須賀、鈴鹿航空隊のような鉄筋コンクリートの庁舎、兵舎、隊門をイメージしてきた我々にとって、驚天動地の驚きと拍子抜けであった。

車が止まると一度にどっと汗が吹き出た。暑い、とにかく暑い。なるほど、ここは熱帯の地マニラである。我々は、訓練をしたわけでもないのにたちまち汗みどろになった。

飛練といえば、到着した駅頭に目つきのするどい教員か先輩が出張ってきて、おたおたしている練習生に一喝をくらわせ、衣嚢をかついで隊門まで駆け足を命ずるのが普通である。それがさっぱり教員らしい者もいなければ、飛行場や飛行機らしきものも見えない。耳を澄ましてもエンジンの爆音も聞こえない。ただ暑いだけである。

我々は、とりあえずいくつかある小屋のひとつに案内された。ところどころ床が抜けた高床式の兵舎であった。

(掘っ立て小屋だな)

そう思った。むろん声にはださない。

飛練訓練開始

昭和一九年三月二九日、内地から教員たちの第一陣が到着した。それを兵舎の北方にある飛行場で練習生全員がでむかえることになった。飛行場とはいってもまったくの草原である。どこからどこまでが飛行場の敷地なのか境界もわからないほどの単なる野原である。

飛行場の一角にいくつもの宿舎らしい建物がある。そこにフィリピン攻略戦のときに捕虜となったアメリカ人がたくさん収容されていた。彼らは掩体壕(飛行機用の防空壕)つくりなどに駆り出されていた。むろんアメリカ人の捕虜など見るのは初めてである。上半身裸で誰もが痩せている。茶褐色に日焼けした体で黙々と作業に従事している姿が印象的であった。

やがて、南方特有のひろい青空に、編隊を誘導するダグラス輸送機の姿がみえた。そのあとに一〇数機のカーキ色の機体がつづく。中間練習機である。いよいよ来た。ダグラス機につづいて次々と着陸する。あらかじめ要領を聞いていたとおり、仲間の数名がバラバラと駆け出し、着陸して列線（整列する場所）に誘導される一番機の翼端に飛びついて補助をした。これをしないと「たるんでいる」と言われて罰直の口実になるのである。海軍の罰直ほどおそろしいものはない。そのことはおいおい語る。

ダグラス機の操縦は第二分隊の先任教員である君塚上飛曹である。この人は年配で応召したパイロットである。この時代にはめずらしい長髪が印象的なひとだった。第一分隊の先任教員は工藤上飛曹である。この人は乙一〇期である。到着した教員で注目の的は松崎一飛曹であった。松崎一飛曹はミッドウェー海戦の生き残りパイロットである。なるほど精悍な目つきをしているが、噂に聞いたほど恐い人には見えない。若々しく明るい人柄であった。

その他、甲七期の高園上飛曹、甲八期の坂本一飛曹、甲九期の小石一飛曹、乙一二期の山田義雄上飛曹、乗員養成所を卒業したパイロットの尾川一飛曹、吉野一飛曹、岡本一飛曹、丙飛の池田二飛曹、冨家飛長、吉村飛長、真鍋上飛曹、清水上飛曹といった面々が第一陣であった。私の教員は池田（芳一）二飛曹である。大柄でおっとりした表情の人である。清水上飛曹は初々しく温和な方であった。吉村飛長、真鍋上飛は一癖ありそうな面構えであった。

その日は、教員が練習生に迎えられるという立場であったことや、彼らの赴任地があまりに条件の悪いところであったことへのとまどいがあり、いきなり罰直を命ぜられるといった緊張したシーンもなく淡々とした雰囲気であった。教員たちは落下傘の収納袋にいれた荷物や手提げカバンを練習生に持たせて黙々と歩き、兵舎の教員室に落ちついた。その夜、教員の半数が第二種軍装に着替えて外出した。
この日は平穏であった。
やがて第二陣、第三陣も到着し、中間練習機も数十機が揃い、飛行作業（飛行訓練）がはじまった。
飛行訓練ではペアを組む。
私のペアは、
金内光郎
松田昇三
清水悟
塩野正郎
丸山巌
青井潔
の六名であった。このうち二名が戦死する。
戦死したのは金内と松田である。いずれも特攻であった。公式記録によると次のとおりである。
二飛曹、金内光郎（愛知・甲飛一二）
昭和二〇年四月一六日（七六二空攻撃二六二飛行隊）、神風特別攻撃隊・第六銀河隊、喜

界島南方、敵空母群に降爆特攻隊として、一〇時三六分、宮崎基地発進、一一時四八分、「我作動油漏れの為弾扉開かず」の電あり、一二時一五分、長符を発進、体当り戦死

一飛曹、松田昇三（東京・甲飛一二）

昭和二〇年七月二九日（一三一空）、神風特別攻撃隊第三龍虎隊員として沖縄嘉手納基地沖敵艦船に必死必中の体当りを敢行し、艦種不詳に命中、壮烈なる戦死となっている。

松田の場合は台湾の虎尾空が基地で、九三式中練を使っての特攻であった。

新設航空隊の劣悪な環境

毎日の飛行訓練は苦しいものだった。そもそも居住環境が良くない。夜も十分に眠れない。食事が悪くて全員が慢性の下痢に苦しみ力がでない。長く走るとすぐに息切れがする。蚊に刺されたあとを掻くと化膿して熱帯性潰瘍になる。それが足だったりすると足をひきずって歩かなければならない。

三一空は、一、二分隊の二個分隊編成で、午前、午後に分かれる。午前と午後は一週間交替であった。

飛行服は真っ白の煙管服である。街の機械工が着る上下つなぎの作業服と同じである。兵舎から飛行場までは走って一キロくらいある。毎日、隊伍を組んで往復を駆け足する。途中、小さな川があって、その上のコンクリート橋をわたった。雨期が間もなく始まろうとする時

期で、暑さもこの上もない。

飛行場は小高いところに延々とひろがっている。指揮所はテント張り。格納庫はひとつ。練習機の機体は、到着した時はオレンジ色で通称のとおり「赤トンボ」であった。それが今では迷彩色の戦闘色に塗り替えられている。

飛行場に着くと、練習機が轟々とプロペラを回している。予科練入隊以来、朝から晩まで走り続けて体を鍛え、なにごとにも大声を出すことに徹してきた。それもこの日のためであった。蚊のなくような声では体も声も吹き飛ばされてしまうのである。

私の教員である池田二飛曹は、吉村、真鍋教員や二分隊の山田教員のような精悍な感じではなく、大柄で鷹揚な人であった。この池田教員も、後に特攻で戦死する。

先任教員は、乙一〇期の工藤上飛曹、次席はミッドウェー生き残りの松崎上飛曹である。この人は航空母艦「隼鷹（じゅんよう）」に乗っていた。前評判ではこの人が一番恐れられていたが、全く逆であった。明るい人で練習生に手をあげることもなかった。一分隊には、七期高園上飛曹、九期小石上飛曹、二分隊には、八期坂本上飛曹がいた。他に、上飛の教員が二名いた。一人は非常におとなしい人で、始めのうちは自分が担当する練習生に敬語を使っていた。

とにかく食事が悪いのが一番こたえた。飯は現地米の細長い米で茶褐色の半煮えである。生米の味がしてまずい。固いぱさぱさの現地米で全員が慢性の下痢にかかり例外なくやせ細った。内地航空隊の麦飯のほうがうまく、さんるいす丸の船内食のほうがはるかによかった。

朝の味噌汁はでたかどうかおぼえていない。皿にのった漬け物は青いパパイヤの塩漬けである。はじめは何の漬け物かわからなかった。

中練の訓練中、当然、支給されるべき航空増加食や卵、あるいは牛乳などを口に入れたことは一度もなかった。たまにキャラメル一箱と肝油に砂糖をまぶしたあめ玉みたいなものが配られるだけであった。

飛行訓練で使用した九三式中間練習機。通称「赤トンボ」

今、思えば、昭和一九年二月は、カロリン諸島、トラック島がアメリカ軍の機動部隊の大空襲を受け、三月末には古賀連合艦隊司令長官がダバオで行方不明になった時期である。そして、私が入校した昭和一九年四月は、連合軍の侵攻がフィリピン諸島に迫り、我々がいるマニラもすでに危険区域に入っていた。そういった厳しい戦況であったのだから、飛行兵の特別待遇など望むことができないのも当然であった。

はじめのころは隊内に風呂もなかった。毎日、朝起きたときから運動量が激しく、練習生たちは一日中、汗びっしょりである。それなのに水道の水はちょろちょろしかでない。体を拭くこともままならなかった。洗濯は、ぎっしりつまったスケジュールの隙間をさがしては近くの小川のよどんだ水でやった。

トイレは竪穴式で周囲をアンペラで囲ってある。山とつもった排泄物には大きな蝿がむらがり、白い大きなうじが盛り上がっている。これを退治しようと石灰を撒くのだがちっとも効果はなかった。

あらゆる物資が不足するなか、ここで唯一欠乏の心配がないのはガソリンであった。大本営発表いつでも、どこでも、我々は戦況については、一切聞かされていなかった。大本営発表(たとえそれが大嘘であっても)を内地の人たちは聞いていたが、我々にはそれすら耳に入らず、敵がどのあたりに迫っているかも知らされていなかった。おそらく教員たちも同じだったであろう。

もうすでにアメリカ軍が内南洋にまで入り込んでいる。次はフィリピンである。アメリカのメンツにかけてもフィリピンは放置できない要地である。その要地において、なにも知らない、なにも知らされていない我々ひな鳥たちは、必死の形相で飛行訓練を行なっていたのである。

ホームシック

飛行作業がはじまって最初の日曜日の午後、入浴に行くことになった。高園教員(甲飛七期)を長とする数人の教員に連れられて出発した。

どこからどこまでが航空隊の敷地なのかはっきりしないところを歩いていく。道はついているがそんなところは通らない。カラカラに乾いて大きくひび割れた田んぼのなかを突っ切っていく。気をつけてないとひび割れの中に足を突っこんで怪我をしてしまう。フィリピンは今は乾季なのだ。乾季は二月から六月はじめまでだという。内地では見たことがない眠り草がいたるところに生えていて、何かが触れるとするすると葉をすぼめる。

昭和19年2月、予科練卒業前に面会に来た両親と青井練習生（右の3人）。左は予科練同期の斎藤善治とその父・妹

やがて着いたところは三一空の通信科の兵舎であった。

通信科は三一空の兵舎から二キロほど離れた場所にあった。ここにはちゃんとした木の浴槽のお風呂があった。

三月はじめに日本を離れ、約一ヵ月半ぶりに熱い湯に入った。いざつかってみると疲れがとれるどころかぐったりと疲れてしまった。とにかく眠い。眼を開いていられない。心地よくて心地よくてたまらない。毎日、日本式の風呂に入っている人は気がつくまいが、久しぶりに湯に入ると人間の体がどう反応するのかを私はまざまざと体験した。

身も心もさっぱりとして風呂を出た我々であったが、悲しいかなせっかくの入浴も、ふたたび炎天下を兵舎まで歩いて帰るうちに全身汗ぐっしょりとなった。後は洗濯、身のまわりの整理をする。

(日本に帰りたい)

こちらに来てから考えることはそのことばかりである。

(もう一度日本の土を踏みたい)

ことあるごとに日本の方角をみる。そのつどマニラ北方の山脈が眼に入る。あの山を越えると海がある。海をどんどん進むと台湾がある。台湾を越えてさらに海上を進むと日本が見えてくる。

思えば遠くまで来てしまったものだ。この時期、私はひたすら故郷を想う毎日であった。

特に、昭和一九年二月のことをしきりに想いだす。予科練の卒業式の前、父と母が丹羽市まで面会にきてくれた。日曜の数時間を父母と一緒に行動し、楽しい時間を過ごした。最後に記念撮影をして、父母と別れる時間がきた。

別れた場所は丹羽市駅から兵舎にむかう途中にある踏切であった。踏切の前で頭をさげて別れ、私は一人で踏切をわたった。ふりかえると母が私の姿をもう一度眼に焼き付けようとするかのように、異様な目つきで父の傍らから離れ、私においすがるように二、三歩走りだした。そのときの母の顔が忘れられない。

ああ、会いたい。父母に会いたい。親に会えないまま戦死などすれば死んでも死にきれない。しかし、現実はそうなる公算が大きい。

我々は外地に着いたばかりである。これから飛行機乗りとしての教育を受け、一人前になればおそらくこのまま前線に配置される。もっとも戦死の確率が高いのが搭乗員である。死ぬまで出撃させられることであろう。まず生きのこることは不可能である。出撃を繰り返しながら無事の生還をつづけ、生きたまま交代要員がきて自分が内地に帰るなど夢のまた夢であった。

それでも、それがわかっていても、家に帰りたい、親兄弟に会いたい、祖父の顔をひと目見たいという気持が私の心を苛んだ。

第三章　三一　空のこと

飛行作業開始

さっそく飛行訓練がはじまった。訓練では、練習機の前席に練習生が乗り、後席に教員が乗る。飛行時間は一五分である。一五分の間に離着陸を三回行なう。

初日と二日目は慣熟飛行である。体験飛行のようなものだ。この二日は教員が操縦してくれる。

その間、離陸の目標となる物の確認、第一、二、三旋回地点の確認、前後左右上下の見張り、飛行場周辺の地形の確認と、さばききれないほどの課題を背負っての飛行である。もちろん操縦はすべて教員がやってくれる。練習生は操縦桿に軽く手を添え、フットバーに両脚をそっと乗せ、後席の教員の操縦ぶりを肌で感じることにつとめればよいわけである。

がしかし、前年の七月末に鈴鹿航空隊の適性飛行で三回にわたり同乗飛行を体験しているとはいえ、エンジンの猛烈な爆音とすさまじい風圧に圧倒され、なにがなにでどこがどうなっているやらさっぱりわからない。

ときおり伝声管から教員の指示が聞こえるが、わかろうがわかるまいがとにかく元気よく「ハイ、ハイ」と答えるだけで、まったく手も足もでない状態である。

「前後左右見張りよろしい。目標よろしい。離陸しまあす」

と、さももっともらしくどなってはいるが、ほんとうに見張りは大丈夫なのか、前方のなにを目標に走りだそうとしているのか、さっぱりわかっちゃいない。

そもそも三一空の周囲はただひろいだけで大きな樹とか小山とか建築物が一切ない。遠く、はるかかなたになだらかな山並みがあるだけである。その山のどこかへこんだところとか、でっぱったところを目標とするしかない。

よしんばそれを目標にしても、飛行機がそれにむかってまっすぐ走ってくれる保障はない。昨日今日、操縦席にすわったばかりの練習生に細かい進路の修正などできるわけがない。ただ元気にそれらしくわめているだけで、操縦のすべては教員まかせである。

自分がきめたつもりの目標に機が走っていかない。それもそのはずである。自分が決めた目標と教員の目標がちがうからである。自分が決めた目標を睨みながら、機はまったくちがう方向に突っ走る。ちがう方向に走りながら、

「目標よろしい」

と大声で叫ぶ。いつどなられるかびくびくしながらの苦しい時間であった。

後の話だが、私は一三空の実施部隊に配属になった。そして陸攻のパイロットとして東西

南北にのびる見事な滑走路で離着陸をしたのだが、そのとき目標がどうのこうのと考えたことはなかった。飛行機をただ滑走路の軸線にあわせて操作すればそれでよかった。母艦の発着もそれでよいはずだが、やはり前方の目標設定にむかって飛ぶことが基本なのだろう。

離着陸訓練

三日目以降は少しずつ自分で操縦をしていかなければならない。

飛行場は広い広い草原である。ここは雨期が始まる五月いっぱいまで使った。風はいつも一定方向から吹いた。毎日、東方にむかって離陸した。

「青井練習生、三三五号、離着陸同乗出発しまーすっ」

と、地上指揮官に全身から声を発して申告し、三三五号の着陸をまつ。やがて三三五号機が練習生を前席に、教員を後席に乗せて滑走してきて止まる。下から教員を見あげて挙手敬礼をし、

「青井練習生、交代しまーす」

と低速でぶるんぶるんとプロペラが回る音に負けない声をだし、素早く交代する。そのとき、これまでの空中操作がうまくいったかどうかを練習生と教員の顔色をみて窺う。彼らの訓練の成否が教員の機嫌の善し悪しに影響し、結果的に私の訓練に響くのである。

「前後見張りよろしい。出発しまーす」

「よーし」

のやりとりでレバーを微妙に押し、フットバーをこまめに踏みながら離陸線に機体を持っていく。

その間、次々と着陸してくる他機との間合いをはかりつつ、

「見張りよろしい。目標よろしい。離陸しまーす」

といよいよ走り出す。

飛行機は、はじめに向いた方向にまっすぐ走っていくとは限らない。右回りのプロペラが送りだす風が尾翼を叩き、放っておけば機は頭を右へ左へと振っていくからである。そのため、そうさせないように目標を定め、当て舵によりこまめな修正が必要である
ニコラス飛行場の東方はるか前方にマヨン山が霞んで見える。これを離陸目標にするにはおおざっぱすぎる。手前の山のくぼみか山頂に目標をきめる。

轟音がすごい。自転車しかのったことがない少年が飛行機を操縦するのである。練習機といえどもごうごうと唸りをあげながら疾走する飛行機はモンスターである。唯一の助けの船は後席にすわる教員である。この助け船が機嫌がよかったり悪かったりするのだから始末が悪い。前席にすわるひな鳥たちは哀れであった。飛行機の轟音に驚愕し、高度に恐怖し、激しい風圧とGに耐えながら、後席の教員の機嫌をそこねないように細心の注意をはらいつつ、慣れもしてない操縦をするのである。はじめからうまくやらなければとあせりにあせる。しかしうまくいくはずもない。うまくやろうとするが、うまくできないことはわかっているから、せめて一生懸命にやっているところを見てもらわなければならない。本来は操縦に集中

すべきところ、そういったことに注意を払うのは雑念以外のなにものでもない。ベテランパイロットが専念しても完璧な操縦は難しいのに、ど素人の練習生が注意散漫の状態で操縦して良い結果がでるはずもない。

飛練でくり返される悲劇はこうして起こるのである。


エンジンの出力をあげて機を走らせる。速度がぐんぐんあがる。十分な機速がつくと、飛行機がぐいっぐいっと離陸したがっている様子が操縦桿の手ごたえでわかる。これがパイロットのひよっ子が最初に体験する空中感覚である。

(うまくあがってくれるだろうか)

不安でいっぱいのままさらに速度をあげる。

と、急に車輪から伝わっていた振動がゼロになる。空にあがったのである。あれよあれよという間のできごとである。離陸すれば、

「上昇」

と呼称し、第一旋回点にむかって高度をとっていく。操縦席の前のカウリングの上端よりやや下に地平線をおくのが目安である。

上昇しながら左へ第一旋回する。第一旋回点から第二旋回点にむかう間に高度二〇〇メートルにして水平飛行となり、さきほどの離陸方向に対して直角にすすむ。

第三旋回で飛行場を左にみながら高度をさげつつ第四旋回点にすすむ。このときエンジン

を徐々にしぼるのだが、スピードは落とさず高度だけをさげていく。

　前方の訓練機がすでに我が機よりも低い高度で第四旋回にかかり、その前の機が着陸姿勢にはいってパスにのっている。さらにその前には第一旋回点にむかって上昇中の機がある。地上には着陸する機のあいだをぬって離陸線にむかおうとしている機がつづく。遊園地の空中ゴンドラのように訓練機が一定の間隔でおなじ動作をくりかえしながら回転するのである。なるほど、これでは見張りが大切である。ひとつまちがえば空中接触をしかねない。離陸線にでていた機に着陸した機が乗っからないともかぎらない。

「飛行機乗りの最初の失敗は最後の失敗だ。ぼやぼやするな。見張りをしっかりやれ。俺はお前たちと心中するのはまっぴらごめんだ」

　と教員がどなる。教員たちもこう言われて鍛えられたのであろう。こういったセリフを後席からポンポン叩きつけながら我々に気合いを入れる。

　人間はこれまで地上を這うようにして生活してきた。そして世界で初めてライト兄弟が空を飛んでからせいぜい半世紀も経っていない。そういった状況下においていきなり空にあげられた練習生たちは爆音と顔にあたる風圧に圧倒され、ただひたすら飛行機に身をまかせるだけのていたらくであった。

　それだからこそ、いとも簡単に飛行機をあやつる教員が偉い偉い人にみえて仕方がない。またいつ罰直を言いつけるかわからない恐い恐い教員が、空中にあっては自分が頼れるたったひとつの命綱のようにみえてくるのである。

五メーター

我が機が高度を下げながらよたよたと第四旋回点にむかう。

飛行場を左手にみながら着陸地点を確認し、旋回が終わればすぐそこに機首がむくようにもっていく。

旋回に入るのが遅れれば飛行場へ進入するときにいわゆる「袋」をえがくことになり、早すぎれば右に機首をふって機体を滑らせるなどの応急手当に労力を割くことになる。

「たのむからピタリと行ってくれ」

祈るような想いで操縦桿にしがみつく。滑走路を凝視したまま慎重に飛行機の高度をさげる。

あれよあれよという間に飛行場の赤土まじりの草原が迫ってくる。やがて高度が五メートルに達する。

高度五メートルでエンジンを絞り、機速がおちるのをまって三点姿勢に引き起こし、三〇センチくらいの高さからストンと接地するのが理想である。ところがこれが操縦の難物中の難物なのである。まず自分の座席から地面まで五メートルの距離になるのがさっぱりわからない。

「五メーター」

と大声で呼称して操縦桿を引きにかかれば、

「バカ野郎、まだ早い」

と後席から一喝される。ハッとした瞬間、

「こらっ、早く起こさんか」

と声がかかり、握っている操縦桿にピクッ、ピクッと教員が修正しているのが伝わる。そしてつぎの瞬間、ガクンガクンと接地の衝撃におどろく。時には引き起こしが早すぎたため機がふわりとバルーニングをやり、あわてて後席の教員が機首を抑え、エンジンを瞬間的にブッとふかしてやや間のびした接地をする。いずれの場合も後席から「ばっか野郎」の一喝はまぬがれない。


三回連続の離着陸の訓練が終われば、列線にもどってつぎの練習生と交代する。

つぎに同乗する練習生は、前の練習生が三回目の離陸を終えて誘導コースをまわっているあいだに地上指揮官（階級は中尉）に届けをすませて列線のちかくで待機している。そして全速力で指揮官の正面一〇メートルのところまで走っていき、ぱっと敬礼して、

「〇〇練習生、〇〇離着陸同乗出発します」

と大声で報告する。それに対して指揮官は、

「よし」

というのが普通だが、たまに、

「着陸のとき、風が強いからまわされないようにして行け」

と注意をうけることもある。このときの声が小さかったり、動作がきびきびしていないとやり直しを食う。やり直しさせられているところを教員の誰かに見つかったりすると大変である。あとで世にも恐ろしい罰直がまっている。

指揮官が注意する「まわされる」とは、強い横風に飛行機の垂直尾翼が押されて機首が風上にむいて舵が利かなくなることをいう。

飛行機の機速が風速よりも強いときは舵が利くが、この逆になると飛行機は風の方向にまわされてしまい、勢いあまった場合には軸足となった内側の脚を折って傾いたり、翼端が接地したり、プロペラが地面を叩いてしまうことがある。こうなれば歴とした事故である。気合いが入っとらん、たるんどる、ぼやっとしているからだ、などと言われて飛行場駆け足、総員バッターは覚悟しなければならないのである。

自信はつかず

飛行場からはるか北方、低い山並の彼方に大きな大きな海を隔てて懐かしい日本がある。はるばるマニラまで来て外国の空を飛びまわる晴れがましさを感じるよりも、私はホームシックに悩まされた。

座学も訓練も楽しいものではない。学習効果もあがらない。かといってあきらめるわけにもいかない。

「鬼の筑波か蛇の鈴鹿か、いっそマニラで首つろか」

などという戯れ歌があったが、まことにその心境であった。

飛練というのはひどいしごきの場であった。毎日毎日、悶絶するほどバットで尻をたたかれ、げろを吐くまで走らされた。これを凌げないようでは男ではないぞ、と自分を励ますのだが、練習生のなかで最年少であった私は神経が過敏で、こういう野蛮な仕打ちに対する免疫が他の練習生よりも備わってなかったようだ。他の練習生の後についていくだけで精いっぱいであった。

年配の練習生のように開き直る根性もなく、気持はいつも挫け気味であり、挫けた分だけ故郷を強く想い、日を追うごとにホームシックがひどくなっていった。後日、陸攻の操縦員として肩で風を切って歩く日がこようなどとは、思いも及ばない毎日であった。

訓練では、なぐられ、走らされ、前支えをやらされたりとさんざんであった。怒られても、怒鳴られても、空中感覚はさっぱり育たず、どういうときにどうすればよいのか操作の仕方もわからず、とにもかくにも無我夢中の操縦訓練であった。

空中でヘマをやったあげく怒られてぼやーっとなった状態で地上に降り、

「青井練習生、〇〇号離着陸同乗から戻りました」

と申告してテントの控え室にもどる。今日の訓練はおわったのだが、昨日とくらべてどれだけ進歩しただろうか。ちっともうまくなっていないように思える。いや、昨日よりも下手になっているかもしれない。離陸から着陸までやることが多く、そのつど文句を言われ、直されてばかり。いったい飛行機をどこからどこまで自分の意思や技術で動かしているのやら。

まったく手応えがない。自信を失うばかりの毎日であった。

　ふと、こんな状態にあるのは俺だけではないか、という不安が湧いてくる。そう思ってまわりをみると、大柄な松田昇三がおおきな尻をふりふり帰ってきて、

「どうも、うまくねえなあ」

と言う。彼もどうやら自分とおなじらしい。そこへいつもは不敵な面構えの丸山巌が、

「おらあ、池田教員を怒らしちまった」

としょげている。

（よかった。俺だけじゃない）

　同僚たちの落ち込んだ姿ほど自分を勇気づけるものはない。

　各六機の同乗がおわり、最後の飛行機が着陸すると午前の飛行作業はおわりとなる。修了後、ペアごとに教官、教員の指導をうける。池田教員は見かけよりも温厚かつ冷静で、はにかんだような眼でボツボツと講評する人だった。他の班では、

「俺はお前らのようなやる気のない奴らはもう知らん。何回聞いてもわからん奴は猫や犬と一緒だ。猫や犬は叩かにゃわからん。一人ずつ出てこい」

と言って威勢良く練習生を殴り倒している教員もいる。なにが気に入らないのかつむじを曲げてそっぽを向き、

「○○教員、お願いします。ご指導をお願いします」

と練習生たちに追いすがられている教員もいる。こういうとき、どんなに無視されてもあ

きらめてはならない。もし「そんなに指導がいやならもうよろしい。あんたなんかに頼むもんか」などといってこちらもそっぽでも向こうものならそれこそ大変。

「てめらなめやがったな。おい、練習生、てめえら教員の指導がおかしくて聞けねえのか。おめえらいつからそんなにうまくなったんだい。ええ。一人前にするにはまだまだバッターの数が足りねえな」

となって、軽くて飛行場一周、総員バッター、昼食抜きの罰直となる。

飛行練習生教程の九三式中間練習機での編隊飛行訓練

着陸失敗と罰直

ある日、ある練習生が横風をくらって練習機の脚を折った。

「ああっ、やったあ」

見ていた練習生たちが悲鳴をあげた。今日は荒れるぞ。どんなにがんばって飛行作業をしても、事故を起こしたらおしまいである。今日の罰直は相当なものになるだろう。みんな覚悟した。

飛行作業がおわって整列すると分隊長も分隊士も事故のことには一言もふれず、解散すると待機していた車に

乗りこんでさっさと引き揚げてしまった。そのあと先任教員である工藤上飛曹が指揮所前の号令台にあがり、

「練習生聞け。最近のお前たちの態度は眼にあまるものがある。駆け足をやらせてもてれてれ走っておる。へらへら口を開けとる奴もいる。眼もすわっとらん。声が小さい。何を言っても左の耳から右の耳に抜けとる。そんならわかった。ようし、今から飛行場を駆け足だ。ぶっ倒れるまでやる。いいか、全員救命具（ライフジャケット）と落下傘をつけてここにならべ。かかれっ」

地獄だ。地獄がはじまる。

罰直の口上のなかに飛行機の脚を折ったことはでてこない。この事故は教員が後席に乗っていたときに起こったからである。

自動車学校でいえば仮免許もない生徒が練習コース内でなにかに接触したようなものである。技術的な責任の多くは教員にある。それをまともに取りあげたのでは当該教員のメンツをつぶす。それゆえに地上指揮官も何もいわず、あとの処置は先任教員にまかせ、早々に退散したのである。退席した指揮官たちは今ごろ士官宿舎で冷たいサイダーを飲み、従兵が昼食を知らせにくるのを首を長くしてまっていることだろう。

時刻はまさに正午。場所は南国。熱帯の太陽は頭の上からギラギラと照りつける。またもたしてこれ以上教員たちを怒らせたら大変である。練習生たちはみんな必死の形相で救命具の上に落下傘をつけての重装備で先をきそうようにして整列した。

「駆け足すすめ」

という号令のもと走りだす。日本海軍伝統の飛行場駆け足がはじまった。

「足をそろえろ、一、二、一、二」

と若い教員たちがかけ声をかけて横について走っている。彼らは飛行服を脱いで防暑服だけで走っている。

若い教員は古参教員と一緒にうで組みをして突っ立っているわけにはいかない。教員のあいだでも先輩後輩があり、厳しい階級社会のなかにあるからである。先輩、上司の手前、練習生と一緒に走らざるを得ない。内心、

「いまいましい練習生め」

と思っているはずである。

集団駆け足

この罰直の特徴は、熱帯の太陽の下を列を崩さず歩調をあわせて走るところにある。はじめから終わりまで早駆けである。スピードの調節や力のセーブは許されない。たちまち汗びっしょりとなる。倒れてなお止まぬ体力と気力を養うのに有効な罰直である。こうなるとやられるほうも意地になる。

「おいっ、へこたれるな。列を崩すな。足を揃えろっ」

と伍長が叫ぶ。仲間に言っているのか、教員に向かって叫んでいるのか。いや、眼に見え

ない腹立たしいなにものかに怒りをぶつけていると言ったほうがいいだろう。これに応えて、

「わっしょい、わっしょい」

と全員で唱和する。走りながらの怒りのかけ声である。

練習生たちは入隊したその日から追い立てられ、駆り立てられ、片時も休まず走りつづけている。だから走ることに関しては我々は慣れているはずだった。しかしこの日の駆け足はちがう。三一空にきてから生活が一気に悪くなった。とくに粗悪な食事がもたらす慢性の下痢症状による体力の消耗が練習生全員を襲っていた。

走りだす前からすでに全身汗だくである。もともと体力が落ちているところに炎天下のもとで飛行作業を行ない、そのうえでのこの罰直である。ノドが乾く。呼吸が苦しい。横腹が痛む。眼が眩む。早くも隣の加藤修一が走りながらがくがくと前のめりになった。しかしどうしようもない。みな血の気のひいた顔で眼をひんむいて走っている。自分が倒れないで走るのが精一杯で、とても他人のことには手がまわらない。

「貴様ら、仲間をほっとくのか」

と教員の怒声が飛ぶ。海軍に個人の戦いはない。すべて一艦、一編隊単位の集団による戦闘が前提である。そして個人の失敗も全員の責任として罰直を与えられる。したがって、ここで落伍した者を置き去りにすればこの刑罰がどれほどエスカレートするかわからない。

私は夢遊病者のようになってゆらゆらと走っている加藤の右腕をかかえこんだ。かかえこんだといえば聞こえは良いが、私もフラフラになって加藤にもたれかかったと言ったほうが

正直かもしれない。私は加藤の腕につかまりながら、

「しっかりしろ、がんばれ」

と白々しくはげました。自分の意思とは異なる別なところからでる言葉である。こんなことでも言わなければ自分も倒れてしまう。反対側から誰かが加藤の左腕をつかんだ。加藤も気がゆるんだのかずしんと体重がかかってきた。

「わっしょい、わっしょい」

とかけ声をかけて走る集団から、じりじりと三人は遅れはじめた。

「わっしょい、わっしょい」

三人は列から少しずつ取りのこされていく。他にもおなじような三人組が列からはなれてふらふらしながら走っている。吉野教員が近寄ってきて、

「よし、練習生、そのまま最後まで走れ、ひきずってでもゴールまで行け」

と声をかけた。彼は、我々が戦友をいたわる姿に満足したようだ。そして集団を追って去っていった。

自分もへばりそうなときに倒れそうになっている者を支えながら走るのは辛い。しかしメリットもある。落伍者に歩調をあわせて走っても誰も文句を言わないことだ。先頭集団がゴールに飛び込んだあとからゆっくりゆっくり走ってきても、美しい戦友愛の姿として他人の目には映る。

「なんだこの野郎、横着しやがって」

の罵声は、落伍者のうえのみに落ちるのである。この広大な飛行場を一周するなどとうていできることではない。仮に一周させようとすれば相当の時間がかかる。教員たちも早く帰って休むなり、飲み食いするなりしたい。そこで距離が短縮となった。第一分隊の練習生は、飛行場の端まで行くと一八〇度方向変換をして指揮所にもどってきた。一周ではなく往復で済んだのである。

罰直の論理

指揮所にもどると、教員が、
「これくらいの駆け足で許されると思うな。本来なら全員がぶっ倒れるまで走ってもらうのだが、午後は第二分隊の飛行作業がある。残念ながら飛行場を空けなければならない。よし、一人ずつ出てこい」

これから海軍伝統の罰直、総員バッターである。みんな息があがってしまって立っているのが精いっぱいである。それでも走らなければならない。一人ずつ最後の力をふりしぼって教員たちの前に走っていく。練習生が多いためバットが足らない。指揮所のテントの柱をひっこぬいてきて尻をひっぱたく教員もいる。幸いあとがつかえているため一人一発ですんだ。

我々落伍組もゴールした。倒れた加藤たちをテントのなかに寝かした。パーン、パーンと青空にこだまするバットの音に、飛行場で作業をするアメリカ人の捕虜たちがあっけにとられて棒立ちになって見ている。そのアメリカ人を監督していた軍属や高砂族の男たちがこれまた棒をふりまわして作業を急がせている。民主国家のアメリカ兵たちは、いわゆる「軍人精神注入棒」（バットのこと）なるもので気合いを入れている光景をみてどう思ったであろうか。当時は、

「これがあるから日本兵はお前たちと違うんだ。こいつでいつも鍛えられているから、お前たちのように捕虜になって生き恥をさらすような兵隊は日本海軍にはいないんだ」

と叩く方も叩かれる方もうそぶいていたが、今にしても思えば野蛮きわまるひとりよがりの軍隊哲学であったと思う。

それにしても海軍に入るまではこんなリンチにもひとしい凄惨な罰直があるとは知らなかった。国を思う一念と飛行機に乗りたい一心で軍隊にはいってきた一四、五歳の純真な少年たち。その少年たちをまっていたのがこのバットによる連日の制裁である。早い者は入隊して一週間から一〇日のうちにこのバットの洗礼を受ける。新兵教育中にこれを免れる者は一人もいない。実施部隊にはいっても安心できない。実施部隊に入ってから三年間を無事故で過ごし、山形をした善行章なるものを階級章の上につけるまでこの制裁は免れないのである。

「貴様たちは人間のはずだ。人間は言って聞かせればわかる。しかし言ってもわからん奴は人間ではない、犬畜生だ。犬畜生は叩かねばわからない。したがって俺はいまからお前たちを犬畜生と心得て涙をふるって制裁を加える」

いったい誰が言いだしたのか。代々語り伝えられた海軍独特の名セリフである。この名セリフをろうろうと唱えるのは古い兵隊か下士官である。

制裁の実行者は常に下士官である。対象となる者は若い兵隊である。ときには善行章をもたないいわゆる「ぼたもち下士官」も加わる。

名セリフとバットによるリンチは常にセットである。海軍の飯を三年以上食った者は一応この犬畜生扱いからは免除される。よって罰直のとき「善行章を持った者は列外」という不思議な区分けの号令がかかり、晴れて善行章もちの下士官は傍観者か加害者側にまわる。

これはヤクザや暗黒街の掟と同じ制裁方法である。残忍な行為でありながら、組織の規律維持という名目のもと整然としたルールにのっとって行なわれているかのようにも見てとれる。これが海軍の恥部ともいうべき伝統化された私刑(リンチ)である。独善的でときには仰々しい演出による忌まわしいセレモニーであった。さしあたって分隊の先任下士官は牢名主というところか。その権力は絶大であった。

罰直は、毎夜、巡検が終わったあとに行なわれる。深夜密かに繰り返される悪魔の儀式であった。

苛烈きわまわる罰直に歯を食いしばって耐え、ときに声を放って泣いた若い兵たちは、進級などよりも早く三年の月日が過ぎ、一本の山形の善行章を右腕につける日だけを夢みるのである。これこそが晴れてバットの恐怖から解放される心躍る日なのである。

海軍兵学校における海兵教育にも体罰はあった。海軍兵学校は、今の国家公務員でいうキャリア組の教育機関である。一線に配属になると少尉からスタートし、将来、海軍大学校に入ることができれば少将以上の階級になることも夢ではない。

海兵教育における制裁は上級生による鉄拳制裁が主体である。野蛮な体罰であることは間違いないが、下士官や兵のあいだで行なわれているものはこんなものではない。海兵教育でのビンタなどは我々が受けた罰直に比べればはるかに人間的なものであった。

海兵教育における加害者は棒を使って人をなぐるほど人間としてのプライドが失われていなかった。そして、海軍のどの部署よりも先輩と後輩の縦のきずなが堅かった。ひとたび校門をでて少尉候補生として実施部隊に配属されれば、艦長、副長以下すべての先輩が彼らを自分たちとおなじ道を歩む愛すべき後輩として遇した。後輩である彼らも先輩の恩顧に報いるべくすべてにおいて奉仕の精神で精勤し、先輩は後輩を手厚く指導し、失敗すればそれをかばい、かばわれた後輩はそれを励みとしてまた尽くす。そこには部外者にはけっして立ち入ることのできない聖域が築かれていた。

これを現在でいえば、東大出身者を頂点とする現在の官僚組織や、超一流企業の学閥社会に似ているだろう。

当時の海軍は徹底した学歴社会であった。海軍兵学校をでなければ少佐以上にはなれず、海軍大学校をでなければ少将以上になることはむつかしかった。階級があがる速度も各学校における成績によって決まるところが大きく、配属先も重要部署には好成績の者が優先して配置された。

そういった社会であるからこそ、エリートコースを外れたものはひたすらエリートたちに慴伏（しょうふく）せざるをえず、ときに讃仰し、そのすべてを神格化することにより唯々諾々としたがうことに無上の安堵と喜びを覚えるのである。

部下は上官を疑わず、上官は絶対の神として君臨する。神たる上官が発する命令は絶対である。命令を受ける部下は微塵の疑いも持たずに実行する。こういった上下関係があってはじめて強い軍隊ができるとされていた。そして下士官以下の兵たちがそういった心理になるように巧妙に構築された組織が、すなわち日本海軍であった。例えばこういうことがあった。

「練習生、今度の分隊長を見たか。号令台から降りるときに、なにか気づいた者はいるか」

ある日の飛行作業がおわったとき、ミッドウェーの生き残りと称する松崎教員が鋭い目つきでニヤリとしながら言った。そして、

「分隊長は号令台をうしろに降りなかっただろ。降りるときに前に飛びおりた。あの分隊長は後にさがることが嫌いな男だ。何事も攻撃あるのみだ。お前ら、そのつもりで覚悟してろよ」

これが下士官や兵の眼に映るエリート士官の姿であった。いま思えば暗示のようなものである。しかし、当時は誰もそれを信じて疑わなかった。そして上官に対する絶対服従の欲求がいつしか海軍内部にこもり、内圧が上昇して下級者に対する動物的な体罰の申し送りとなる。その結果、自分たちがやられたから今度はやりかえすというリンチの連鎖となって伝統化していくのである。

このような制裁方法が兵の士気を高めるとともに男をつくり、それがひいては強い兵士を育成すると信じこむ愚かさに誰も気づかない。そしてそのようにして育てられたと信じる自

分が、非人間的な人間になりさがっていることにも気づかない。

昭和二〇年八月の敗戦は、彼らを人間への道に解放したと考えていいだろう。

話が逸れてしまった。

さて、やっと罰直がおわって解散となった。

練習生はふたたび隊伍を組んで兵舎にむかってかけ足を開始した。落伍者を介護した者だけが落伍者とともに徒歩で帰ることが許される。役得であった。

加藤を真ん中にして近藤と私はゆっくり別の道を通って帰路につく。加藤が真っ青な顔をして歩いている。加藤よ、そう急いで回復しなくてもいいぞ。こちらはお前につきあってゆっくり帰りたいのだ。俺たちは天下晴れての介添人なのだ。何も早く帰ることはない。早く帰ったところでろくなことはないのだから。

今ごろ先に帰った連中は汗だらけの煙管服を防暑服に着替え、デッキの掃除や食事の用意に走りまわっているに違いない。遅れて帰っても食卓にはちゃんと我々の食事は残してあるはずだ。さあ、三人であそこの清水わき出る木陰でたっぷり水をのみ、腰を降ろして休んでいこうや。総員起こしから釣り床降ろせまで追いまくられ、立ち止まることも許されなくなって久しい練習生にとって、今日、小さな幸福が訪れた。このささやかな大切な時間をひそかに楽しもうではないか。

三人は、たっぷりと水を飲み、十分に体を休め、いくらなんでも、もうそろそろ帰らなくちゃなとなったところで、いかにもしおらしく兵舎に歩いて帰ったのである。

予定された罰直

三一空は、俗にいう第二ニコラスフィールドと呼ばれる飛行場で発足した。

本来のニコラスフィールド飛行場は、マニラ寄りの大きな飛行場である。東西南北に伸びるアスファルトの立派な滑走路がある。ここは太平洋戦争の緒戦で、日本の陸攻隊と戦闘機隊が大いに戦果をあげたところである。私の場合、ニコラスフィールドに移る前の第二ニコラスフィールド時代の方が暗いできごとが多かった。

飛行訓練がはじまって間もなく、どんな理由があったのか、第二分隊が兵舎で凄い罰直をうけた。この罰直は、夕方五時の夕食後からはじまって七時ころにおよんだようである。

我々は、第二分隊とおなじ兵舎にいる。真ん中に教員室をはさんで第二分隊の反対側に我が班の居住区がある。ひとつの建物の両翼に住んでいるのであるから、何が起こっているのかもっとくわしく様子がわかりそうなものであるが、そうではない。仲間が呻吟しているのを近くまで行って覗くバカはいまい。そんなもの見たくもないし、向こうにしても見られたくもあるまい。仮に、覗いているのがばれれば自分まで巻きこまれるのは必至である。今は遠くから見守るよりほかに方法はないのである。我々は人ごととはいえ、なんとなく暗く不安な気持でひっそりと息をひそめていた。

隣の分隊で罰直が行なわれるということは、近いうちにこちらにもお鉢がまわってくるという不吉な前触れでもある。練習生は自分たちの教員の顔色をうかがって、それがいつ行なわれるのかを察知しようとする。罰直は罰直のために行なわれる。そのため、どんな口実によってでも行なうことができる。

さて、いつくるか。今日か、明日か。はたしてどんな罰直がくるのか。時間は長いのか、短いのか。厳しいことはやむを得ないが、せめて短時間で終わってほしい。私にできるのは願うことだけであった。一心に、早く罰直がおわってくれることだけを願った。幼かった私は開き直ることもできず、ただただおびえるばかりであった。

数日後、いよいよそれがやってきた。隣の分隊がいやに張り切って気合いを入れれば、こちらの分隊もやらざるを得ない。先任教員同士のかねあいもある。先任教員の意を察しなければならない若い教員たちの立場もある。そして、それはもっとも計画的で卑劣なやり方で第一分隊の練習生たちに降りかかってきた。

夕食がすんだ。まだ太陽が沈むには間がある。南国の熱気が兵舎にむせかえっていて、なんとなく何かが起こりそうな日であった。

「食事番は早く用事を済ませて帰ってこい。帰って来たら分隊全員デッキに整列」

と言うY教員のお達し。Y教員は丙飛出身である。巡洋艦乗り組みの水兵時代にカタパルトから発出されて哨戒にでる水上機のかっこよさにしびれてパイロットを志願し、ついに目的を達したというハリキリボーイである。我々は、すわこそ不吉な予感におののきつつ、一人ひとりがテキパキと夕食の片づけを済ませ、ずらりとデッキに整列した。

人員点呼のあと、大河内伍長が整列したことを当直教員に報告する。そこに教員全員のお出ましである。教員室にあるすべてのバットを引きずってきている。今日は様子がいつもとはちがう。不安がさらに増す。予定された罰直がはじまった。

「練習生、聞け。今日は貴様たちに、我々教員にとって極めて不愉快かつ不本意なことを言わねばならぬ。そもそも貴様たちも知っての通り、教員の中には貴様たちよりも階級が下の者もおり、貴様たちと同じ階級の者もいる。それが貴様たちのお気に召さぬとみえる。上飛や飛長にへいこらへいこら敬礼するのが馬鹿らしい、と他兵科の者に言った奴が貴様たちの中におる。誰が言ったかは我々の問うところではない。とにかく親切にもこのことを我々教員の耳に入れてくれた人がいる。彼に言わすれば、練習生という半人前の兵隊が階級云々によって自分たちの教員を忌避するが如きは言語同断、飛行科はこれを不問に付するや、とのことである。聞いた以上、こちらも黙っておるわけにはいかない。貴様たちのような性根の腐った奴がいるということは飛行科の名折れである。よって今から貴様たちにじっくり反省してもらう」

そして世にもおそろしい本格的な罰直が開始された。

「話は聞いてのとおりだ。貴様たちの教員の中にはS飛長やM上飛のような階級の低い教員もいる。しかし、この人たちは貴様たちより海軍へ入った年次が古い。飛練を卒業し、実施部隊を経て、今日ここに教員としてお前たちを指導しておられる。我々下士官教員としては、貴様たちの今回の言動を耳にして、この新鋭の教員方に対して申し訳ない気持でいっぱいである。たとえご本人たちはわらって過ごされようと、この俺たちが黙ってはおれない。ようし、練習生、片手間隔にひらけ。ぐずぐずするな。前に支え。いいか、ようく聞け。飛練がどんなところか今日はとっくりとわからせてやる。腕をまげーっ。いっぱいまげーっ。そのままで聞け。俺たちはお互いに故国をあとにしてここまでやってきている。みんなつらいこと、苦しいことに耐え、助けあって……こらっ、誰が腕をのばせと言った。情けない声をだすなっ。こんなことくらいで音をあげてどうするかっ。ようし、伸ばせーっ。伸ばせと言ったら一斉に伸ばすんだ。なんだ、なんだ、もうへばりやがって。それ、曲げーっ。尻が高い。頭から足まで一直線だ。飛行機の三点姿勢だ。横着しやがる奴は片っ端からバットで叩きのめすから覚悟しろ。こらっ誰が腕を伸ばせと言った。そのまま右手を上げーっ。右手をあげろと言うんだ。貴様等は右も左もわからんのか。右手を上げて左手だけで、片舷飛行だ。倒れたやつは墜落だ。それくらいのことでひっくり返っていて戦争ができるか、馬鹿者っ」

「前支え」とは、腕立て伏せの姿勢のことである。罰直のうちでももっとも単純なものであるが、やりようによっては複雑かつ多彩なしごきとなる。体を腕で支えたまま五分、一〇分、三〇分と放置される。

時間がたつにつれて腕が疲れ、背中の筋肉がつり、腹筋が痙攣し、腰が地面すれすれまでさがり、両腕がぶるぶるふるえてくる。はじめは両手をハの字型に行儀よくついているが、そのうちたまらくなって逆ハの字、横ハの字に置きかえ、全身から玉の汗を流しながら耐えに耐えるがどうにもならず、やがて全身が震えてくる。そうなると限界が近い。これを夏場

に軍艦のデッキでやられると汗が全身からしたたり落ちて床の上が濡れて人の形ができると
いわれる。それを私は目にしたことはないが、前支えの辛さは存分にあじわった。

　額からノドにかけて汗がながれ床にポトポトと雨のしずくのようにおちる。顔を流れる汗は目に入り、苦しさのあまり開いた口に入る。全身は汗みどろとなり、着ている服が濡れてだんだん重くなってくる。

　ようやく許されて「立て」の号令がかかったときには疲労困憊してすぐには立ち上がれない。そこで気がゆるんで倒れる者、がっくりとヒザをつく者、どっこいしょとゆっくりとたちあがる者が続出して一斉動作にならない。

　そこで「なんだ貴様たち」ということになり、今度は何度も「立て」「支え」「立て」「支え」をくり返す。それをさんざんやらされて教員たちの気が済んだり飽きがくるとやっと放免となる。それから数日間は尻の筋肉と腹筋が痛くて体を動かすのに大いに苦労をすることになる。

　海軍というところは悪いことにかけては独創性の豊かな先輩がいたらしい。この単純にして効果十分な「前支え」の罰直をさらに進化させんとし、いろいろと組み技を考案してありがたくもない創意工夫を凝らした。体操の新技みたいなものである。

　前に支え、左足をあげ、右手をあげ、腕を曲げ、そのままの姿勢で左手を伸ばせーっ、曲げーっ、伸ばせーっ、となる。ただしここまでの号令に全員が耐えられるのは稀で、たいていは腕を曲げたあたりでスッテンコロリンとなる。この日の夜、三一空において、この罰直が本格的にはじまったのである。

しかもこの前支えが第一ラウンドである。総出となった教員たちの目はつり上がったままである。まだまだ終わりそうにない。このあとどんな手のこんだ罰直がプログラムされているのか見当もつかない。

呪うべき罰直文化

外はようやく太陽が沈んで薄暗くなってきた。練習生たちは今や汗で濡れ鼠である。ハアハアと息があがる。それでも全身を震わせながら、この無意味で非人間的な体罰に耐えに耐えている。

あちこちからバットで肉を打つ不気味な音が聞こえる。苦しさのあまり尻が下がったり上がったりすると、バットをもった教員が飛んできて尻をうつ。鍛え抜かれた肉体をもつ教員が放つ全力の殴打である。その音はバシッというような軽い音ではない。ビターッ、またはバシーッというにぶい音である。

容赦ない打撃をうけた練習生は、あまりの衝撃にヒザとヒジをついて床に突っ伏す。

「ウーッ、フーッ、ウーッ、フーッ」

「ウウーン、ウウーン」

という悲痛なうめき声があがる。罰直がはじまってからもう一時間近くになる。どんなに強健な者でもそろそろ体力の限界に近づきつつある。今日、私が受けている体罰はおよそ知性とは縁のない、腹立たしくも屈辱的な労役である。

いったい人間をこんな目にあわせて、それでなお何の進歩向上を求めようというのか。俺たちはこうした仕打ちをうけなければ一人前の飛行機乗りになれないのか。それほどまでに俺たちは下等な動物なのか。今、バットをドンと床にたたきつけ、肩をいからせて目をつりあげ、流ちょうにおきまりの説教をたれている教員たちもまた、こんな仕打ちをされて育ってきたのだろうか。彼らは心からこんなやり方が最善の教育方法だと信じているのだろうか。もし信じているとしたら彼らの精神はどうなっているのだろうか。知性のかけらもないこの蛮行を真の善行だと思っているのだろうか。

（いや、そうかもしれない）

凄惨な罰直をうけながら自問自答がつづく。

そういった知性なき精神であるがために、絶対的な権威者には無条件で服従するのであろう。傲岸と卑屈はコインの裏表だという。上官に対しては卑屈なまでに盲目的な服従をする彼らであるがゆえに、絶対的弱者に対してはどこまでも残忍になれるのである。

軍隊では、たとえ人格的にも知的にも欠陥がある人物であっても、下級者に対しては絶対の権力をもつことができる。軍隊で飲んだ味噌汁の数がものをいう特殊な社会なのである。そしてこの閉鎖的で特異な世界の牢名主にあたる存在が古い下士官や兵たちである。この輩（やから）が憐れむべき後輩たちに対し情け容赦のない加害者となってバットをふるっている。ここはまぎれもなく鬼が棲む地獄であった。

うめき声がますます高くなる。我々の体力も限界を超えた。

「ようし、立て」

やっと号令がかかった。とたんに気がゆるんだのか、うなり声をあげながらその場にたおれる練習生があちこちで出た。それを合図として「前に支え」という悪魔の儀式の締めくくりがはじまった。

「なんだ、なんだ、貴様」

と舌なめずりをするような口調で教員が言う。

「ようし、そんなに前に支えが好きなら、もう一度やってもらおうか、前に支えっ、立てっ、前に支えっ、立てっ」

それをくり返す。我々は歯をくいしばって起立と腕立ての姿勢をくりかえす。やらせるほうは痛快であろう。さぞかし気分がよいであろう。これほどの絶対的な命令権は一般社会には絶対にない。これほど言うことを聞いてくれる者はどこの社会に行ってもいない。彼らは軍隊にきて年月を経たからこそ今の地位につけたのである。これまで苦しい罰直に耐え抜いたのも、いつか罰直を与える側に立ちたいがためであった。そして今、存分に権力をふるう特権にありついたのである。

繰り返し号令をかける教員、太いバットを思い切りケツに打ち込む教員、腕を組んではやし立てながら蹴りを入れる教員たち。彼らは、じつに楽しそうであった。

衣嚢支え

「練習生、これで済むとおもったら大間違いだ。今から衣嚢をもって整列。ぐずぐずするなっ。誰の衣嚢でもかまわん。もってこい」

やれやれ今度は衣嚢支えの罰直か。だれの衣嚢でもいい。早くもってきて整列しなければ教員たちがどんな荒れ方をするかわからない。

私は衣嚢棚から誰かの衣嚢をもちだした。偶然であるがこれが途方もなく重い。重いはずだ。手ざわりですぐにわかった。なかに軍刀が一本はいっているのだ。

衣嚢とは、下士官や兵たちがもつ衣装袋のようなものである。衣服、靴、官給品の一切がつまっている。この衣嚢ひとつを肩にかついで兵はどこへでも転勤するのである。不幸なことに我々は三月初旬に玄海灘のみぞれ降る寒さのなかを船にのってやってきた。そのため冬の衣服を一切合切もってきていた。その重いこと重いこと。しかも私の運の悪さは筋金入りである。私がえらんだ衣嚢には軍刀まで入って重さが倍加している。

教員の号令がかかる。全員が一斉に頭上に衣嚢をたかだかと差しあげる。腕はすぐにしびれる。とうていまっすぐに伸ばしてはおれない。教員の目を盗んで頭のうえにのせて腕を休ませようとする。しかしだめだ。監視の目がおおすぎる。そのうち下半身がガクガク震えだした。あちらでどさり、こちらでどさりと衣嚢が落ちる音がする。そのつどバットが肉に食い込むにぶい音と教員の狂ったような罵声が交錯する。

すでに私の尻にも何本ものバットが炸裂している。そして私も衣嚢を落とし、またもや教員のバットが尻にめり込んだ。しかし不思議なことに衝撃は感じるが痛みは感じない。戦闘中は弾を受けても痛くないという話はよく聞くが、罰直も限界を超えると痛覚が麻痺するのかもしれない。

兵舎の外はすでに真っ暗である。罰直がはじまって三時間近くになる。我々の意識も混濁しはじめた。今の地獄は夢か現か。実家のぬくぬくとした布団のなかでみる悪夢であればよいのだが。パチンと目がさめたら父母のいる家であった、そうであったならどんなにうれしいことだろう。しかし、これはまぎれもない現実であった。自力で乗り越えなければならない厳しい現の世界であった。

私はすでに全身の感覚が無かった。でるべき汗も出つくした。衣嚢をもってよろめくたびに何発ものバットが尻にめり込み、握りこぶしが左右のアゴに炸裂した。しかしなにかが触れたらしいと思うだけでさっぱり痛みは感じない。ただ足腰が定まらず、殴られた衝撃で右に左に前に後によたよたとよろめくばかりであった。

体力の限界

長い長い罰直もようやく山をこえた。

甲飛の先輩である高園、小石両教員の説教と工藤先任教員の最後の訓示のあと、しめくくりの総員バットとなった。私の順番は比較的はやくきた。このとき私は疲労困憊のあまり意識がほとんど飛んでいた。平衡感覚も狂い、歩くのがやっとであった。叩かれる位置までどうやって走ったのかおぼえていない。おそらく体をガクガクさせながらモタモタと駆けていったのであろう。

定位置について尻を差しだす。Y教員の一発がきた。

「ひゃっ」

と悲鳴とも奇声ともつかない声をあげ、私はふわーっと前につんのめって床にべったりと倒れ込んだ。

衝撃で腰がぬけたのである。

「この野郎、貴様ーっ」

怒声をはなった別の教員が掴みかかろうとした。私は危険を感じ、本能的に立ち上がった。立たねばさらにバットの数が増えるのである。防衛本能が気力となって私の体を立ち上がらせた。私は迅速にしかもシャキッとした態度で立ち上がったつもりであった。しかし実際には風にゆれる洗濯物のようにフワフワと左右にゆらぎながら立っていた。その姿が異様でもあり異常でもあったようだ。

Y教員が、ゆれる私の尻にむかってバットをふるおうとしたその瞬間、高園教員が、

「罰直やめーっ」

とすごい形相で号令をかけた。

「いや、大丈夫です。なんでもありません」

と言いながら、私はなおもバットを受けようとした。その私を高園教員が抱きかかえ、他の練習生に命じてマットの上に寝かせた。

これまでバットで肛門の機能が破壊された者もいた。これ以上、罰直がつづけば練習生の生命に危険がおよぶと思ったのであろうか。それとも卑劣で執拗な罰直のやり方に怒りを爆発させたのか。それは今でもわからない。とにもかくにも私がグロッキーするというハプニングによって、凄惨をきわめた今日の罰直がとつぜん終了となった。

この日の罰直の主役を演じた小石教員、池田教員、福下教員、尾川教員らは、昭和二〇年四月から六月にかけて行なわれた沖縄特攻により戦死された。

罰直の最後に私をかばってくれた高園教員は、フィリピンを脱出する潜水艦に便乗して内地にむかったが、悲しいことにその艦が撃沈されて亡くなられた。その他の教員の消息はわからない。

戦後、同期会やその他の会合でも、不思議とこのときの罰直の話はでない。私もあえて話題にしたことはない。皆、忘れたのだろうか。それともあえて忘れようとしているのだろうか。しかし、私にはいつまでも忘れられない出来事である。

第四章　飛行訓練

特殊飛行訓練

特殊飛行訓練とは、宙返り、垂直旋回、横転、背面飛行、失速反転、きりもみ等、きわどく危険な舵さばきのいる操縦術のことである。

通常の飛行では、舵を手前に引けば機首が上がり、前に押せば機首が下がる。左に倒せば左に傾き、右に倒せば右に傾く。踏棒の左を踏めば機首は左に振られ、右に踏めば右に振れる。舵を左前方に押せば左下方に降下する。右手前に引けば機は右上方に上昇する。

降下の場合はエンジンを適度にしぼって速度を調節しなければ過速状態に陥る。逆に、上昇の場合にはその前にエンジン・レバーを押して増速しておかなければ頭の上げすぎで失速する。

舵さばきに応じて遠心力、求心力、重力が働き、このバランスが崩れると搭乗員の体も翻弄され、体が左右に押しつけられたり、浮き上がったり、下に押さえつけられたりする。

通常飛行は一応マスターできるのだが、特殊飛行訓練に入ると高度でやっかいな技術を習得せねばならず、その困難さに泣かされた。しかし、パイロットの醍醐味はこの特殊飛行にある。操縦技術があがるにつれて鳥人として空にはばたく妙味に目覚めるのである。

たとえば、宙返りとなると舵さばきはこうなる。

全速で舵を前に倒して降下速度をつける。ころをみはからって力いっぱい操縦桿を手前にひきつける。これをしっかり引きつけたままにすると、速力のついた機はぐーんと半円を描いて頂点で背面になる。

そこでエンジンをしぼる。ここでも操縦桿を引きつけたままでいれば、舵は背面で下げ舵に利き、エンジンの重さも働いて機体は残りの半円を描いてスタート地点にもどってくる。そこで舵をゆるめながらエンジンレバーを前に押す。すると機は加速して水平飛行にもどる。

宙返りにはいる前に地上の運動場、森、鉄橋などを目標にさだめておき、一回転して目の前にこれがあれば合格である。

もっとも実戦となれば教科書どおりにはいかない。垂直旋回にしても宙返りにしても、敵機を追尾しているか追われている場合、目標の相手は動いている。実戦の場合、どんな操作をやるにしても、ああしてこうしてと算段している時間などない。人機一体となった操縦術を身につけなければたちまち敵機の餌食になるのである。誰も助けてはくれない。死ぬも生きるも自分次第なのである。我々は必死であった。

特殊飛行教程もかなり進んだある日、マニラ湾の所定空域一二〇〇メートルをめざして上昇していた。

時刻は午前一〇時ころであった。

太陽を背中の四五度くらいに背負っていた。前下方に真っ白な雲が連なっている。

「なんだ、あれは？」

と目を見張った。我が機の影を核にまん丸の虹ができて、それがこちらと寸分違わぬスピードで雲上を走っていく。太陽と機を一線にむすんだ前下方の雲海の上を、鮮やかな七色の虹に囲まれた機影が我が機を先導するかように四五度前下方を行く。雲の切れ間にさしかかると、虹は消える。機はらせんを描いて高度をとるので、太陽にむかうと虹はうしろからついてくる。太陽を左または右に見るときは虹は斜め下方を平行してついてくる。この虹は、雲中の水蒸気に日光があたってできるもので、普通の虹と原理は同じだが、空中ではこれほどまでにめずらしいものになるのである。

やかましい教員をのせて緊張の操縦中であったが、ほんの数分だけ、うつくしい虹との飛行を心から楽しんだ。

巡洋艦青葉

雨期にはいると、第二ニコラスフィールドは地面がやわらかくて離着陸が困難になるため、ニコラスフィールド飛行場（通称は「第一ニコラスフィールド飛行場」）に移動することになった。

ニコラスフィールドは立派なコンクリートの滑走路をもつ飛行場である。太平洋戦争の緒戦で日本軍が占領した軍事基地である。赤トンボで訓練をする練習生が、コンクリートの滑走路がある飛行場で離着陸をするのは異例中の異例である。

草原のような平坦な大地をならしただけの飛行場の場合、多少滑走路をはずれても問題ない。しかし、コンクリートの滑走路の場合、まっすぐにのびる一本の滑走路を外さないように着陸しなければならず、そのためには高い技術による横風修正が必要となる。

ニコラスフィールド飛行場に移ることにより、我々は練習生の段階で実施部隊なみの高い離着陸技術が求められることになったのである。

昭和一九年八月になった。我々の飛練教程が終了した。そしてこの時期、希望機種が練習生から聴取され、結果が発表された。戦闘機、艦爆（艦上爆撃機）、艦攻（艦上攻撃機）、陸攻（陸上攻撃機）にそれぞれわかれる。配属先もきまった。

戦闘機　一一空（シンガポールのセレター基地）
艦　爆（マレー半島コタバル基地）
艦　攻　一二空（仏印ツドウム基地）
陸　攻　一三空（マレー半島アエルタワル基地）

と発表された。私は希望どおり陸攻に決まった。

発表の結果を見ると、上の人たちは我々をよく見ていると感心した。気の強い張り切りボーイが戦闘機、体も気性も頑強そうなのが艦爆、温厚で根気よく我慢強いのが艦攻、さらにそれに輪をかけたようなのが陸攻にまわったようだ。希望通りにいかなかったと悲観している者もいるが、私は満足だった。

まもなく巡洋艦「青葉（あおば）」が入港した。一部の練習生をシンガポールまで便乗させて連れて行ってくれるという。私は第一回の選に漏れ、青葉に乗ることができないことがわかった。この時の精神的ショックは例えようもなく大きかった。

忘れもしない昭和一九年八月一五日、夕刻近く。私は、同じく先発隊に入らなかった者たちや教員たちとトラックでマニラ埠頭に出かけた。先発隊を見送るためだ。彼らは久しぶりの白の第一種軍装に身を固め、衣嚢（いのう）と軍刀を手に、晴れ晴れと内火艇に乗り移った。

三〇〇メートルほど先には青葉が艦体を真横に向けて黒々と横たわっている。

この瞬間だった。彼らについて行きたいと思ったのは。残された俺たちは、いつ、どうやって、ここを出られるのか。それは突き上げるような激しい衝動であった。明日から厳しい補修教育が待っている。俺たちが立派な腕に仕上げてから出してやるからなと教員たちが口々に励ましてくれる。その言葉を私は複雑な気持で聞いていた。

内火艇が青葉に向かって動き出した。

「お世話になりましたーっ。お元気でーっ。頑張ります」

「おおっ、元気でやれよーっ、俺たちも内地に帰ってまた出撃してくるからな、待ってろよ」

こんなやりとりが交わされるなか内火艇が艇尾をこちらにむけて青葉にむかった。

岸壁に立つ坂本教員の両眼からはらはらと涙が落ちた。

「坂本教員、坂本教員」

涙をみせる坂本教員の姿に気づいた者たちが一斉に声をかける。

第一分隊と第二分隊の教員たちが見守る中を、内火艇は白い航跡を残して進んでいった。

青葉は便乗者を収容次第、出港する。行く先はシンガポールである。戦火迫る南シナ海を全速力で突っ走るという。

帰りのトラックの上は寂しかった。明日から二週間ほどの訓練である。それにしても第一陣に漏れることがこんなに情けないものか。海に飛び込んで青葉に泳ぎついてでも連れて行って欲しい。そう思って心は乱れに乱れた。その夜、じりじり焼けるような思いで毛布の上を輾転として一夜を明かした。

第二二コラスフィールドに引き上げ

翌日から、松崎、石原、福下、尾川教員による補修訓練が行なわれた。その後、知らない間に教員の顔ぶれが減っていた。いつ池田教員や小石教員たちがいなくなったのかわからなかった。

補修訓練で予定の飛行時数を稼がないうちに第二ニコラスフィールドへの引き上げ命令が来た。

三一空も三二空もジャワのジョクジャカルタに転進して訓練を続けるという。

引き上げは簡単である。練習生は衣嚢と軍刀を持ってトラックで三〇分である。教員たちは赤とんぼに乗って五分で懐かしい兵舎におさまった。

戦況はますますひっ迫している。いつ、この地も連合軍の空襲を受けるかわからない。翌日から兵舎の周りの防空壕掘りが始まった。それとあわせて解体された練習機を波止場まで運ぶ作業も行なわれた。すべての練習機を輸送船に積み込んでジャワの練習隊に送るのだ。

私は一日だけ、高園教員に引率され、マニラ湾沿いの広い道路を九三中練の運搬作業にでた。ここの道路はかつては美しい夕日で有名だったが、戦闘機などの臨時滑走路に使うために街路樹が切り倒され、今ではものものしい姿になっていた。

隊内では、教員たちと毎日、防空壕掘りに精をだした。土が黒くべっとりとしていて椰子の丸太によく馴染んだ。作業ははかどった。

このころのある日、庁舎と兵舎を結ぶ道路を歩いていたところ、サランガニーから移動してきた一三期（甲種）の一隊が駆け足でやってくるのに出会った。おどろいたことに、その中に二中時代の同級生だった近藤広司君がいた。

「おい、近藤」

と呼びかけると近藤がびっくりして立ち止まった。

「ロング」とあだ名されたほど大柄だった彼がずいぶんやせていた。そこでほんのちょっと話をした。近々ジョクジャカルタにむかって出港するという。私は彼が松山空の一三期（甲種）に入っていたのも知らなかった。こんなところでばったり会うとは。奇遇であった。そして、これが彼との別れとなった。

昭和一九年九月八日の夜半、近藤が第二陣に選抜され、「柳河丸」（二六〇〇トン）に便乗して出港した。

その後、「柳河丸」は敵潜の魚雷攻撃を受けて轟沈し、乗船していた一〇〇名のうち、七七人の練習生と引率教員の犠牲をだした。近藤もその一人であった。二次選抜となった青森利康くんも悲運にあった。ひとつ間違えば私も二次選抜になりかねない事態であったので、その後の組に入れてくれた教員たちに感謝しなければならない。

この時期、山田幹雄君にも会った。彼は兵舎に私をたずねていた。

「君もかあ」

とベランダに腰を降ろして語りあった。

彼もサランガニーから引き上げ、第二陣の輸送船でジャリに向かうという。非常に懐かしがって七つボタン姿の写真を一枚くれた。これは今も私のアルバムの中にある。彼の乗船した「辰城丸」も白昼、南シナ海で敵潜の雷撃にやられた。この二隻の船の沈没は練習航空隊に大きな損害を与えた。多数の一三期生と教員を喪失した。我々が波止場まで運んだ九三中練も海に沈んだ。

昭和一九年七月末から八月初旬にかけての第二ニコラスフィールドの三一空は、我々残留組に加え、三二空から引き揚げてきた一二期全員、そしてジャワに向かう一三期生たちが加わり、すこぶる賑やかであった。

そして仲間たちは次々と目的地に向けて出発していった。その輸送手段は、巡洋艦、駆逐艦、駆潜艇、輸送船等、様々であった。そして多数の者が海難によって命を落とした。

せっかく金と手間をかけて育てた搭乗員をおんぼろ船で送り、海の藻くずとするなどまことに情けない話であった。やられるとわかっていても船しか輸送の方法がない。輸送しなければ戦争は負けて終わる。詰め込めるだけ人員と物資を積み込み、いちかばちかで港をでたあとは神仏に祈りつつ航海を続けるという、どん詰まりの戦況であった。

第五章　第一三海軍航空隊への転属

危険な航海

私が行く航空隊は一三空に決まった。一三空までは船旅となる。またもや船の旅である。敵潜水艦がうごめく不気味な海にこの命を投げ出さなければならない。果たして無事に着くどうか。心配である。

昭和一九年九月一三日、夕刻、我々は、コレヒドール島沖に停泊中の貨物船「嘉山丸」に乗船するために三一空を後にした。一行は、三一空で訓練を受けた三七期飛練の後発組とサランガニーの三二空から移動してきた同期生たちとの混合部隊であった。

マニラ港の桟橋から駆潜艇に乗った。夜のマニラ湾をかなりのスピードで走った。舳先が切り開く波がきれいに左右にわかれるのが夜目にも印象的であった。

沖に出ると輸送船に乗り移った。背の低い駆潜艇から九〇〇〇トン余の「嘉山丸」に乗り移るのは大変だった。背中に重い衣嚢をかついで幅の狭い急なラッタルを昇るのは気持の良いものではない。ちょっと手を離せば海の中へ墜落である。それに私は都合の悪い事情があった。

半月ほど前、ニコラスフィールドから設備の悪い第二ニコラスフィールドに引き揚げたとき、隊内に一つしかない小さな浴場に夜遅くなってから行った。これがいけなかった。風呂は皆が入ったあとである。お湯はほとんどなく、石けんやら垢やらで濁りに濁ったお湯がわずかに底の方に残っている程度だった。躊躇したが私はひさしぶりの入浴なので我慢して入った。ここで疥癬(かいせん)にやられたのである。

日本内地では「ひぜん」というやつらしいが、南方の皮膚病や伝染病はまことに質(たち)が悪い。たちまちにして一番汗の乾きにくい股間をやられてしまった。そこが赤くただれたり、水疱ができたりして下着にすれる。痛くて仕方がない。誰にも言えない苦しさであった。ましてこれから敵潜がうようよしているボルネオ周辺の海を渡ってシンガポールまで行く。そこに着くまで入浴はおろか洗面もままならない。不潔な環境での生活がつづく。その前途は暗澹たるものであった。いいようのない不安ばかりが募る。股間をいたわりながら船に乗り込む我が身が情けない。少しも気が引き立たなかった。

便乗者はかなりの数である。陸軍部隊と一一空、一二空、それと一三空に転属するパイロットたち数十名であった。一一空は、シンガポールのセレター基地にある戦闘機隊である。一二空は仏印のサイゴンにある艦攻隊である。一三空はマレー半島ペナン島対岸にあるアエルタワルの陸攻基地である。このほかにマレー半島東岸のコタバル基地の艦爆隊に行く同期生もいた。

同日、夜十一時すぎ、全員の乗船が完了した。

「嘉山丸」は夜陰に乗じてマニラ湾を出て南シナ海にむかった。行き先はシンガポールである。

ボルネオの北洋に沿って敵潜の攻撃をかわしつつ「之」の字運動をくりかえしての危険な航海である。

魚雷一発で轟沈するもろい輸送船の旅のおそろしさは、わずか半年前、門司からマニラまでの三週間でいやというほど味わった。今思えばよくぞ無事だった。あのとき魚雷を受けていたらと思うとぞっとする。それがまたまた危険きわまりない海にでてしまった。果たして今度は無事でいられるのか。

つい一週間ほど前にジャワに向かった「柳河丸」が真夜中に魚雷二本をくらって沈み、同期生である青森利康君と二中時代の同級生である近藤広司君を含む八〇人近くの甲一三期生がやられたばかりである。我々が無事に目的地に着くことは至難なことに思えた。

オンボロ輸送船

夜中に動き出した「嘉山丸」の舟足は六ノットがせいぜいである。それがジグザグ運動をして敵潜の魚雷攻撃を避けながら進むのだから、そののろいことのろいこと。

まもなく夜があけた。船はマニラ湾頭のバターン半島を右手に見ながら航行していた。ずいぶん時間が経ったがまだこんなところにいるのか、とあきれる思いだった。

抜けるような青い空の下、船は青く穏やかな海をしずしずと進んでいる。この日の美しい空と海は今なお記憶に鮮明に残っている。途中、純白の船体に赤十字をえがいた巨大な病院船とすれ違った。マニラ港にむかうのである。眼にまぶしく美しい輝きを放つ空と青い海の風景のなか、しずかに進む白い病院船のコントラストもまた忘れがたいものである。

途中、海の中に無数の白い斑点を認めた。これが大きなくらげの群れであった。そのくらげのなかを、直径一〇センチから二〇センチの蟹がゆっくりと水面を泳いでいるのにも驚いた。

あの、のどかな航海から数日後にはアメリカ空軍によるマニラ空襲があった。あの風景が大空襲の直前であったとはいまなお信じがたい。

とにかくゆっくりとした一見平和な航海がはじまった。輸送船は「嘉山丸」一隻だけ。護衛は二隻の駆潜艇である。戦況悪化のなかで二隻の護衛である。考えてみれば贅沢な旅と言える。

船の後ろ甲板では陸軍と海軍の烹水所が設けられて、仲良く炊煙の薄煙をあげている。便乗者が多いためトイレは船腹に張り出してつくられている。排泄物はそのまま海へ直行である。船腹は汚物でべったりと濡れて変色している。海がおだやかだからいいものの、船ががぶったらとても気持が悪くてしゃがんではいられない。まして日本近海の冬の海のように波浪が甲板を洗うような状況であれば、なかに入ったとたん波にさらわれてしまうことになろう。

それにしても南方の海がこんなにも静かであるとは知らなかった。風もない。いったいどこで戦争をしているのかと言いたいほどに平和である。しかし、我々がいま目指している方向に「柳河丸」が撃沈された海域があるのだ。ゆだんはできない。

日が暮れると、あらためてこの船の速力の遅いことが一層の不安材料となって便乗者の頭に重くのしかかる。今夜一晩無事に過ごせますように、と念ずるばかりである。

船ばたをゆっくりゆっくり砕け散りながらうしろに流れていく夜光虫は、子供のころに手のひらの上にのせた蛍の光を彷彿とさせる。

今回も我々練習生は交代で見張りに立った。夜間の航海中は見張りに立った方が気が楽である。船倉で寝ているときに魚雷をぶちこまれてはとても助からない。三月に、雪のちらつく玄界灘を渡ったときとちがって南シナ海の夜は暖かい。当直に立っても寒くないのがなによりもありがたい。ゴトン、ゴトンとスクリューをまわす機関の音が体を通して伝わってくる。右の方向、左の方向、前方に雷跡らしいものが見えないか絶え間なく目をくばる。本当に魚雷が突っ走ってきたらどうなるのだろう。そのとき船のどの部分に当たるのだろうか。自分が立っている真下に来れば一も二もなく戦死である。

これから目指すシンガポールは家にいたころから新聞報道で知っている。無事に入港できれば高名な外国をこの眼で見ることができる。ブキテマ高地はどんなところだろうか。ジョホール水道もこの眼で見たい。上陸すればシンガポールから一三空までマレー半島のほぼ全長を北上するわけだが、どんな旅になるのだろうか。一三空にはどんな先輩や教員がいるのだろうか。

いろいろと空想を巡らすうちに立哨時間がおわって次直と交代になる。そして待望の朝がやってくる。今まで潜めていた息を吹きかえす。まずは一晩無事だった。よかった。誰の顔にも生気がよみがえった。

立ち往生、そして一七歳の誕生日

船はあいからわずのろい。のろいだけでなくこの船はぼろい。そして午前一〇時ころ、とうとう機関が故障して停止してしまった。心細いことこのうえなし。護衛の駆潜艇が増速してにわかに「嘉山丸」の周辺をとびまわりはじめた。

停止中の船舶は敵潜にとって絶好の標的である。それにこの海域は敵機の攻撃を受ける可能性が極めて高いという。とても船の上でじっとしておれない気持だ。煙突の煙や水烹所の煙がまっすぐに昇っていくのをみていると、なんとも情けない気持になってくる。

海は油を流したように穏やかであった。海上には薄もやがかかる。その薄もやを午前一〇時の太陽が照らしている。一幅の名画を見るような光景だ。が、この海のどこかに敵の潜水艦がいる。いつ、この静けさが阿鼻叫喚の地獄絵図に変わるとも限らないのだ。一時間、二時間、なかなか故障は直らない。白昼、南シナ海のボルネオ沖での漂流である。

もちろんあとで知ったことだが、このころレイテ島において米機動部隊が猛烈な空襲を行なっていた。この空襲がレイテ島上陸の前哨戦である。そのため、おそらく敵の潜水艦部隊もフィリピン諸島周辺にいたのだろう。結局、「嘉山丸」には一発の魚雷もなく空からの攻撃もなかった。レイテ島で攻撃を受ける日本軍には申し訳ないが、我々にとっては僥倖であった。

午後二時近くになってやっと「嘉山丸」が動き出した。それまではどうなることやらとなかば諦め、苦笑まじりに与太を飛ばしていた乗組員や我々も、一様にほっとした表情をみせた。こうなれば一刻もはやく最寄りの基地に逃げ込んで本格的な修理をしてもらいたいものだ。

動きだすと同時に護衛の駆潜隊も活気づき、まるで猟師のまわりを飛びまわる猟犬のようにぐるぐると白波を蹴立てはじめた。

結局、「嘉山丸」はボルネオのラブアン島の基地に入港することになり、翌日の午後四時ころ、やっとの思いでラブアン島にたどりついた。やっと着いた。やれやれである。とはいっても便乗者は一歩も上陸を許されず、むなしく一部の乗組員が連絡その他で上陸するのを見送るのみであった。

「嘉山丸」はここで長期滞在をすることになった。そのため我々搭乗員だけが別の船に乗り換えてシンガポールに向かうことになった。

今度の船の名は「石狩丸」である。八〇〇トンの小船ながら速力が一四ノットでる。しかも吃水が浅いから「魚雷も船底を走りぬけてしまうだろう」ということだった。心強いことこのうえなしである。

「石狩丸」の出港準備ができるまでの数日、我々は「嘉山丸」の中で生活していた。そして、九月一七日、私の誕生日がやってきた。満一七歳である。このころ船では「大利根月夜の唄」がはやっていた。

「愚痴じゃなけれど世が世であれば、殿の招きの月見酒。男平手ともてはやされて……」

皆が繰り返し、繰り返し歌っていた。私も心中、

「世が世であったら、自分がこんな船の上で髀肉のなげきをかこちつつ、満一七歳の誕生日をむかえることもあるまいに……」

と愚痴っていた。

「石狩丸」に移乗、シンガポールへ

数日後、我々搭乗員一行は「石狩丸」に移乗した。

一隻の駆逐艦にまもられて再び洋上にでた。速力のおかげで船上には絶えず風が吹き、暑さに参ることはなかった。そのかわり、毎日、虫の巣だらけの飯に、切り干し大根ばかりの味噌汁には閉口した。飯の中には白くてぽってりとふくれた虫が煮込まれていて、目につけば糸引く酢と共につまみ出して捨てたが、目に見えない部分はどれだけ腹に入ってしまったか見当がつかない。

船は昭和一九年九月二三日の午後、無事、セレター軍港に着いた。レイテ沖海戦を控えて

連合艦隊がここに集結しているとか。戦艦「榛名」の特長ある艦橋が大きくおっかぶさるように迫ってみえる。頭上に低く一一空の零戦がひっきりなしに轟音を響かせて通過する。戦闘機隊に行く仲間は下船と同時に一一空に直行するわけである。緊張した顔で零戦を見上げていた。一三空行きは第一〇根拠地隊に仮入隊する。汐満勝君が引率責任者の労をとってくれた。

今、老いて手にとる同期生名簿の彼の住所欄は空欄になっている。忍耐強い好人物であった。流れる汗をふきふき両頬を赤く染めて駆け回ってくれた。汐満君は今どうしておられるだろうか。

さて、彼の骨折りでさっそく入浴できるという。この入浴が体にこたえた。熱い湯をたたえた浴槽に身を横たえるのは故国を出てから何度目であろうか。湯には匂いがある。熱い湯には郷愁をそそる甘い匂いがあることに気がついた。石けんの泡に包まれてすっかり垢をおとした。湯から上がるといっぺんに疲れがでてふぬけになった。

たちまち睡魔に襲われて眼が開いていられない。この後、戦争が終わって復員するまで温かい風呂に入ることはなかった。熱帯地方であるから土地の言葉でいうマンデー（沐浴）ばかりで間に合わせていたが、マンデーでは人間の体の疲れはとれない。後に私が家庭をもつようになってからも風呂好きで通っているのは、このときの入浴が大きな原因である。

それともうひとつ。このときから私の好物は味噌汁になった。入浴後に飲んだニラのたっぷり入った味噌汁のうまかったこと。三週間にわたる海上生活で朝から晩まで切り干し大根だけの味噌汁と虫だらけの飯ですっかり食欲を失っていた我々にとって、新鮮な野菜入りの味噌汁はとてつもなくうまかった。あの感激が忘れられないために、今も味噌汁さえあればやっていけるのである。

一三空、アエルタワル基地

第一〇根拠地隊の仮入隊は数日に及んだ。毎日の朝礼と、ときたま作業員として草むしりに出るぐらいで居心地のよい生活であった。体力も回復し、股間の皮膚病もほとんど治った。やがて出発の日がきた。基地隊のトラックで昭南駅まではこばれた。ここで客車に衣嚢を積み込み、夕方の出発時刻まで昭南（シンガポール）の街に純白の二種軍装で繰り出した。熱帯の草木が美しく茂る広い街路、がっしりとした石造りの建物、マーライオンの彫像が両側にうずくまる大きな橋など、今も市街地の美しさが印象に残っている。我々は美しい女性がいる食堂で夕食をすませ、いよいよ列車にのりこむ。気づけば日は西にかたむき夕刻になっていた。

列車が走り出した。さっそく大きな鉄橋だ。夕陽にかがやくジョホール水道を列車で渡る。その光景は感動的であった。ここシンガポールは、太平洋戦争の緒戦において激しい戦闘のすえに日本軍が占領した激戦地である。シンガポール占領の報道が連日新聞を賑わしたころのことを懐かしく思い出した。

やがて陽はとっぷりと暮れ、汽車は漆黒のジャングル地帯を走り続ける。蒸気機関車のシユッ、シユッという音や、客車がゆれるリズミカルな音に加え、ジャーンという耳鳴りのような音が聞こえる。これがなんとクツワムシをはじめとする虫のすだく音色であるのには驚いた。おなじ常夏の国マニラでも聞くことのなかった虫の声である。

ひたすら北上をつづける汽車の中で、我々の純白の第二種軍装は舞い込んでくる石炭がらやススやらで汚れてしまい、はなはだしくしまらない格好になってしまった。

疲れては眠り、起きてはだべり、夜が明ければ沿線の風景に見とれる旅であった。首都クアラルンプールに停車し、現地人の物売りの子供のたちをひやかし、翌日の夕刻、汽車はペナン島の対岸にあるバタウォースに着いた。

そこに一三空から大型のバスが迎えに来た。バスで走ること一〇分ほどで一三空に到着した。着いたところは椰子の木ばかりが生えている原野であった。施設が整った内地とはむろん大違いである。

かといってマニラの三一空とも雰囲気が少し異なる。兵舎は三一空とそっくりだが、まわり一面に椰子の木が生えていて空から見えにくい構造になっている。昼間の強い日差しを遮ることはもとより空襲を警戒してのことである。到着した時刻が遅かったので当直将校らに挨拶し、すぐに椰子林の兵舎にむかう。

「頭の上から椰子の実が落ちてくるから気をつけてくれ」

というのが、ここで受けた最初の指導であった。

衣嚢、軍刀をもって兵舎のなかに案内されると、飛練三七期の前期組が寝ずに待っていてくれた。

マニラで一足先に重巡「青葉」で出発したなつかしい連中や、乙一七期と鹿児島空の前期組が温かくむかえてくれた。入隊祝いにバットの洗礼を覚悟していた我々にとっては拍子抜けであった。

兵舎は搭乗員用に三棟あり、これが海岸べりに奥にむかって縦に並んでいる。その北側が飛行場、そしてタイとの国境ケダーヒルを望み、インド洋にそって洋風の庁舎や士官宿舎が点在している。すべて独立した建物で植民地時代の英国人の住居である。しゃれた別荘風のものもある。

航空隊の真ん中を簡易舗装の道路が一本通っている。この道路は、バタウォース方面から北にむかって走ってきて飛行場にむかい、さらにタイ国境の方に行く幹線道路となっている。もちろん一般人も利用する。飛行場までは二ヵ所検問所が設けられている。現地人にとっては迷惑なことだろうと思う。

飛行科を含み、他の兵科の宿舎は、この幹線道路をはさんで立ち並んでいる。現地人の中に割り込ませてもらって共存している形である。飛行科の兵舎が一番よい位置を占めていた。海岸にでると数キロむこうにペナン島がみえる。ペナン島は夜になると電灯が明るく輝き、外国の風情をかもしだす。この島は、一週間に一度ある外出の保養地であった。

ペナン島には第九根拠地隊司令部、潜水艦基地、一二空（艦攻）基地があり、この方面を担当する敷設艦「初鷹（はつたか）」が入っていた。

ペナン島は大丸百貨店の支店もあり、蛇寺などの有名な観光地がある。我々の休養の場となった「山楽荘」もある。山腹には豪奢な家が建っていた。さながら小香港というところか。終戦の日までペナン島で遊ぶことができたのは幸運であった。

九六式陸攻の初乗り

昭和一九年一一月一日、私は、満一七歳で、海軍二等飛行兵曹になった。

この一ヵ月前から、全金属製の双発「九六式陸上攻撃機」の操縦訓練がはじまっていた。兵舎の海岸側の半分は定員分隊である。残りの半分が練習生分隊であった。

練習生が一通り操縦に慣れると、定員分隊の搭乗員（偵察、電信、射撃）と同乗して訓練にうつる。

ここでは定員分隊の先輩たちとの交流が多い。彼らはいつも温かい眼で見てくれた。これが実にありがたかった。後に、一一空（戦闘機隊）の激しく過酷な訓練内容を聞くにおよび、一三空にきて心底よかったとため息をついたものだった。

教育は厳しいだけでは駄目だ。叩けば叩くだけうまくなると考えるのは大まちがいである。このことが一三空にきてはじめてわかった。

マニラの飛練時代とアエルタワルの訓練の差は大きかった。マニラで萎縮していた私にとってアエルタワルは花園であった。かといって優しい環境に甘えていたわけではない。無我夢中で訓練に励んだ。腕もぐんぐんあがった。河合教員は副操縦席では口数が少ない。しかし操縦のつぼを的確に教えてくれた。訓練中、恐怖心や嫌悪感を感じたことは一度もなかった。恐怖心を植え付けながら行なう教育の不効率さをあらためて感じざるをえない。

九六式陸攻は、大きな図体にかかわらず私のいうことを良く聞いてくれる飛行機であった。双発の扱いも心配することはなかった。空中にあがれば広大な空のなかに入る。単発の九三中練も双発の九六式陸攻も変わりはなかった。

同乗する六名の練習生は、佐藤邦夫、斉藤真、中村美登、鈴木昭三、森谷裕、それに私である。

私は最年少である。訓練についていくのに必死だった。

訓練のコースは、第一旋回、第二旋回、第三旋回、第四旋回となり、大きな矩形状のコースである。そして、第四と第一の間に滑走路があり、飛行機はここを目がけては離着陸を繰り返す。

河合教員に全幅の信頼を置いて私は操縦席に座った。

一回目は教員が絶えず手を添えてくれた。うしろには仲間五人と搭乗整備員が乗っている。離陸すると機は高度二〇〇メートルを目指して上昇しながら左へゆっくりと旋回をする。この飛行機は図体に似ず扱いやすいというのが私の第一印象である。

左足の踏み込みと操縦輪による左への傾斜をつりあわせて、傾斜計の球を滑らせないように真ん中に保ちつつ、九〇度の左旋回が終わるころ、高度二〇〇メートルに達したところで機を水平飛行に戻してレバーを巡航速度に引く。

左下方に今あとにした滑走路が見え、青々とした椰子林や草原、田畑、点々とした民家や住居が見える。ずっと左を見れば長い海岸線と広大な海がひろがる。さらに心おちつけて遠くをみればペナン島が視野に入ってくる。

まもなく第二旋回点がくる。前を行く機が旋回を終えて西にむかい海と直角に飛んでいる。今度は水平旋回である。高度と速度をぴたりと安定しつつ旋回を終わる。ここから第三旋回点までの水平距離が一番長い。真っ直ぐ飛ぶことは簡単ではないが、楽と言えば楽である。

飛行機を高度二〇〇メートルでまっすぐに目標を決めて第三旋回点まで進めること、見張りを怠らず他機との間隔を正しく保つこと、そしてもっとも大切なことは左斜め下に逆行して見える飛行場に注意することである。

風が変われば風向指示板が回されて着陸方向が変更となり誘導コースも変わる。これを見逃せば他機との間に混乱を招く。へたをすると衝突事故を起しかねない。

むろん、着陸方向の変更には一定のルールがある。東西南北に交差するふたつの滑走路に対し、コース上の各機がどこへ方向転換するかが決まっていた。風向き変更により、全機が数分のうちに整然と新しい誘導コースに乗り換える風景は見事なものであった。

さあ、いよいよ機が滑走路に入ってきた。

昭和19年11月、二飛曹に進級した17歳の青井潔氏

双発の大型機、九六式陸上攻撃機での操縦訓練が始まった

高度一五メートルになるとエンジンをデッドにしぼり、方向舵をまっすぐに保ちながら、そろそろと操縦輪を手前に引く。すると前輪と尾輪が三点となり、二〇センチくらいの高さで機が失速し、接地速度の六一ノット前後になってすとんと地面に落ち、走りつつスピードをおとしていく。この場合、必要があればブレーキをこまめにつかって止めてもよい。ただし、我々の訓練は止まることはなく接地と同時に再びエンジンをふかして飛び上がる。そしておなじ操作を繰り返す。練習生一人につきこれを三回行なってつぎと交代する。

交代は離陸中はできない。第一旋回と第二旋回のあいだに交代する。自分の番が済むと、主、副操席のうしろに下がって仲間の操縦ぶりを見学するのである。このとき、ただ見ているだけではなく、前後左右上下の見張りに従事する。その間に上空からの景色を堪能するのである。

飛行場周辺の風景、インド洋に連なるマラッカ海峡の海、白い航跡を引きながら走る大小の船たち。まさに美観である。遠くペナン島の潜水艦基地に出入りする潜水艦や敷設艦「初鷹」が見える。はるか北方にはタイとの国境にそびえるケダーヒルの頂が顔を出している。

りどことなく故郷の息吹山に似ている。

着陸時の接地はドンピシャいくこともあれば、落下着陸となってぼんぼんとジャンプしたり、機速があまってバルーニングをすることもある。そのたびに教員の適切な操作に助けられた。そしてふたたび元気よく、

「離陸しまーす」

と、左手にレバー、右手に操縦輪をもって勢いよく離陸していく。

このようにして一週間のうちに全員が一通り離着陸の操作をマスターした。

三菱航空機金星四二型発動機、離昇出力一〇〇〇馬力二基の手応えはすばらしい。全幅二五メートル、全長一六・四五メートル、自重五一五〇キログラム、正規重量八〇〇〇キログラムの機体が一人の人間の微妙な手足の動きでこんなにも素直に動いてくれる。このことにひどく感動した。同時に一瞬の油断がもたらす災害の大きさ、実戦における壮烈な被害も想像し、身が引き締まる思いが念頭を離れなかった。

第六章　作戦参加と終戦の記憶

先輩たちの不眠の海上護衛

訓練は順調にすすんだ。編隊飛行、計器飛行、薄暮定着訓練を経て、昭和一九年一二月下旬、九六式陸攻の錬成訓練は終わった。未熟とはいえ、これで私も一応のところ一本立ちである。いよいよ実戦の世界に踏み出すのである。

昭和一九年の暮れから二〇年の正月にかけて、アエルタワル基地の古参教員などのベテランパイロットたちがシンガポールに急派された。任務は海上護衛であった。原油、生ゴム、錫、ボーキサイトなどを積んだ大輸送船団が内地にむかって北上するからこれを護衛せよというのである。

護衛する船団は、タンカー四隻、貨物船三隻、原油および貨物搭載船三隻である。泣いても笑っても日本最後の輸送船団であるという。「ヒ八六船団」と称した。このなかには懐かしい「さんるいす丸」も原油一万二〇〇〇トンを積んで参加していた。「ヒ八六船団」は、昭和一九年一二月三〇日にシンガポールを出発し、護衛艦隊との合流地点であるベトナム南部のサンジャック（現在のブンタオ）を目指した。

シンガポールのセレター基地に派遣された陸攻隊は、南シナ海の東岸を航行するこの決死の船団が無事にサンジャックに辿り着くよう警戒をする。船団の最大の敵は潜水艦である。

陸攻隊は、夜明けとともに船団の上空に飛来して燃料いっぱい哨戒する。陸攻の搭乗員は、黎明から日暮れまでかたときも船団周辺の海から目を離さずに見張りを行なう。非常に疲れる仕事である。疲れるのであるが、そのかわり船団の昼の安全はまず保証される。船団からは盛んに感謝の手が振られる。陸攻隊がこれにバンクで応える。

日が暮れると空を警戒していた陸攻は船団の無事を願いながら基地に帰る。そして、翌日の早朝、また基地を飛び出していく。船団の上空に到着すると前日より一晩分だけ北上している。それをくりかえして北へ北へと機の航続距離をのばす。航続距離が延びた分だけ朝の出撃が早くなる。神経をすり減らし、目を落ち窪ませての持久戦である。この海上護衛に従事すると、わずか数日で百時間の飛行時数を稼いでしまう。いつ敵機と遭遇するかわからない。危険な任務であった。

そうはいっても空はまだ安全である。どの戦地よりも危険なのは海であった。過酷な条件におかれた船団の運命を思うと不憫でならない。徴用された船員たちの太平洋戦争における消耗率は、実に四六パーセントに及ぶ。ほぼ二人に一人の割合で戦死者をだしているのである。軍人よりもはるかに高い死亡率であった。

我が陸攻隊は、セレター基地から足が届く限り船団の護衛を続け、昭和二〇年一月六日、船団を無事にベトナム南部のサンジャックに送り届けた。航続距離の限界により空の護衛はここまでである。

アエルタワルに帰還した搭乗員たちは異口同音に船団の前途を心配していた。そして船団の無事を心から祈っていた。

「ヒ八六船団」は、昭和二〇年一月九日にサンジャックを出発し、一路、日本を目指した。このときはもう空の護衛はない。船団は潜水艦の攻撃を避けるため海岸から二キロの浅い海を二列縦隊で進んだ。

しかし、懸命の航行もむなしくアメリカ第三艦隊の艦載機につかまった。レイテ沖で不沈戦艦「武蔵」を沈めたアメリカ軍の攻撃機にとって、護衛艦や輸送船を沈めることなどいともたやすいことであった。

昭和二〇年一月一二日、「ヒ八六船団」の輸送船と護衛艦がつぎつぎと魚雷や爆弾を浴び、火災を起こして沈んでいった。敵機の来襲は正午から午後六時三〇分の長時間にわたった。さんるいす丸も攻撃を受け、午後五時一五分に乗員の退船を決定し、海岸にたどり着いた乗務員が岩の上からさんるいす丸の最期を見届けた。これ以降、南方からの輸送は途絶した。

昭和二〇年一月一〇日、我々二個分隊の飛練三七期は、一部をアエルタワルの定員分隊に編入し、残りはジャワのマデイウンに教員の一部と異動して訓練続行となった。私はアエルタワルの定員分隊に入ることになった。いよいよ定員分隊への配属である。我々はどうしていいかわからずグズグズしていた。これがいけなかった。さっそく定員分隊からお呼びがきた。

九六陸攻の操縦席。二つある操縦席の右側に主操が座る

「おまえたちは今日から一人前の搭乗員だ。早くきて転勤の挨拶をしろ」

というきついお達しである。かつて優しかった定員分隊の先輩たちも、もう甘やかしてはくれない。今日から一番下っ端として、掃除、食事当番、雑用等、何から何までこき使われるのである。

我々が挨拶に行ったときはちょうど飯時であった。こういった場合、

「食事中、恐れ入りますがご挨拶申し上げます。本日、転勤してまいりました。なにぶんふつつか者ではありますのでよろしくご指導お願い致します」

と、先任搭乗員の箸を止めさせて仁義をきるのが日本海軍すみずみまでのしきたりである。

すると、先任搭乗員か中堅どころの搭乗員が、

「ようし、しっかりやれ、入隊祝いだ」

と一人ひとりにバッターを一発ずつくれるのである。我々は「入隊祝い」に一発ずつもらい食卓についた。親にはぐれた小鳥の侘しさであった。

その日から実施部隊の新兵生活を必死に踏み出した。始まった新しい生活の忙しいこと忙しいこと。

訓練は好きな飛行機に乗るのだから苦にならない。しかしその他の甲板生活（地上勤務を海軍ではこういう）が油断できない。次から次に雑用が襲いかかってくる。まことにめまぐるしい。

物価の安いジャワに飛んで、あいかわらず訓練を続けている仲間たちがうらやましくてならなかった。

連日、実施部隊の訓練ばかりとなった。訓練の内容は、編隊、航法、通信、魚雷発射、水平爆撃、薄暮離着陸、夜間飛行、対潜哨戒、内地と外地の要務飛行などである。

この時期、内地ではB29の空襲を受けていた。シーレーン（海上輸送路）を絶たれて国内の燃料も尽きかけていた。そのため訓練も意にまかせないという。その点、ここアエルタワルでは燃料も空襲も心配ない。我々はのびのびとした環境で飛行作業を続けた。古参搭乗員や海兵出身の大尉クラスにもまれる生活であった。日の明け暮れもわからない日々が続く。

昭和二〇年三月一六日、夕刻、大がかりな夜間航法通信訓練が行なわれた。飛行隊の帰着時刻が夜間になるため、夜設の準備が必要である。私たち数名の若手が、先輩たちに教わりながら日中の余熱で火照る滑走路にカンテラや着陸指導板をくばって歩いた。

夕日がまだ輝いているうちに二個中隊の九六式陸攻が勇ましくインド洋上空にむかって出発していった。飛行機が飛び立ってしまうとあとはのんきなものである。カンテラの番と称して指揮所から目の届かない滑走路の脇に腰を降ろして息を抜く。うるさい古参搭乗員を全部空中に追っ払ってしまったため、地上に残った新兵たちは命の洗濯ができるのである。そのかわり空を飛んでいる若い搭乗員たちは先輩と一緒で大変な苦労をしているはずだ。

腰を降ろして煙草の「光」をまわし飲みする。煙草に慣れない私は目をまわし、めまいがおさまるまで草っ原に寝転がった。風向きが変わらなければカンテラや着陸指導板をトラックに積みかえて走りまわる作業もない。今日の風は大丈夫だろう。猛訓練のなかのしばしの息抜きであった。

比較的、平和な気分で訓練に励んでいたこの時期、突如、突風のような異変が襲ってきた。一三空の主力部隊に台湾（新竹）への進出命令が下ったのである。隊長以下、若手大尉全員と一三期予備士官、そして基幹搭乗員が急いで出発することになった。残る隊員はわずかであった。私は同乗訓練期間が短いことを理由に指定された副操担当を降り、アエルタワルに残留することになった。本来であれば、

「私も連れてってください」

と言うべきなのかもしれないが、私は言わなかった。なにごとも言われるがままに従う心境であった。

一三空の主力部隊が急派されたのは沖縄にアメリカ軍が殺到したためである。

昭和二〇年三月二三日、米第五八機動部隊が沖縄への上陸準備攻撃にかかった。基幹部隊の進出命令はこの直後だったと思う。残念ながら基幹部隊の出発の日がはっきりしないが、とにかく大急ぎの準備で部隊編成が行なわれ、おそらくは昭和二〇年三月の二六か二七日に三個中隊の九六式陸攻が出発した。

出発の日、出陣式が行なわれた。末席ながら私も残留部隊の列に加わっていた。式がはじまった。別盃に先立ち、第九根拠地隊の司令官である魚住治策少将が送別の訓示を行なった。その内容を私は記憶している。

「私は今より諸氏を諸神(しょしん)と呼ぶ。諸神は今や祖国防衛のために、宿敵米軍を迎え撃つために、身を挺して駆けつけるのである。諸神は今や生きながらにして神となられたのである……」

この壮行の辞は異様であった。私はそう感じた。聞いている他の者はどう思ったか知らないが、私にはあまりにも酷な内容に思えた。

この慌ただしい出発は容易ならない沖縄の事態を想像させるに十分である。出撃する搭乗員たちの生還は期待できない。最初の索敵や攻撃で無事に帰還できたとしても、二回、三回の出撃のうちに戦死するであろう。まして、攻撃一転張りの日本の作戦のなか、鈍足で防御性能が皆無の陸攻が、質量ともに圧倒的な米機動部隊に攻撃をしかけるのである。鶏卵を岩

昭和20年3月下旬、台湾に進出する一三空の出陣式。左端で出撃隊員に向かい杯を掲げるのが第一五根拠地隊司令官・魚住治策少将。隊員の先頭に立つのは田中民夫飛行隊長

になげつけるようなものであろう。

それがわかっていても、出撃する基幹部隊の搭乗員たちは、日本男児としての誇りと日本海軍陸攻隊の面目にかけて顔色ひとつ変えなかった。そして命令に従って粛然従遡（しゅくぜんしょうよう）として往くのである。彼らの心の奥底に渦巻くものを察せよ。

そのときの私の心のなかには、司令官に「諸神」と呼ばれた人たちの中に自分が入っていないという安堵の気持があった。死の巌頭に立った者と、その一歩横に立った者との心の差は大きい。まして、後方にあって指揮命令を下す立場の者は、こんな残酷な美辞を口にすることにも抵抗がなかったのであろう。このときの司令官の訓示に対し、出撃する隊長がなんと応えたかは覚えていない。

その後、乾杯を行ない、

「かかれっ」

の号令で仲間たちが次々と旅発った。名残の言葉を交わす時間もなかった。

「ああ、行ってしまった」

誰かがつぶやいた。この短い言葉は、先輩搭乗員が大量流出

した虚脱感と解放感がないまぜとなった我々新米搭乗員の気持をよく表していた。

兵舎に帰る道すがら、みちみち仲間たちが、

「ええ、諸神は……であるから、諸神におかれましては……であるからして……」

と司令官のものまねをした。以後、しばらく「諸神は……」が隊内の流行語となった。それほどあの訓示は空疎で奇異であった。魚住少将の言葉は直前の死を見つめる者にとってあまりにもパフォーマンス過ぎた。気の毒ながらそう言わざるを得ない。

魚雷発射訓練

昭和二〇年五月初旬になると、シンガポールのセレター基地に宿を借りて訓練魚雷の発射経験を積むことになった。魚雷発射訓練、これくらい勇壮なものはなかった。

エンジン全速、高度一〇メートルから三〇メートルくらい。ときにはプロペラが水面をたたくほどの超低空で目標（艦船）に突っかけ、距離八〇〇メートルあたりから魚雷を投下する。

放たれた魚雷は美しい放物線を描いて海に突入し、いったん深くもぐる。そしてすぐに調整された深度まで浮き上がり、その深度をたもったまま四〇ノットを超えるスピードで目標に直進する。

魚雷を発射した瞬間に機体はぐっと浮き上がる。その頭を抑えてさらに増速し、敵艦の艦首または艦尾の直上を突っ切り、目標をかわして安全地帯にむけて避退するのである。

戦地からの情報によると、ほとんどの機が魚雷発射の前後に敵機または対空砲火によって撃墜されてしまうという。実戦では最初の魚雷攻撃が最後の魚雷攻撃になる可能性が極めて高いのである。

しかし訓練はちがう。何度でも繰り返せる。攻撃機にとってこれくらい男らしい飛行作業はない。

戦闘機では格闘戦、機銃掃射が訓練の華であろう。艦上爆撃機では急降下爆撃がこれに対抗する。我々の訓練の花形は魚雷発射訓練であった。

離着陸訓練では定着点にむかって徐々に高度を下げ、スピードを落としていく。これに対して魚雷発射では第三旋回から第四旋回にかけて敵機や防御砲火の退避行動を繰り返しつつ、速力、旋回角度、降下角度ともに最大の無理を強いつつ目標に突進していく。ペナン島からやや北寄りの海上にぽつんと小さな島があり、その上に灯台が建っている。またとない好目標である。この灯台を中心に襲撃誘導路が設定された。発射時にペナン市街を離れて左側を見るように右回りのコースが定められている。

基地を離陸すると機はすぐに灯台の上に達する。ここを起点にして高度二〇〇メートルで右旋回し、第一旋回に入る。第二旋回から第三旋回に至る間に右手に目標をとらえながら心の準備をする。大切なのは、常に目標から目を離さないことであった。第三旋回からは高度をぐっと下げながら第四旋回に向かい、この時点で高度を超低空に下げ、目標を正しく前方にとらえて直進する。距離一〇〇〇メートルあたりからは機首を安定させ、機体の傾きを修正し、スピードを一五〇ノット前後に固定する。この間、わずか数秒、すべての操作は操縦員が行なう。

我々操縦員錬成員の訓練では、すべての操作や発射距離の判定とこれにともなう発射を主操席にすわった錬成員にまかされたが、実際には搭乗員全員の協力操作であることは言うまでもない。

魚雷発射の醍醐味は突撃運動から避退運動にかわる十数秒間にある。我々がペナン沖で行なった訓練は基本操作にとどまったので相手は灯台という静的であった。実際に走っている艦船ではないから、目標の速力の判定や発射角度の調整を求められるまでの訓練はできなかった。

我々の訓練レベルで実戦にでれば、たちまち敵の戦闘機にたかられて落とされてしまうに違いない。敵の砲火をかいくぐりながら高速で縦横に駆け回る敵艦船を魚雷で仕留め、その後に激しい対砲火を回避して避退するなど到底無理な話である。生きて帰るなど不可能であった。昼間の急襲は全滅、戦果皆無。薄暮、夜間の攻撃では敵艦の捕捉が至難、これが現実である。

特に終戦前における魚雷攻撃の難しさは度を過ぎており、どんなベテランであっても生還する可能性はきわめて低かった。真珠湾攻撃、マレー沖海戦での犠牲の少なさは、前者は奇襲、後者では敵戦闘機の不在が幸いした。しかしその後に行なわれた珊瑚海海戦、ミッドウエー海戦、南太平洋海戦、ブーゲンビル島沖航空戦では、陸攻部隊に惨憺たる犠牲がでた。

そして今の戦況は、格段に厳しいのである。

ベテランであっても生還がむつかしい実戦に我々ひよっこがでていけばそこにあるのは死である。そのことが一番わかっていたのは訓練を受けている訓練生自身であった。

死ぬために飛ぶ。それが我々に課せられた運命であった。

自立

シンガポールでの魚雷発射訓練から帰った五月のある夜、兵舎にいる私に電話がかかってきて、

「シンガポールのセレター基地まで要務飛行せよ」

と主操を命ぜられた。初の実戦飛行である。私はそのとき一七歳であった。今の時代では車の免許もとれない年齢である。その若さで第一線の爆撃機を操縦するのである。しかも訓練ではなく実戦である。

（いよいよ来たか）

と身震いする。

（ようし、やったるぞ）

と腹を決めた。多数の新米搭乗員から私が選ばれた。そのことに驚いた。そして、もうそんな時期が来てしまったのかと当惑した。

前の晩は緊張することもなくよく眠れた。いつものとおり飛ぶだけだ。私は一〇代の新人

であったが、自分の腕を信頼していた。同乗する搭乗員も優秀な人ばかりで心強い。搭乗する機は今まで一度も不調を訴えたことがない九六式陸攻である。大丈夫だ。自信をもってやろう。私は自分自身にそう言い聞かせた。

それにしてもよくぞ私を選んだものだ。私は日本海軍最年少の陸攻操縦員である。まだ経験のない少年であることは一見してわかる。それだけに同乗する搭乗員たちも不安があるであろう。そうであればこそ、私は自信満々の演技をしなければならない。他の搭乗員に不安がられまいという心理が強かった。

それとともに「どんなもんだい」と鼻息も荒かった。故郷の岐阜で毎日勤労に汗している同級生たちに主操の席に座る私の姿を見てもらいたいと願ったりもした。

要務飛行の内容はさまざまである。要人の送迎、連絡、転勤者の送迎、乗組員の送り、受領部品の引き取り等である。

さて出発である。訓練のとおり離陸する。アエルタワルを離れると機はほぼ一七〇度の方向に進路をとる。高度は天候がよければ五〇〇メートルくらいにとり、右手にマラッカ海峡の青い海を望みながら陸伝いに南下する。

途中、タイピン、イポー、クアラルンプール、クルアン、バト、バハ、ジョホールを経てセレター基地にむかう。セレター軍港に進入すると下にマレー半島の緑地を眺め、右下にマレー半島の沿岸線とマラッカの海がみえてくる。視野が良ければ遠くスマトラ島の山々もみられる。

本土では沖縄戦のたけなわである。日本軍は、制空権、制海権も完全に敵に握られているなかでの劣戦を強いられているというのに、なんとのどかな飛行であることか。十分な見張りは行なっていたとはいえ、息を詰めるような緊張感はなかった。

私は今、自分の細腕一本でこの九六式陸攻を空に浮かべている。乗員の運命も私の腕次第である。

飛行は順調であった。男一匹空を往く。この誇り、満足感、他に比べるものなしの心境であった。

セレター基地が見えてきた。私は落ち着いていた。セレター基地への着陸はいつもどおり難なくできた。一一空の同期生が見ている。同期生たちの前で腕を見せることができた。晴れがましい気分だった。

同期生とはありがたいもので、機を見ると声をかけて走りよってくれた。

それから幾度もの要務飛行の操縦を命ぜられた。私は自信を深めて一人前のパイロットになった気持でいた。しかし、周囲からみると私はまだまだ子供に見えたようだ。

機を離陸させるとき、後方にいる飛行長に対し、

「飛行長、離陸しまーす」

と申告する。ある日、原田中尉から、

「青井、渡辺飛行長がな、『青井に、飛行長離陸しまーすと言われると、お父ちゃん離陸しまーすと言われているような気がする』と笑っていたぞ」

と言われた。渡辺飛行長は、鬼瓦のような怖い顔で士官搭乗員に恐れられていたが、父親のような気持で私のことをみていてくれたのである。そのことを思うと涙が出そうになった。

バリックパパン攻撃

さかのぼること、昭和一七年一月の末、日本軍が油田のあるボルネオ島のバリックパパンを占領した。すぐさま高雄の航空隊の陸攻二三機が進出し、バリックパパンは我ら陸攻隊の重要な中継基地となった。

ところが、昭和二〇年七月になると米軍が逆上陸して奪い返されてしまった。港と飛行場を押さえた米軍はたちまち基地を整備し、傍若無人にも夜になると煌々と電灯をつけ、まるで戦争が終わったかのような観を呈しているという。日本軍の航空隊は完全になめられているのである。なんとか意地をみせたい。一矢報いたい。そこで白羽の矢が立てられたのが、三八一空（ジョホール基地）の残存の陸攻隊である。

我々一三空の残存機もジョホール基地に進出し、三八一空の指揮下に入ってバリックパパン攻撃に参加することになった。

当時の三八一空の稼働機は、一三空の機数を含めても、一式陸攻が三機、九六式陸攻が一〇数機程度であった。このうち、バリックパパンに選出された攻撃機は四機である。

私は五番機の操縦員に選ばれた。私はバリックパパン攻撃のメンバーに選ばれたことをアエルタワル基地で知らされた。五番機は予備機である。五番機の操縦員は一番若手の私と加藤である。主操、副操を決めず二人で交互に操縦せよと指示された。

予備機といえど必要があれば攻撃に参加する。とはいえ、その可能性は少ない。そもそも私などのひよっこパイロットが実戦で使い物になるはずがない。

我々が五番機に選ばれたのは、次回の攻撃に備えて先輩の戦いぶりを見ておけという趣旨であった。

バリックパパン攻撃に出撃するにあたって私は悲愴な気持になったという記憶はない。自分が予備機に乗っていくのだという気安さがあったからでもあるが、それ以前に私はアメリカ軍の脅威も知らず、戦闘に対する認識も甘かった。実戦にでる緊張感よりも自分が飛行機を駆って長駆シンガポール、ジャワ、場合によってはバリックパパンへ飛ぶという長旅の期待に胸が躍っていた。ようはまだ子供だったのである。

加藤修一一飛曹

ジャワは治安が良く物価も安い極楽である、という話をジャワで飛練教程を終えた甲飛一三期生たちから聞いていた。ジャワは我々にとってあこがれの地である。そこへ行けるかもしれない。命を捨てに行くなどという不安や恐怖は持たず、物価の安い町で腹いっぱいうまいものを食うのだという期待と欲望しかなかった。

あろうことか私は、アエルタワルで待つ戦友たちにジャワでお土産を買ってくるという約束までしていたのである。

まことにのんきなものであったが、悲痛な決意で機に乗り込む先輩方からすれば私の能天気ぶりは嘆かわしいものであったろう。

生きて帰って来たのだから今では笑い話ですむが、現実にはいつ死んでもおかしくない地獄の淵を通ってきたのである。今ふりかえるとぞっとする思いである。

昭和二〇年七月一八日、アエルタワル基地基地から、一三空の一式陸攻と九六式陸攻が別行動でジョホール基地（三八一空）へ進出した。別行動をとったのは両機の速度がちがうからである。九六陸攻の主操は私である。

ジョホール基地はマレー半島の先端にある基地で、当時は戦闘機隊の一部が飛行場を使用していた。

滑走路は東西に一本しかない。長さも一三〇〇メートルそこそこである。しかも飛行場そのものが台地にあるため、標高差も加味して着陸しなければならない。現在のように地上の管制塔によるいたれりつくせりの指示などない。ジョホール基地への着陸は今回が初めてである。様子が分からない場合には滑走路すれすれまで降りてからやり直しをする。そして二度目に慎重に降りる。これが先輩から教えられた方法である。ジョホールではこのやり方でうまく着陸することができた。

しかし、ジャワに向かって飛び立つときは爆弾を積んで重装備になる。離着陸のやり直しがきかないため、よほど慎重にやらねばならない。私はひそかに気をひきしめた。

目指すはジャワ

昭和二〇年七月二一日、午前一〇時、ジョホール基地の滑走路を一番機から離陸を開始した。

二番機、三番機、四番機……、いよいよ私の番だ。ブレーキを引いて機を固定し、操縦輪を後ろに引いてエンジンを全開、ものすごい爆音とともにブレーキをかけられた機体が前に出ようとしてつんのめるように全身を震わせる。

頃はよし。パッとブレーキを外すと同時に操縦輪を前に倒す。するすると走り出した機にぐんぐんスピードが加わる。滑走路の中間まで来たがまだまだ速力は十分ではない。日頃の軽装備であれば乗用車のダッシュのような加速をするが、重装備の今日は砂利トラックの走り出しみたいに鈍足である。機体の重さをずっしりと操縦輪に受け止めながらじわじわ加速していく。滑走路の先端がどんどん迫ってくる。でも大丈夫、離陸の自信は十分にある。若い操縦員にとってはなにもかも新しい経験だ。緊張は隠せない。しかし私は落ち着いていた。

滑走路が残り一五〇メートルぐらいになったところで車輪がわずかに浮いた。そのまま操縦輪を押さえ気味にしたままでなお突っ走った。そこで車輪が浮き上がり、機体が滑走路をかわして宙に浮いた。やがて緑したたるジャングルが眼下に広がった。離陸がうまくいったのである。

しかしまだ安心できない。まだまだこのまま直進だ。十分に機速がついたところで高度を上げながら左にゆっくりと旋回し一番機を追う。

機速をつけることと徐々に高度をとることに集中していたため、気が付いたときにはジョホール基地を左後方に遠く引き離し、シンガポール島北端の上空まで来ていた。もう大丈夫。後は一番機を目がけて高度を上げていくだけだ。エンジンを増速してぐーんと機首を上げる。みるみるうち一番機が前上方に大きく迫る。

予定飛行時間は六時間、距離は一〇〇〇キロ以上、目指すはジャワ島のマジウン基地である。

天気晴朗、一点の曇もなく視界は良好、眼下にはリアオ諸島がゆっくりと後方に流れていく。九六式陸攻の巡航速力は一三〇～一四〇ノット。高度二〇〇〇メートルになると眼下の地形の流れもそれほど速くない。

前方を見ればまさに赤道直下、カリマタ海峡の青い海がどこまでも広がっている。太陽の日差しが強い。熱帯の太陽がまぶしい。海の青と島の緑の鮮やかさは眼も覚めるばかりである。

まなじりを決して南を目指す我が機は重武装の攻撃隊である。大自然の美しさは人間の姑息な営みなどどこ吹く風とばかりにあくまでも美しい。このまま我々の飛行機は悠久の美の中にむかって呑みこまれそうである。

時は昭和二〇年七月、沖縄は完全に敵の手に落ち、日本の都市は東京、横浜、大阪、神戸、名古屋、その他の地方都市に至るまでの焦土と化していた。四六時中、本土上空に敵機の影を見ないときはない。

敵の兵力が日本に集中しているため、我が機が飛ぶ南方の空に敵機を見ることはまれである。

しかし油断はできない。私の五番機も、いつでも交戦できるよう機銃に弾丸を装填し、機体（背中と両腹部）から空に向かって銃口を突き出している。とはいえ海は美しく、あたりはのどかである。我が機の飛行は順調である。すでにリンガ泊地があるリンガ諸島を過ぎた。

やがてずっと前方の水平線にすり鉢を伏せたような形の山らしきものが見え隠れし始めた。あれは山じゃないか、陸地じゃないか、と思っているうちにまた一つ、そしてまた一つ同じような形をした山が見えだし、やがて横一文字に点々と並んで見えてきた。まぎれもなく山だ。ジャワに近づいたのだ。

近づくにつれて裾野もはっきり見えてくる。なだらかな陸地もうっすら視野に入ってきた。

（いよいよジャワだ）

あと一時間足らずでマジウン基地に着陸である。

しばらくするとジャワ海が尽きてジャワ島の上空に進入した。機から地上を見下ろして驚いた。マレー半島やシンガポールと違って赤土がない。土の色が日本の農村と同じなのである。これは土地が肥えている証拠である。その土が隅から隅まで耕されている。斜面には日本と同じように段々畑まである。そこここで畑を焼いているのか、薄い煙があちこちからたなびき天に昇っている。

午後四時過ぎ、西日に映えた豊かなジャワの田舎はいかにも長閑であった。マジウンが近い。着陸はもうすぐである。目的地がもうすぐ見えてくるというので機内がざわめいている。ついに見えた。広い野原に一本の素晴らしい滑走路が東西に走っている。さあ、いよいよ着陸だ。あと一息の頑張りだ。

一番機がバンクを振って編隊解散を知らせる。一番機と二番機がつぎつぎと滑走路に滑り込んだ。

マジウンは始めてである。しかも今回は二五〇キロの三一号爆弾を抱いている。この爆弾は途中で頭部をスパッと切り落とした形になっている。近頃日本が開発した爆弾で、落ちるとその四〇〇メートル周辺を焼野原にする凄い破壊力を持っているという。この三一号爆弾を敵地の上空から落とせば奴さんたちきっと驚くぞと、我々は期待に胸を膨らませていた。

ところがこのころアメリカでは、ネバダの砂漠で原子爆弾の実験にとりかかっており、半月後には広島に第一弾を投下することになるのである。むろん、そんなことは知る由もない。いずれにしても爆弾を積んだ機での着陸は命がけであった。下手な着陸をすれば我々は機体ごと吹き飛んでしまう。

第四旋回がおわってパスに乗った。どんどん高度が下がって滑走路の手前の草原が後方に流れ、やがてそれも切れて機が滑走路に入った。着陸の条件はオーケー。いつもより機体が重いのでスピードはやや出し気味だがこのまま着陸しても差支えない。降下を続ける。やがて激しい振動が体に伝わった。無事に着陸できた。

（うまくいった）

ふう、と息をつく。直ちに地上誘導員の誘導に従って飛行場の外れのヤシ林の掩体壕にむかう。途中、竹藪が多い。ふと日本の田舎を思い出す。

エンジンを最微速にしぼって方向舵だけの操作で狭い道をクネクネと進む。途中で年輩の整備兵や銃を持った番兵が唖然とした顔で私を見ている。あまりにも若い搭乗員に驚いているのである。

そのとき私は満一七歳と一〇ヵ月であった。今の高校三年生の夏の頃の年齢である。

攻撃隊発進

バリックパパン攻撃は、予定通り昭和二〇年七月二三日の満月を期して行なわれる。当初の通り、一式陸攻二機、九六式陸攻二機の計四機で決行する。攻撃隊の発進は午後九時三〇分であった。

出撃機の腹の下には二五〇キロの三一号爆弾と、六〇キロ爆弾六個が取り付けられた。エンジンの試運転も上々である。

私の予備機は残留となった。私も基地の人たちと攻撃隊の出発を見送った。

夕暮れになると東の空に赤味を帯びた大きな月がぽっかりと顔を出した。昼間の余熱がまだ冷めない。さりとて汗が出るほどでもない。攻撃隊出撃前の緊張とあわただしさで基地には熱気が溢れている。

いよいよ攻撃隊の出発である。車輪を止めているチョークが外され一番機が動き出す。期せずして「万歳」の声が沸き起こる。

時に九時三〇分、晴れ渡った空はあくまで美しく、中天にかかった月は、地上でこれから死地に赴く若人たちがあろうことなど知らぬげに澄みに澄みきっている。

全機飛び去った。祭りの後のような気の抜けた気分であった。残留者一同がぞろぞろと指揮所に引き上げた。

以下は攻撃に参加した搭乗員の手記からの抜粋である。

バリックパパンの上空に最初に達したのは一式陸攻の一、二番機がほぼ同時であった。日本軍の抵抗が極めて弱いことを知っているためか、米軍が所有するバリックパパン基地は全く無警戒の様子であった。地上にはあかあかと電灯がともり、まるで歓楽街のような明るさであった。

そこへ日本機が次々と爆弾を投下した。一式陸攻の爆撃に驚いた地上の米軍はいっせいに迎撃の態勢を整えた。そこへ進入してきたのが九六式陸攻の二機であった。

爆撃針路に入る前から各機の前後左右に地上砲火が炸裂しはじめた。中部天蓋の二〇ミリ機銃にとりついていた蒲地一整曹が電探欺瞞紙を勢いよく撒き始める。欺瞞紙は風圧に奪われてあっという間に機の後方に月光を反射しながら飛び去っていく。とたんに地上砲火が機の後方で炸裂し始める。欺瞞紙が効いているのだ。爆撃針路に入った二機は安全を取り戻した。

ジャワ基地の指揮所では興奮が最高潮に達していた。つぎつぎと爆撃成功、四機が帰途についた様子が電波に乗って入ってくる。ジャワ基地では攻撃はおおむね成功したと判断を下し、我々に「攻撃隊帰隊に備え」を命ずる。

機上で負傷者が出ているかもしれないため、医務科の救急車が待機する。損傷を受けた機があることを想定し、着陸時の事故に備えて消防車が待機する。

月は西に傾き夜明けが迫る。やがて北東に爆音が聞こえ、一式陸攻一機が姿を現わした。もう一機の一式陸攻も無事に帰還した。

九六式陸攻の一機はスバラヤ航空廠に不時着したとの報告があった。

しかし、九六式陸攻のもう一機は未帰還となった。

帰還

昭和二〇年七月二八日、いよいよアエルタワルへの帰途につく。

ふたたび目指すはジョホール基地である。さらばジャワよ。また来ます。基地関係者が帽子を振って見送ってくれるなかを格好よく離陸した。機首をシンガポールにむける。

さあ、今度は単機マイペースでご帰還だ。天候がジャワ海を少し行ったビリトン島の手前から変わりはじめた。往路の夢のような天気とは大違い。海面は見えるが遠望が利かず島影も確認できない。

だんだん雲が行く手をさえぎりはじめ、操縦席の風防ガラスにパラパラと雨がかかる。しばらく針路を変えず厚い雲に突っ込んでは出て、抜けては突っ込むの繰り返しであった。前方にかなりの高さを持った積乱雲が現われた。これはとても抜けきれない。機長に相談して針路をやや右に振る。高度も上げる。行けども行けども雲または雲である。数分間、雨の中を強行突破する。

操縦輪を握っている私はそれほど深刻には考えなかったが、後ろに乗っている連中はハラハラしたことであろう。なにせこちらは若年操縦員である。陸攻の飛行時間六〇〇時間足らずである。ベテラン搭乗員がうようよしていた緒戦の頃であれば、まだ副操縦士でしか通用しない身分である。

その新米が大型機を荒天のなかで操縦しているのである。高校生が運転する大型バスが山岳地帯の道路を突っ走っているようなものである。同乗している者たちが心配でたまらないのも当然であった。

しかし、人間何でも一人前に扱ってみるものだ。操縦輪を握る私は意外や自信満々である。隣に同期生の中でも操縦のうまさで知られた加藤が座っているのも心強い。気のおけない仲だから何でも相談できる。他の搭乗員の心配をよそに今日の洋上飛行は順調であった。やがてリンガ諸島にさしかかる。雲のために視野は利かない。高度は二〇〇〇メートルを維持することにする。往路と違って太陽が見えないのが寂しい。

やがて雲量が減りはじめた。前方に島影や陸地が見える。シンガポールの市街もみえる。あと一息だ。

セレター軍港が見えた。その向こうはジョホールだ。ジョホール基地は南にジョホール水道を控え、北側にマレー半島の密林と丘陵地帯を背負っている。滑走路は東西に一本、たいていの場合は東から西にむかって降りる。第三旋回から第四旋回、そして着陸パスへと視野もよく降りやすい。滑走路との相性は人それぞれであろうが、私はなんとなくこの飛行場と性があっていた。着陸はなんなく成功、この夜はジョホールに一泊した。

燃料補給をして翌日、我々はアエルタワル基地に帰った。

終戦の日の飛行作業

すでに昭和二〇年八月一〇日ころには戦争終結への聖断にむかっていたようだが、我々の知るところではなかった。まして遠く離れた南方のことである。士官たちの間にもその気配はなかった。

昭和二〇年八月一五日の午前は予定通り訓練場にむかった。我々の機は一キロ訓練爆弾一二個を抱いていた。空にあがると快晴の海上で右回りのコースをまわった。私は吉田中尉の指示通りの針路を保ち、

「用意、テーッ」

の命令を待った。やがて命令がくだり、爆弾を投下した。二発目か三発目で「命中」の声が伝わってきた。標的の真ん中から白煙が昇っているという。機を傾けて見ようとしたがすでに目標上空を通過して確認できなかった。他機との関係もあっていつまでもうろうろできない。実戦では弾が機体を離れたら直ちに避退に移らなければ撃墜されてしまう。操縦員はいつまでも弾着にこだわれない宿命を負っている。

昭和二〇年八月下旬にはバリックパパンの再攻撃が予定されている。おそらく攻撃隊の中で私が一番若い操縦員になるはずだ。訓練弾が命中したことによりみんな上機嫌で帰ってきた。出撃前の訓練でいきなり命中とは幸先がいい。一同、晴れ晴れとした顔で指揮所前に整列し、吉田中尉が、地上指揮官八島大尉に訓練の終了報告をした。今日一日は何か良いことがありそうな気分であった。トラックで兵舎に帰り、昼食をすませた。

そこへ突然、いつも朝礼に使っている椰子林の広場に航空隊総員集合の命令がかかった。なにごとだろうとみながやがやと集まった。日頃顔をあわせることの少ない砲術科、運用科、工作科、主計科、医務科の分隊も続々とやってきた。我々搭乗員は、

「これは内地転勤だ。いよいよ本土決戦だ」

と言う者が多かった。

本土決戦でいよいよ年貢の納め時がきた。それでも内地に行けることは嬉しいことだった。どこへ行くかはわからない。どんな編成で進出するかは上の人たちが決めること。ひょっとしたら死ぬ前に一度くらい親の顔が見られるかもしれない。そんな淡い希望を抱いて集まっ

た。

壇上にあがった人は五月に少将に昇進した三好司令ではなく、井上慶太郎少佐だった。この人は兵からたたきあげた温厚な老少佐である。開口一番、彼は静かに言った。


今日までの諸君の奮励努力にかかわらず、戦況利あらず、我が国はポツダム宣言を受諾して、終戦を決めた。天皇陛下から詔書が出され、その趣旨を徹底するために、皇族をはじめとする軍使が当方面にも派遣されることになった。詔書には忍びがたきをしのび、耐えがたきを耐え、祖国の再建に尽くせと仰せられている。今後どんな困難が待ち構えているかわからないが、諸君は軽挙妄動することなく、そろって内地に帰還する日まで軍紀を崩さず、一致協力、日本海軍有終の美を飾ってもらいたい。

　これから各自兵舎に帰って後の令を待つように。


最初に感じたのは言いようのない不安感である。

やあ、これはえらいことになったぞ。私はこれからどうやって日本に帰るのか。いつ帰れるのか。

南方には陸海軍人のほかに邦人がどれだけいるか計り知れない。日本の輸送船は壊滅している。どうやって人を運ぶというのか。私のような若僧に順番がまわってくるのはいつの日か。気の遠くなるような話だ。はたして自分は日本に帰れるのだろうか。

次に浮かんだのは失望感であった。

ああ、俺は失業した。あの物資欠乏の暗い暮らしから逃れ、一生を帝国海軍航空隊で食わせてもらおうという甘くはかない夢は一瞬で潰れた。

そしてここ数日の不思議な体験を思い出した。

私はこのところなかなか眠れなかった。深夜、一人用の蚊帳のなかで自分の指に懐中電灯に当てる。若い指先が美しい桜色に輝く。それを見ながら、

「この生命みなぎる五体は父母からもらったものだ。この体がいつ空中で霧散するのだろうか。爆発は一瞬である。五体は血の霧となってあっという間に姿を消す。そのとき入れ物を失った俺という男の魂はどこへ行くのか。受け皿をうしなって永遠に空をさまようのではないか。ああ、なんというあわれであろうか。なんとむごいことであろうか」

と悩んでいたある夜、とつぜん阿弥陀様が目の前にあらわれた。そして仏像で見慣れたあの慈悲深き阿弥陀様が玉砕の運命をたどっていた私の魂をひょいと手のひらに受けとってくださった。

そう感じたとたん、

「南無阿弥陀仏、南無阿弥陀仏」

という念仏が口についてでた。すると不思議や、すーっと気持が軽くなって寝入ってしまった。

こんなことがここ数夜つづいていたのである。それだけにこの終戦さわぎが不思議で仕方

がなかった。

私は、阿弥陀様に救われた気分であった。わが家が何宗であるかも知らないのに。

そんなことを考えたあと、

(ああ、もう飛行機に乗らなくてよくなった)

という けしからぬ安堵感が湧いた。

しかし、この喜びの気分はすぐに消え、空への憧れで身を焼くような思いに駆られた。

(ああ、もう一度、操縦輪を握りたい。空を飛びたい)

という渇望が私の魂をゆさぶった。そう思った直後、今度は生きることができる喜びがうずうずと体内に湧いてきた。

(たくさんの日本兵が死んだ。だが俺は生き残った。一七、八歳で死ぬつもりだったのが六〇歳まで生きられる。あきらめていた子孫もこの世に残すことができる)

そして、生きることがゆるされた私の想いは突拍子もない方向にとんだ。

昭和22年6月、宇品に上陸した予科練同期の操縦員。前列左から佐藤、酒井、木内。後列左から青井、加藤、矢沢

（今、この瞬間にも、この世のどこかに未来の伴侶たるべき人が息づいているのだ）

という思いが不意に突き上げてきた。家庭を持つことができる。もう一度、勉強ができる。どんな仕事にも就くことができる。死を免れた私の将来に無限の可能性が突然あらわれたのである。


しかしすべては内地に無事に帰ってからの話である。

それまでに何が起こるかわからない。どんな苦難を乗り越えねばならないのだろうか。果たして無事に帰れるだろうか。帰れたとしても、はたしてそれはいつのことだろうか。

再び不安がひろがった。


以上が、終戦を知ってから兵舎に帰るまでの、わずか二〇〇メートルの間に私の念頭を走ったことどもである。

帰路、全員でがやがや喋りながら帰った。そのとき何を話したかは覚えていない。はしゃぐ者はいなかった。沈んでいる者もいなかった。興奮している者もいなかった。みな言葉を慎んでいたようだ。うっかりしたことは言えない雰囲気であった。

はてさて、これから私の前途にどんな運命が待ちうけているのか。

祖国はまだまだ遠い。

翼を奪われ陸戦特攻隊へ

甲飛一四期／海軍二等飛行兵曹　戸張礼記

予科練時代の戸張礼記氏

戸張礼記（とはり・れいき）
昭和３年生まれ。茨城県出身。昭和19年６月、第14期海軍甲種飛行予科練習生として土浦海軍航空隊に入隊。しかし、戦争末期の物資不足から練習機に乗ることができず、昭和20年３月になると、ついに予科練教育が中止となる。その後、昭和20年３月、三沢第二海軍航空隊（青森県）に転属となり、敵機から味方の飛行機を隠す掩体壕（えんたいごう）造りに従事。７月、大湊海兵団特攻陸戦隊に配属される。同隊の任務は下北半島の海岸沿いに「タコ壺」と呼ばれる穴を掘り、爆雷を抱えて潜み敵の戦車もろとも自爆する特攻作戦であった。戸張氏は特攻隊員として死を覚悟するが、敵は上陸することなく、昭和20年８月15日、終戦。海軍二等兵飛行兵曹。甲飛14期は2000人以上が予科練習生として入隊したが、予科練を卒業できたのは前期のみ。卒業した学生の多くが回天や震洋等の特攻兵器要員となる。戸張氏は後期で卒業前に教育中止となる。戸張氏は「もし、卒業していれば特攻隊員として出撃して戦死しただろう」と語る。現在は、茨城県にある「予科練平和記念館」の歴史調査委員として活躍中。

あの日、あの時のことを話したい。その時、私は何をしていたのだろうか。記憶は薄らぐ一方だが、忘れられない月日がある。

——月日は百代の過客にして行きかう年もまた旅人なり

奥の細道のこの言葉を私は事あるごとに思い浮かべる。

時代の流れに浮きつ沈みつしながら流されてきた私の生涯。それはまさに運命という河に浮かぶ舟の上で過ごしてきた人生であった。

大本営の発表しか知らされず、ひたすら闘魂を叩きこまれた予科練時代の日々。あの日、あの時の戦局、時局はどんな状況であったのだろうか。そして若かった自分はどんな青春を送ったのであろうか。それを自分なりにまとめてみたい。自分自身の気持の整理もかねて。そんな思いに駆られて眠れぬ夜にこの原稿を書くことにする。

予科練の倉町秋次教官は、著書『予科練外史』（六巻）の序文で次のように書いている。

　予科練の少年たちは、特別な少年ではなかった。普通の少年で、強いて違うところと言えば、大空を愛し、格別に飛行機が好きであったというくらいであろうか。彼らはあまりに純真であり、それゆえにか血と涙が多すぎる。そんな少年が多かった。そのような少年たちが国難に対して献身した。そして八割が戦死した。

思えば私もそんな少年の一人であった。健康で優秀な一〇代から二〇代の若者が八割も死んだというのはすごいことである。しかし今、国難に殉じた予科練の若者のことを知る人は少ない。

ある式場で司会者が「予科練」を「よかねり」と読み、予科練の関係者が憮然としたという話を聞いたことがある。

予科練は「よかれん」と読む。予科練は、戦時中、海軍のパイロットを養成するための教育機関であった。名称の変遷はあるが、一般的な正式名称は「海軍飛行予科練習生」である。

現代の人が「予科練」を知らないのは当然である。戦後の教育環境が「戦争」を教えることを許さなかったからである。教えられていないものを知っているはずがない。現代の人が予科練のことを知らないのは「無知」ではなく「不知」なのである。知らない若者たちのことを嘆くのではなく、教えなかった大人たちのことを責めなければならない。

私も予科練生であった。特攻基地から復員して戦後は学校教員となり四〇年近く勤めた。予科練の経験者でありながら、私は学校で戦争の話を一切しなかった。

戦後、数十年が経つと戦争体験がない人が社会の中心となる。教育する側に立つ親や先生が戦争に関する経験も知識ない。しかも、戦争の問題は入試に出ないため勉強をしなくても高校や大学に合格できる。そういった社会構造になっているため益々無関心が加速する。

その結果、現代の若者たちのなかには、日本がかつてアメリカと戦争をしたことも知らない大学生がいるという。さすがにまさかとは思う。しかし今の人が「予科練」を知らないのは事実であろう。

今、アイドルを追いかけている若者たちと同じ年代の若者たちが、七〇年前、一度きりの青春を空や海に散らした。

日本を護るために死んだ者にとって忘れられることほど辛いことはないだろう。「知られざる予科練」となってしまった先輩たちの無念さを思うとやりきれない。

それにしても八六歳を迎えるまで生かされておきながら、これまで私は何をしてきたのだろうか。戦死した先輩たちが忘れ去られた現状を見るにつけ、慙愧に堪えない。戦争教育を怠ってきたことに罪を感じ、「誠に申し訳ありません」と頭を下げるしかないというのが正直な気持である。

私たち生き残り兵士は、死んだ先輩たちの真情を語り継がねばならない。それが「後を頼むぞ」と声をかけられ、戦後まで生かされた予科練の後輩である私たちの責任なのである。この責任を果たさなければ、あの世へ逝ったときに先輩にあわせる顔がない。だからこそ語らずには死ねないのである。

開戦と父の死

昭和三年（一九二八年）一一月生まれの私は、君原小学校を昭和一五年に卒業し、昭和一六年四月一日に茨城県立土浦中学校（現、土浦第一高等学校）に入学した。

私は田舎の山猿であった。町の子たちの輪にも入れない、おずおずとしたおとなしい生徒だった。

家と学校は遠く、自転車で片道一時間一五分かかった。私は雨の日も風の日も休まなかった。通学がきついとも思わなかった。ただひたすら学校に通った。

一年が過ぎると、一年間無欠席で表彰された。私は「欠席することは悪い」と言われていたから休まなかっただけである。表彰されようなどとは思っていなかっただけに嬉しかった。ただそれだけのことで自信がついた。それからは学校生活にも慣れ、町の暮らしも板についてきた。そうしたときに戦争が始まった。

昭和一六年一二月八日、月曜日。そのとき私は学校の自転車置き場に愛車を押し込み、校庭を横切って教室にむかう途中だった。突然、校内放送のスピーカーがガーガー鳴り出した。甲高い男の声が何かを言っている。何事かと耳をすますと、

「西太平洋において米英軍と戦闘状態に入れり」

という言葉が聞き取れた。

(うっ、戦争だ。始まった)

ゾクッと背筋を悪寒が走った。そのことを今でもよく覚えている。それは命の危険を感じて怯えた小動物のような本能的な感覚だった。

そして私は戦争という巨大津波に巻き込まれ、流されていくのである。

さらに運命が私を襲う。父が急死したのである。

父は小学校の校長を務めており、祖父母は小売り商店を営んでいた。そして我が家は二〇俵くらいの年貢米があがってくる小地主であった。当時としては裕福な暮らしをしていた。

夏休みには家族旅行や海水浴に行った。銚子の海水浴場に一週間も泊まったこともある。饅頭やお菓子を自宅の店から勝手に持ち出したり、『少年倶楽部』の付録をズラリと並べて雑誌を読みふけったり、カメラを親にねだって買ってもらったりした。私は幸福な家庭に育っていた。

開戦の日からわずか一ヵ月半のこと。小学校の校長だった父は公用で県庁へ出張するため、早朝、土浦駅にむかった。そして駅の近くで倒れた。狭心症であった。

私が知らせを受けたのは一年丁組の教室にいたときである。国語の授業中であった。うすら寒い教室の前の引き戸が音もなく開き、黒い詰め襟の学生服を着た給仕がスッと入って来た。そして何やら小声で先生に話をするとすぐに帰っていった。

(何事ならん)

と思っていた私のところにつかつかと先生が近寄ってきて、

「お父さんが危篤だそうだ。迎えの人が来ているからすぐに帰りなさい」

と言った。私は迎えに来ていた自転車の後ろに乗せてもらった。

(危篤というんだからまだ死んでいないいんだろうな。早く、早く)

と祈るような気持だった。そのとき誰が迎えに来てくれたのか覚えていない。その人は駅前の病院まで一生懸命ペダルを踏んでくれた。しかし、間に合わなかった。病院に着くと父の顔には白い布がかけてあった。寒々しい病室の畳の上に横たわり体には薄い布団がかけられていた。ぐっすりと眠っているようだった。

信じられなかった。「おっ来たか」と今にも起きてくるような感じがした。私はじっと身を固くして父を見つめていた。他に誰もいなかった。

しばらくして母が青ざめた顔で駆け付けた。母も死に目に間に合わなかったのだ。

「お父さん、お父さん」

母は遺体にすがって泣き伏した。母の号泣する声はいつまでも私の耳に残った。

命日は昭和一七年一月二一日。享年五一歳。

後で聞いた話によると、父は倒れてからすぐに意識がもどった。そして母が小康状態となった父の看病をしていたところ、父から用事を頼まれた。父は学校のことが心配で何か仕事上の連絡を母に頼んだらしい。そして母が用事を済ますために病室を離れている間に発作を起こして父は亡くなった。今なら助かったろうに。残念でならない。

村人たちの好意で学校葬が盛大に行なわれた。祭壇の前に家族一同が並んで座った。

私は父が大好きだった。本当に良い父だった。

つるべ落としの秋の陽は早く、学校の帰りは遅かった。私は、迫りくる夕闇に追われるように坂道を自転車で一気に下って帰る。目をむければ田んぼの向こうにある墓地の巨木の上に、赤くて丸い月が大きく妖しく輝いている。

（狸のお化けのようだ）

と不気味だった。よく見ると明神様の前の長い坂道を黒い人影が下りてくる。その人影は提灯をぶら下げてトコトコ歩いてくる人がいる。それが父だった。父はそうやってよく私を迎えにきてくれた。

私が父の前で自転車を止める。父のポケットには温かい焼き芋が入っていた。真ん丸な月を背に、父が自転車を押し、私は焼き芋をかじりながら歩く。月明かりの長い坂道をとぼとぼと家路を辿る親子。その情景が今も懐かしい。思い出すたびに目が潤む。父は突然、旅立った。どんなに後ろ髪を引かれたことだろう。

父の遺体に取りすがって泣いた母は四五歳で四人の子供を抱えてひとり残された。これが母の苦労の始まりだった。そのとき兄は大学生、姉は師範学校生、私は中学生、弟は小学生だった。

母は、戦中の大混乱の世にあって、女手ひとつで子供たちを育ててくれた。その苦労は大変なものだった。今はただ感謝するのみである。母よありがとう。そして父よありがとう。

予科練志願

太平洋戦争勃発、父の急死という一大事を経て、私は中学二年から三年に進んだ。

その間、戦局は刻々と不利となった。ミッドウェー海戦、ガダルカナル島の戦い、アッツ島玉砕のことなどは国民に知らされなかったが、戦況の悪化は肌で感じていた。国家存亡の危機から学徒動員となり、少年少女たちは軍事教練を強いられ、国民は根こそぎ、軍隊へ、軍需工場へとかり出されていったのである。

かといって皆がそれを苦にしていたわけではない。それが当たり前のことだと思っていた

今考えれば不思議なことのように思えるが、当時の日本は軍国少年たちであふれかえっていた。

愛する家族を守り、祖国の平和を守るために軍隊に行くことは当然のことだと思っていた。反戦などという概念すら世の中になかった。

そして少年たちの多くはパイロットに憧れた。大好きな飛行機に自分の夢を乗せ、国家の危難に想いを重ね、一人奮い立っていた。飛行機大好きの少年たちの憧れはなんといっても「零戦」であった。とにかく格好よかった。誰しもが乗りたがった。私の祖国防衛に対する強い意志も、単純に言ってしまえば零戦に乗って空を飛びたいという単純な欲求であったように思う。

私は中学校では滑空部に所属していた。グライダーを訓練する部活である。いつからともなく私は空への憧れを強めていた。国家が流布する「来れ決戦の大空へ」のキャンペーンにのって、少年の夢は一路空へと簡単に羽ばたいていった。

結局、私は予科練を志願するのだが、今思えば、時局に煽られた軍国少年の気負った夢語

りが動機であったように思える。気取って言えば「大空への憧れだった」となるが、正直な内情を吐露すれば、零戦搭乗員の白いマフラーが恰好よかったという、ただそれだけが志願の動機だった。

その時の私は、大人たちが喧伝する広告に従うだけの思考力しかなく、

〈そのコースに進めばあとは自動的に国〈あるいは軍〉が自分の夢をかなえてくれるだろう〉

という依頼心ばかりが強い若者だったのだ。

中学三年も三学期のころ、母の心配もよそに私は予科練を志願した。しかし合格通知も何もなく、勇んで志願しただけに日本男児の面目なしの思いだった。後で聞いた話だが、母たちは、

「受からなくて良かった」

と言っていたそうだ。

私は中学四年甲組に進級した。そして新学期が始まってまもなく、まだ落ち着いていない時期に予科練の採用通知書が届いた。

「昭和一九年六月一日、土浦海軍航空隊へ出頭せよ」

という文面だった。私は晴れて飛行予科練習生（甲種）となった。そして私は、喜び勇んで入隊した。

自ら進んで軍に行くなど、今の人には考えられないことだろう。予科練への志願は無知な

茨城県立土浦中学校滑空部の部員たち。前列左から６人目が戸張礼記氏

るがゆえの愚行だったのだろうか。そう今も自問する。そして、「それはちがう」と私は私に答える。

当時、軍国少年だった私たちの心の根底には国を想う心が脈々と流れていた。我々の愛国心は純粋でゆるぎないものだった。それが無知から生まれたものであっても、盲信を礎として構築されたものであっても、自国を愛し、それを護ろうとする心に偽りはなかった。

私の同期（彼は六三分隊、私は六五分隊）の氏家昇君が著書『蒼の記憶』の巻頭詩で私たちの真情を書いてくれている。（本書三二一ページに掲載）

私の心に最も迫る一編である。

予科練の日々

土浦中学四年（一六歳）、一学期の半ばに私は土浦航空隊（現、陸上自衛隊武器学校）に入隊した。海軍甲種飛行予科練習生第一四期（二次）生であった。

入隊後の練習生の厳しさは軟弱な坊ちゃん育ちの私にとって地獄そのものであった。歯を食いしばって耐えた。罰直という制裁もひどかった。通称「バッター」という。野球のバット状のもので力一杯、臀部を叩きのめされるのである。その棍棒は「海軍精神注入棒」と称され、「憎しとて叩くにあらず竹の雪」

と書き込んであった。

バッターとは恐ろしい制度で、一人がミスしても、班対抗の競争に負けても、なにかにつけて連帯責任として全員が殴られた。口惜しさで泣こうとしても、あまりの痛さに涙もでなかった。

しごきと制裁の一日が終わり、夜、ぶっ倒れるようにして釣り床（ハンモック）に這い上がる。毛布をひっかぶって丸くなると、しみじみと家が恋しくなる。そして猛訓練で綿のように疲れ切った体はいつの間にか眠りこけてしまう。一日は長く、眠りは早く、朝はすぐに来る。そしてまた苛酷な一日が始まる。

朝六時、総員起こしのラッパとともに跳ね起き、釣り床を一分で片付ける。一分以内にできなければバッターだった。まだ暗い第一練兵場の朝礼台前に総員集合する。

軍艦旗掲揚、宮城遥拝、号令演習、海軍体操、当直将校訓示などがあって、信号受信訓練（無線・発光・手旗・旗旒信号など）もある。

朝食後、課業整列、駆け足で（移動は全て階段も駆け足）訓練開始だ。訓練は心身ともに強靭な海軍飛行兵を養成することを目的として超強制的に実行された。主なものをあげると、器械体操、相撲、水泳、短艇、無線通信、発光、手旗信号、航空力学、航法、精神講話、一

土浦空甲飛14期（二次）の第65分隊第3班37名。後列左から4人目が戸張氏

般教養など多岐にわたるものであった。全てにわたって敢闘、忍耐、機敏さが要求され、強靭な体力が必要であった。グライダーを使った滑空訓練もあった。これは中学校の滑空部で慣れていた私には楽しい訓練だった。

当初は無我夢中で耐えるだけだった予科練生活も、慣れるにしたがい心身ともにたくましく成長し、徐々にではあるが生活に余裕がでてきた。

昭和二〇年二月一六日、当時、予科練生であった私は、土浦航空隊で訓練中、初めて頭上で空中戦を見た。朝食の準備中、「第一警戒配備」の放送があり、続いて「退避」の放送があった。急いで第一練兵場の防空壕に駆け込んだとき、私は気になって防空壕の前で空を見上げた。

上空では、どん、どん、どん、と黒煙がいくつも炸裂している。我が陣地から打ち上げられている高射砲の砲弾だ。突然、黒煙の合間から黒っぽい機体が一機、グオーッという凄まじい音を引いて湖の方へ落ちて行った。

「やったー」

私は膝を叩いて喜んだ。敵機がやられたと思ったのである。続いてまた一機、航海学校（現、曙町）の方向に落ちて行き、パッと落下傘が開くのが見えた。良く見ると黒い人影が首を垂れて吊り下がっていた。後で二機とも友軍機（日本軍の飛行機）であることを知った。湖水に降りた落下傘のパイロットもすでに遺体となっていたことも聞いた。この日、空の戦いの非情さを初めて知った。

土浦空での甲飛14期の訓練。操転器を使った空中姿勢訓練

今、我々（予科練平和記念館歴史調査委員）は関東空域の防衛戦闘で無念にも撃墜され、あるいは自爆して戦死したパイロットたちの調査を進めている。我々の先輩たちが亡くなった場所を特定して供養するためである。

しかし記録が満足に残っていないため場所の特定が難しい。あらかじめ地元の人が石碑等を建ててくれた所は分かりやすいのだが、目撃者がいない戦死者を地図上に落とすことは不可能に近い。

幸運にも特定できた地点には、花や線香を供えて順拝している。今の私たちにできる精一杯の慰霊である。

ところで、いったい何人くらい、関東空域戦没者がいるのだろうか。『海軍戦闘機隊史』(零戦搭乗員会編)から抜粋してみた。

関東上空における空戦による戦死者は、合計一七八人である。

下の表を見ると二月一六日の戦没者が圧倒的に多い。この日、空ではどんな戦闘があったのだろうか。

その概要を資料によりみてみよう。

硫黄島の上陸作戦を前にして、ウルシー環礁の泊地を抜錨したアメリカ第五八機動部隊が、昭和二〇年二月一六日の早朝、東京の南東わずか二〇〇キロの洋上に現われた。硫黄島への日本航空戦力の増援を阻止するため関東地区の航空施設を制圧するのが目的だった。

まだ夜が明けきらぬうちに艦載機の発進が開始され、F6F、F4U戦闘機、TBM雷撃機(爆弾装備)、SB2C急降下爆撃機がぞくぞくと発艦していった。海軍機による日本内地への初空襲である。

関東空域戦没者

1	海兵出身者	41名
2	予備学生出身戦没者	36名
3	甲飛予科練出身者戦没者	41名
4	乙飛予科練出身者戦没者	18名
5	丙飛予科練出身者戦没者	22名
6	乙特予科練出身者戦没者	20名
	計	178名

戦没者数(同日に複数の戦死がでた日)

昭和20年2月16日	23名
昭和20年2月17日	4名
昭和20年6月20日	2名
昭和20年6月23日	11名
計	40名

米艦載機は高度を四〇〇メートルと低くとって侵入してきたため、沿岸のレーダーはこれを補足できなかった。そして午前七時五分、千葉県白浜の陸軍監視哨が、

「敵小型機編隊、北上中」

と第一報を伝えた。

陸軍第一〇飛行師団は、戦闘機隊の即時発進を下令し、海軍三〇二航空隊も夜間戦闘機を空中避退させ、邀撃のために雷電と零戦が出撃した。

敵機は、まず太平洋沿岸に近い千葉、茨城県の館山、茂原、鹿島、神ノ池、木更津などの海軍基地や水戸陸軍飛行場などを襲った。午後からは更に深く侵入し、厚木基地、印旛、成増、調布飛行場を攻撃、続いて群馬県の中島飛行機太田工場を爆撃し、日本軍基地にかなりの損害を与えた。アメリカ艦載機の侵入は、午後三時四〇分までに計七波、一四〇機（日本側の認定数）におよび、一部の敵機は夕刻まで攻撃を続行した。

三〇二航空隊は午前七時一五分から出撃を開始した。相手が戦闘機を含む艦載機であるため、空中戦の性能が劣る雷電（一八機）には熟練パイロットが乗った。主戦力は計三〇機（零戦と雷電）となった。

零戦隊を率いた分隊長・荒木俊士大尉は一回目の出撃から戻り、再度、発進しようとしたがエンジンの筒温が上がって離陸が困難になった。しかし大尉は筒温を下げるためにカウリングを外して発進し、藤沢北の丹沢上空でＦ６Ｆと空戦に入り、一機を撃墜、二機目を補足するところで被弾した。荒木機は藤沢基地までたどり着いたが、姿勢を崩して格納

庫に接触し、墜落して戦死した。荒木大尉の頭部には一二・七ミリ弾が貫通していた。

「よくぞ藤沢基地まで機を運んだものだ」

と基地隊員が驚嘆したと言われる。荒木大尉は、整備員の夜食まで気を配る人望のある隊長だった。

森本宗明少尉は荒木大尉の列機としてF6Fと戦闘し、大尉の一機撃墜を見届けている。その後、森本機も被弾して火災が生じたが、風防を開け、機体を横滑りさせて消火し、難を避けた。

昭和二〇年二月一六日午前七時過ぎ、基地にいた吉田上飛曹（甲六期）は、西方から侵入したF4U二機を発見した。敵の襲撃には慣れているので防空壕に入って敵機の機銃掃射をやり過ごし、手近の機に乗って離陸し、他の機と五〜六機で邀撃にむかった。

吉田機は、はるか房総半島の東方に東京方面に向かう敵大編隊を発見し、それを追って船橋上空を飛んだ。その途中、同期の泉茂美上飛曹（甲六期）が低く垂れこめた雲を抜けようとして上昇し、間もなく火を噴きながら墜落していった。雲上にいた敵機に食われたのである。

吉田機は南条正上飛曹（甲七期、一七日戦死）を列機にしてさらに飛び、途中で陸軍の四式戦二機と編隊を組んで敵の艦載機を追った。しかし補足できないまま燃料が少なくなり霞ヶ浦基地に着陸した。警報解除の後、吉田、南条両上飛曹は館山への帰途についた。その途中、残っていたF6F（一六機）に攻撃されて被弾したが。辛くも館山に滑り込んだ。

二月一六日の戦果については前表のとおりである。ただし被害も大きかった。

戦死者（二月一六日）

小林幸三　大尉
山下格　中尉
池田秀親　中尉
秋山武男　中尉
福島俊一　中尉
岸雪雄　中尉
米山六弥　上飛曹
上田重二　上飛

昭和20年2月16日の空戦

時刻	搭乗員	戦果
8：30	山下格（中尉）	水戸北方上空においてＦ６Ｆと交戦。１機を撃墜
9：15	仲山孝二（二飛曹）	鉾田上空でＦ６Ｆ８機と交戦。１機を撃破
9：20	上田孝次（上飛曹）	涸沼上空でＦ６Ｆ、１機を撃破
9：50	登内剛三（一飛曹）	銚子上空においてＦ６Ｆ、１機を撃破
10：00	広留四郎（上飛曹）	水戸陸軍通信学校上空においてＦ６Ｆ、３機と交戦。１機を撃破。
10：15	伊藤叡（中尉）	大洗沖を西進中のＦ６Ｆ、６機と交戦。１機を撃破。
10：25	高橋正夫（大尉）	大洗沖を西進中のＦ６Ｆ、６機と交戦。１機を撃破。
10：30	吉田克平（中尉）	涸沼上空においてＦ６Ｆ、７機と交戦。１機を撃破。
13：10	福島俊一（中尉）	水戸北方上空においてＦ６Ｆ、４機と交戦。１機を撃墜。
13：20	小畑高信（飛曹長）	大洗沖においてＦ６Ｆ、30機と交戦。３機撃墜。

（友部町教育委員会発行の『筑波海軍航空隊―青春の証―』より）

曹
結城七郎　一飛曹
中山秀二　二飛曹
斎藤敏郎　中尉

以上の一一名は自爆である。他に被弾した機は六機（うち一機は大破）であった。

昭和二〇年といえば硫黄島の争奪戦が始まる次期である。この頃になると日本の航空機はわずかしかない。空を蔽うような数の敵機に対し、圧倒的に少ない数の日本機で邀撃するという状況であった。勝敗は見えており、勝てる見込みはなく、飛べば撃墜されることがわかっていた。そういう状況において彼らは空にあがり、敵と戦ったのである。

連合軍による空襲被害は地上において発生し、その惨憺たる被害状況は今も語られることが多いが、敵の空襲を阻止しようとして戦った空の日本兵たちが居たことも忘れないでいただきたい。

予科練教育中止

昭和二〇年三月、予科練教育は中止となった。敵艦載機が日本の上空に侵入し、土浦航空隊でも邀撃戦が展開されるようになったため訓練ができなくなったのである。

硫黄島戦は、昭和二〇年二月一九日に連合軍が上陸を開始し、三月には硫黄島の滑走路を連合軍が使用を開始した。硫黄島は日本から約一〇〇〇キロの距離にある平坦な島である。

片道一〇〇〇キロであれば、往復二〇〇〇キロを航続できる小型戦闘機も日本の空襲に参加ができる。B29に戦闘機が随伴して来襲し、しかも空襲に来る敵機の数が飛躍的に増えたのは硫黄島戦の後である。

予科練が中止になったのは私が入隊してから一〇ヵ月目のことであった。

昭和二〇年三月一五日、我々はこの日をもって土浦海軍航空隊を離れ、三沢航空隊（青森県）に転隊した。

当時の様子を、同期の氏家昇君の日記（「さらば土浦海軍航空隊の項」）によって思い出してみたい。

三月十五日（木曜日）晴れ

午前三時、土空出発。

隊伍を組んで土空を出る。早朝のためか見送りの帽振れがない。いささか淋しい門出である。衛兵だけが挙手の礼の後でさかんに手を振ってくれる。

春とはいえ、未明の風の寒さが身に染みた。通い慣れた海軍道路をただ黙々と歩いた。闇の中を千余の隊列が影をつくり、靴音だけが潮騒のように鳴っていた。後にした兵舎はまだ暗闇に眠っている。霞ヶ浦の岸辺から微かに波の音が聞こえたが、湖水面は見えなかった。

午前五時十分、土浦駅出発。常磐線土浦駅発の臨時列車に乗る。土浦もまだ人影はなかった。
三月十六日（金曜日）大雪
午前九時三十分、青森、古間木駅着。雪の中、三沢基地へ。一泊。
三月十七日（土曜日）雪後晴れ
午前八時三十分、基地出発。三沢空入隊。
六十三分隊は二十一分隊、六十五分隊は二十二分隊、六十八分隊は二十三分隊にそれぞれ編成替え。
三月二十日（水曜日）晴れ
硫黄島玉砕の発表を聞く。無念なり。南の空に向かって黙禱を捧ぐ。この仇は必ずとってやる。九州地区に敵機千五百機来襲する。
司令の訓示によると、戦況はいよいよ本土決戦の様相である。我々もついに陸戦隊か。夢だった飛行機乗りの夢は儚く消えた。もうどこでもいい。戦えるなら、地の果てでも海の底でもいいと思った。

懐かしい記録である。私も氏家君と同じ列車に乗っていた。

列車が動きだしたとき、母が届けてくれた日本刀の袋を握りしめた。そして、窓から夜明け前の土浦の町を眺めながら、

「俺はもうこれで帰れないかもしれない。母よ、姉よ、弟よ、さらばだ」

と思った。
母は日本刀だけでなく、父の形見のらくだのシャツを隊門まで届けてくれた。母はどうやって我々が北に行くことを知ったのだろうか。そのとき私は母と面会できなかった。いまごろ母は何をしているだろうか。どこにいても、何をしていても、私の身を案じていることだろう。

列車は走る。空襲を避けながら進むノロノロの臨時列車である。やがて朝靄のなかに町も消え、最後まで見送ってくれた筑波の峰も見えなくなった。岩沼で東北線に乗りかえた。盛岡を過ぎた頃だろうか。気が付くと窓外はすべて雪に閉ざされていた。

三月一六日、午前九時三〇分、青森県の古間木駅に着いた。土浦を出てざっと二九時間である。機関手もさぞかし大変であったろう。みちのくの三沢はとにかく遠い。基地は皚々（がいがい）たる雪の底にあった。駅に降り立ったとき雪はまだ降りしきり行く先さえ見えない。除雪したかぼそい一本道が真っ直ぐ続いている。除雪した雪が左右に盛り上がり、道の両側の家屋の軒先まで埋もれていた。こんな大雪は見たことがない。

「こりゃあ、とんでもない所へ来たもんだ」

と心中思った。

兵舎は木端葺きの平屋で寝床は木製のベッド。風呂は木の浴槽でお湯はドラム缶で沸かした。寒風が強く、風呂帰りの手ぬぐいがすぐに棒のように凍った。

風雲急

三月二一日の夜、我々はラジオで硫黄島玉砕の報を聞いた。皆で東南に向かって黙禱を捧げる。

敵が日本に迫っている。いよいよ本土決戦が近い。それなのに我々は北のはずれの基地にいる。こんなところにいて本当にいいのだろうか。ヒリヒリするような危機感が日本を覆うなか、我々がいるここは静かだった。

四月、五月は特筆すべきことは何もなかった。もちろん、通常の日課や基地での作業、グライダーや陸戦の訓練はあったが、上空での訓練にくらべれば遊びのようなものだった。ただ変わったことがあったといえば、作業服の縫目にシラミの行列が発生し、大鍋で服を煮たことくらいだろうか。他の分隊では隊外の原野でウサギ狩りをやったり、海岸で地引網を曳いたりしたようだ。

模型飛行機作りが流行ったのもこのころであった。誰が始めたか定かでないが、競争のように一斉に作り出した。材料の木は基地のどこにでも転がっていたし、題材の飛行機は目の前にあった。

皆、温習の時間を利用して夢中で木を削りだした。各自がつくる模型飛行機は実に様々で、零戦、銀河、一式陸攻、なかには霞ヶ浦で見た二式大艇まであった。

昭和二〇年六月六日、夜、突然、滑降特攻隊員の募集が発表された。

「作戦の詳細は言えないが、戦局重大の折、滑空機による特別攻撃隊を募る。希望する者は用紙にその旨を書いて届け出ること。詳細と決定者はおって個別に通知する。熟慮の上、応募すること。以上」

分隊長はこれまで見せたことがない厳しい表情で告げた後、皆を見渡して、なお……、と次のことを言った。

「沖縄戦は誠に重大な段階に入った。今後は本土決戦あるのみである。土空で鍛えた予科練魂を発揮する時が来た」

皆、顔が上気している。発表後、食卓を囲んで集まった。誰もが興奮していた。なかにはテーブルの上であぐらをかいている者もいる。

「滑降特攻隊って何だ？　燃料も飛行機もねえからグライダーで突っ込むというわけか」

「まあ、そういうことだ。沖縄戦で義烈空挺隊が空から敵陣に切り込んだろう。もしかするとあれかもしれんな」

田崎が興奮して声をあげた。

「俺は『桜花』の搭乗員だと思う」

他の誰かが言った。

この時、みんな「熱望」と書いたらしい。私もそう書いた。

その後、滑空特攻隊員の指名がないまま、八日、先に十浦から三沢に転隊してきていた甲種一四期の前期生（一次）が特攻隊員となった。私たちは特攻隊員となった甲種一四期生を帽を振って見送った。我々の期が甲種一四期の後期（二次）であるから、一つ間違えば我々の期が滑降特攻隊員に選ばれた可能性もあった。

〈三沢基地の特殊部隊〉

その部隊は天雷部隊と名乗った。任務は全国の砲術学校の精鋭から選抜された陸戦隊員（山岡部隊）と共に一式陸攻に分乗し、Ｂ29の根拠地である、サイパン、グアム、テニアンなどに強行着陸し、Ｂ29はもちろん、飛行場施設を撃破するとともに、その地でなお抵抗を続けている味方守備隊と合流、敵を急襲したあと潜水艦で密かに脱出する。さらにあわよくばＢ29を奪って帰還するという奇想天外な大作戦、名付けて「剣作戦」である。

最初は一式陸攻が六十機、銀河七十機を予定したが、計画どおり飛行機が集まらず、とりあえず一式陸攻六機ずつの二隊が編成された。

一式陸攻には機体番号の代りに、それぞれ「聖」「剣」「破」「邪」「必」「滅」の文字が垂直尾翼に書き込まれていた。剣作戦の要員は海軍選り抜きの精鋭のほかに、三沢基地で編成されていた甲十四期の第一〇一特別陸戦隊（一部は次期回しの十三期も含む）に特殊訓練を施して要員に仕立てる計画であった。

部隊員の服装は緑色で、第三種軍装に似ていたが、形は全く異なり、どう見ても米軍の整備兵そのものの服装だった。髪は全員長髪だったし、緑の服には幾つものポケットが付き、手榴弾や拳銃を装着していた。作戦の実施は七月中旬の月明時を選んで行われる予定であった。

（高塚篤著『予科練 甲十三期生』天雷部隊の項より抜粋）

土空、壊滅

昭和二〇年六月一三日、夜戦訓練から戻ると、いきなり、

「一〇日早朝、数波にわたるB29の空襲により、土浦航空隊及び霞ヶ浦航空隊は甚大なる損害を受く」

という情報を聞いた。

「あの土空が、壊滅！」

一瞬、信じられなかった。突然、頭を殴られたような衝撃を感じた。しばらくは誰も声が出ない。

私はすぐに故郷の家を思った。母、姉、弟たちは大丈夫だったろうか。

（近くだから危ないかも）

と心配だった。

土空には同期生や各地から集結した特攻要員の甲種一三、一四期生が残っていたし、入隊して間もない甲種一五期生もいたはずだ。その中からも戦死者が出たのだろうか。もし我々が残っていたらどうなっていただろうか。居たたまれない気持になった。

このあと「敵機の爆撃を受け何百人もの予科練習生が爆死した」という情報を聞いた。

（戦いとはこういうものだ。戦争とはこういうものなのだ）

と割り切ろうとしながらも心が痛む。軍隊は運隊と言われる。紙一重で分かれる生死の運不運を思わずにはいられなかった。

昭和二〇年七月に入った。毎日、掩体壕への誘導路の整備が続いてうんざりしていたが、やっと作業が終了した。作業は滑走路から掩体壕までの誘導路の地固めである。重いコンクリ製のローラーを皆で引っ張るのだ。慣れない作業である。他の分隊で足を轢かれた者がいたそうだ。

ローラーの数が足りないため、トラックの荷台に石を積み、ロープで引っ張ったり後ろから押したりしてローラーの代わりにした。トラックはあっても燃料がないので人力に頼るしかない。

近日、一式陸攻などの大型機が多数、飛来する予定だという。いよいよあの滑空特攻隊の出撃かもしれないなと思った。そのためか、このところ基地の動きがにわかに激しくなっている。

重爆撃機の「連山」はこれまでどおり一日一回、悠然と離着陸を繰り返している。彗星、流星、銀河などの新鋭機もめまぐるしく飛び交いはじめた。ときにはどこから飛来するのか迷彩色を施した局地戦闘機「雷電」がキイーンという独特の轟音を響かせて着陸し、数分後にはまた凄い急角度で上昇していった。

戸張氏が三沢基地で目撃した新鋭大型陸上攻撃機「連山」

作業の合間に草いきれの上に寝ころぶ。海軍が誇る新鋭機が見られるのが何よりも楽しかった。すぐ目の前で風を切って轟音を響かせて離着陸する新鋭機は、土空に入隊して以来、未だ叶わぬ飛行機搭乗の夢を見させてくれた。まさに垂涎の見物であった。

しかし気になることが一つあった。真っ青な空に長い飛行機雲を曳きながら高高度を飛ぶB29の機影である。B29は毎日、定期便のように飛来して津軽海峡に離脱してゆく。三沢空を偵察しているのだろうか。不気味な敵の使者に見えた。これに対する友軍機の迎撃はいつもなかった。

誘導路の作業が終了した七月一〇日、どこからともなく数機の一式陸攻が飛来した。それを掩体壕に入れるために曳いたり押したりしてくたびれ果てた。作業は夜中までかかった。

そんな日が続いた七月一四日の早朝、午前五時前だったろうか。空はまだ明けきっていなかった。

突如、ズッシーン、ズッシーンとはらわたが抉られるような連射音が東の方で響いた。

落雷か？　しかし雷がこんなに続けて落ちるわけがな

い。いままで聞いたことがない重い爆発音だ。

「空襲だ」

あわてて飛び起きた。同時に「総員起こし」「空襲」「退避」と連続した号令が耳をつんざいた。続けて「八戸、艦・砲・射・撃！」との号令がかかった。空襲ではなく、艦砲射撃であった。沖合いに敵の軍艦が来て砲撃をしているのである。服を着るのももどかしく兵舎の外に駈け出した。とたんに基地の上空から凄まじい機銃音が響き、大鷲のような機影が頭上をかすめた。敵の戦闘機である。敵の空母も来襲しているのだ。

「伏せろ。固まるな」

遠くから聞こえるのは班長の声だろう。また一機、飛行場を這うように舞い降り、機銃掃射しながら迫ってくる。壕に飛び込む余裕はない。とっさに私は目の前の茂みにうずくまった。

火のような連射が来た。オレンジ色の曳光弾がすべて私にむかって飛んでくるように見えた。死の恐怖が襲った。夢中で木の根元に頭をおしつけてうずくまった。

やがて静まった。あっという間の出来事だったのであろうが、長い時間が経ったように感じた。

そのとき、私は伝令当直だったことを思いだした。私は本部の方に向かって駆け出した。本部に行くためには草原を横切らなければならない。一目散に草原を走った。そのとき背後に轟音が響いた。頭上に敵機が迫っている。私は思わず走りながら後方を見上げた。敵機がパッと二条の火煙を吐いた。

「やった！」

と喜んだ。敵機に味方の砲弾が当たったと思ったのである。しかし違った。それは敵機がロケット弾を発射した火炎だった。掩体壕の一式陸攻が轟然と爆発炎上した。私は土手の陰に腹這いになって顔を伏せた。敵機が去った。うつ伏せのまま顔を上げた。一式陸攻が火柱を吹き上げている。見るも無残な姿だった。無念である。敵機の狙いは昨夜、苦労の末に夜中までかかって掩体壕に押し込んだ一式陸攻だったのである。

ふたたび敵機が轟然と舞い降りてきた。機影が頭上を掠める。見上げると、鼻が天狗のように高く真っ赤な顔をしたパイロットがはっきりと見えた。その眼は獲物を狙って光っていた。

翼の下からパッと二条の白煙を吐いた。と同時に鋭い矢がほとばしった。またロケット弾だ。白い矢は掩体壕の内部に突き刺さった。轟音とともに火柱が天に吹き上がった。もくもくと湧き上がる黒煙のなかで一式陸攻のエンジンが音を立てて地面に落ちた。もがき苦しみながら頭がもげ落ちた巨人のように見えた。空の勇者の無残な最期である。この日は終日、防空壕で暮した。暗い壕内でひざを抱えたまま長い時間を過ごした。破壊された一式陸攻が目に焼き付いていつまでも離れなかった。

翌日、基地の整備作業に行った。掩体壕の中の一式陸攻は全機エンジンが焼け落ち、翼は落ち、風防が飛び散っていた。前日、掩体壕に入らなかったためやむなく外に置き、ネットをかぶせて草木で偽装しておいた機は無傷だった。苦労して壕に押し込んだのは何のためだったのかとがっくりした。

そこへ、これまで必死の訓練に明け暮れていた先輩搭乗員の一団が、飛行服のまま目の前を無言で通り過ぎた。空襲により愛機を失った先輩たちである。

皆、ふてくされて憤懣（ふんまん）やるかたなしの様子だ。一升瓶を片手に酒をガブ飲みし、よろめいて仲間に支えられながら歩いている者もいた。異様な光景であった。我々は敬礼をすることも忘れて呆然として見送った。栄光ある日本海軍航空隊の終焉を見たような気がした。

タコ壺

昭和二〇年七月二五日、司令の最期の訓示を受けて航空隊を出る。

吹雪舞う三月にここ三沢空に来て、野草咲き乱れる五月を過ぎ、今は夏草茂る七月である。この月日を思いやった。陸戦、夜戦、特殊部隊、土方作業、そして空襲、陸攻部隊の壊滅等々。私は一度も戦わず、なにごとも成し得ず、今また追われるように北へ向かう。土浦空から上北の三沢空へ、そしてまた下北の大湊海兵団へ。大湊海兵団で我々は特別陸戦隊に編入されるのだ。

北へ、北へ。まるで頼朝に追われる義経主従のようではないか。真っ青な上空はるか遠くに、モクモクとそそり立つ山並みのような入道雲が見える。三沢空よ、さよならだ。

野辺地から大湊線で下北へ向かう。走る列車の左の窓外には蒼くうねる陸奥湾が広がり、右手は下北の原野が緑の中で眠っている。平和な海浜を列車は追われるように北へと走り続けた。

七月二八日、大湊海兵団に到着した。下北も夏はやはり暑かった。じりじりと照りつける太陽の陽が強い。汗が流れる。体中から塩を吹きながら、重いテントをかついで幕舎の設営に励んだ。ここは下北半島の石持である。集落のはずれの林間に幕舎を設営した。何もない駐屯地である。寝起きする場所から造らねばならなかった。ただし、ここの生活は規律に縛られた厳しい兵舎生活と違い、キャンプ生活のようでなんだか楽しかった。

しかし、楽しいと思ったのも始めだけで、生活の不便さはどうにもならない。厠（トイレ）は林の奥の方に穴を掘っただけ。洗面、入浴、洗濯はすべて小川のほとり。急揃えの流し台がいくつか並んでいたが、飯盒炊飯もままならなかった。

八月に入ると陸戦訓練が始まった。我が中隊の目的は石持納屋の海浜に上陸してくる敵戦車を迎撃爆破することである。そのために対戦車攻撃の訓練を行なった。

迎撃といってもロクな武器はない。砲などの重火器はもちろんない。小銃もない。頼りは手榴弾、対戦車用の棒地雷、ふとん爆弾などいずれも肉弾攻撃用のものばかり。

棒地雷というのは、棒状の六角柱のような形の地雷で、戦車のキャタピラの下に突き入れて爆破するものである。ふとん爆弾の正式名は忘れたが、平べったい異様な形の爆弾である。磁石で戦車に吸い付かせて爆破するのだという。いずれにしても向かってくる戦車に壕（タコ壺）から飛び出して身体ごとぶつかる肉弾攻撃である。

訓練のときは木製の六角柱を使った。こんな訓練で実戦に通用するのか不安だった。

(要は身体ごとぶつかって死ねばいいんだろう)

と自分に言い聞かせるしかなかった。

某日、午前中、対戦車攻撃訓練を行なった。早朝の下北の濃いガスが幕を引くように晴れあがると、暑い日差しが照りつけて五体を焼いた。この夏は特に暑かった。

むせるような草いきれの地面を這いながら前進し、息を切らしてタコ壺に転がりこむ。身を隠すだけの小さな穴に潜んで棒地雷を抱え込む。やがてキャタピラの重い地響きが腹の底を揺るがせて聞こえてくるはずだ。目の前に悪魔のような黒い車体の戦車が何台も迫る。そして鉄の塊が通り過ぎる瞬間、地雷を抱えてとびだすのだ。

いずれくる実戦のときを考えながら、穴から頭をそっと出してあたりを見回す。浜辺には津軽海峡の白波が滔々と打ち寄せている。ギラギラと輝く太陽の熱を跳ね返して砂浜が輝く。どこまでも続く白砂。その彼方には断崖がある。崖の上の青草には放牧された馬が五～六頭戯れていた。真っ青な空を背景にして絵のように平和な風景であった。

(こんな景色の中で俺は戦車に踏み砕かれて死ぬのか)

ふと思った。空を見る。一筋の飛行機雲が尾を引いている。B29の偵察機であろう。尻屋崎の方へ離脱していく。

小さな穴にうずくまっていると、すぐ目の前の津軽海峡に真っ黒な敵機動部隊が押し寄せて来るような恐怖に襲われる。

（間もなく死ぬんだな）

現在の最大の関心事は自分の死であった。死ぬときって痛いんだろうな、苦しいんだろうな、

（飛行機なら一瞬なのに……）

死への逡巡や怖れが言葉となって頭を駆け巡る。

また空を見上げる。穴の広さだけ開いた青の空間をB29が悠々と飛翔していた。時折きらりときらめく機体がナイフのように見えた。高高度の偵察飛行に違いない。三沢基地も千歳基地も直ぐそこなのに迎撃する味方機はついに見ることはなかった。


昭和二〇年八月九日、早朝、空襲警報の発令があった。間もなく多数の敵艦載機が上空を過ぎる。

錫片が大量に撒かれた。電波妨害のために撒かれたものだという。大湊軍港か、恐山麓の本部付近か、樺山飛行場か、どこかわからないが盛んに高射砲を打ちあげている。猛烈な射撃音が聞こえ、中空で砲弾が爆発すると黒煙と炎で空が暗くなった。

艦載機なら敵機動部隊（空母を主力とした艦隊部隊）も近くにきているはずだ。安穏だった下北にもついに敵が襲来した。北の果ての静けさが一朝にして破られた。いよいよ敵上陸か。ついに死が迫って来たのだ。私は空を見上げて呆然と立ち尽くした。

翌日の一〇日も敵艦載機が大編隊で来襲した。幸いに石持地区に空襲はなかった。大湊軍

港の上空を敵機が乱舞する姿が遠望された。日本軍が地上から砲弾を打ち上げる。砲煙が空を覆う。その中をすり抜ける敵機の小さな姿が見える。味方機の姿はこの日も一切なかった。

一一日から対戦車攻撃訓練が開始された。二日にわたった敵の空襲も止み、下北は静けさを取り戻していたが、隊内は殺気だっていた。敵の上陸が近いと予測しての騒然であった。訓練も前にも増して激しくなった。私たちに戦況は何も伝わってこない。本土決戦が間近いのだろうか。敵上陸はいつなのか。

一二日朝、陸戦の訓練に入る直前のこと、

「八月八日、ソ連が日本に宣戦布告し、満州に侵入した」

との情報を聞く。卑怯な奴らだ。日本軍が弱るのを待って戦争をふっかけてきたのだ。ソ連の汚いやり方に無性に腹が立った。関東軍が応戦中だというが大丈夫だろうか。ソ連は近い。もしかするとここに奴らが上陸してくるかも知れない。来るなら来い。戦うだけだ。隊内に緊張がみなぎる。対戦車攻撃訓練も一層激しさを増した。

終戦の日

昭和二〇年八月一五日、この日はとてつもなく暑い日だった。朝から汗みどろの対戦車訓練中、緊急の総員集合の命令が出た。時間は正午少し前だった。場所は幕舎前広場である。

(何事だろうか)

(ついに出撃か)

（いよいよ死ぬときがきたか）

急いで駆け付ける。広場に整列した。前方の台に中隊長が上がった。中隊長は軍刀を下げ、正装をしている。

「間もなく天皇陛下の玉音放送がある。心身を正しくしてよく聴け」

小型のラジオが真ん中の机の上に置いてあった。

陛下の声を聴くのは誰もが初めてである。我々は直立したまま身じろぎもしなかった。

（総員玉砕命令が下るのか）

緊張と不安が入り混じった空気が我々を包んだ。

放送が始まった。聞き慣れない抑揚の強い声が流れて来た。

（これが陛下のお声か）

雑音がひどい。言葉の意味がよくわからない。それにしても暑い。汗が顔中からしたたり落ちる。

頭を下げて身をこわばらせる。眼をつむってただひたすら聴いた。さっきまで騒がしかったセミの声もとだえた。誠に不思議な、これまで体験したことのない深閑とした時空がそこにあった。

聞こえるのはラジオから流れる陛下の声だけである。陛下の声が、延々と、そしてきれぎれに聞こえてくる。すごく長く感じた。神経を研ぎ澄まして耳を傾ける。やはり声がよく聞き取れない。

ふいに、奇妙な抑揚の言葉のなかで、

「戦いを終わらせたい」

という言葉だけがわかった。

（どうやら戦争が終わったようだ）

（日本は負けたのか）

我々は終戦を迎えたことをやっと理解した。みんな泣き出した。しゃくりあげている者もいる。私も泣いた。これは何の涙なのか。それが自分でもわからないまま涙がこぼれる。涙が汗とともに顔からしたたり落ちた。

「闘いは終わりだ。負けたんだ」

誰かが声に出して言った。私は信じられなかった。

（終戦？　敗戦？　どういうことだ？）

まだ俺たちは生きているのに。まだ戦ってもいないのに。張りつめていた私のなかの何もかもが、ゆっくりと、ばらばらに四散していくような感覚に包まれた。喪失感というのか、脱力感とでもいうのか、とにもかくにも言葉もない。

そのくせ、心の奥底のどこかで、あっけらかんとした安堵感がじわじわと湧いていた。

自分でも気づかないうちに心が解き放たれてゆく。その解放感を舌の奥でじっくりと味わっているもう一人の自分がいた。

（これで家に帰れる。よかった）

私にとっての終戦は死からの解放であった。外面は悔し涙を流しながら、内面では戦争が終わったことを喜び、ほくそ笑んでいた。その喜びは卑怯でひそやかなものだった。

放送が終わった。そのとき中隊長が声を荒げて指示した。

「戦いが終わったわけではない。別命あるまで、徹底抗戦の態勢を堅持する」

その声で、はっと我に返った。陽が高い。蝉しぐれが急に大きく聞こえてきた。

翌一六日、中隊長が叫んだ「徹底抗戦」は消滅し、終戦が決定的になった。

日本に平和が訪れた。それは突然であり、唐突であり、いきなり大きな風呂敷包みを蔽いかぶされたような平和の到来であった。

これからどうなるのか皆目わからない。米軍から凄惨な支配を受けるのかもしれない。しかし、そのときの私に戦後の恐れはなかった。あるのはただ、特攻隊から解放されたという安堵感だけであった。

帰郷

次の日から武装解除作業が始まった。何の混乱もなかった。みな気が抜けたようになっていた。

別れるとき、お互いに復員後の交友を約束したり、別れの寄せ書きや名簿を作ったりした。

昭和二〇年八月二五日から復員準備に入り、二七日が樺太、北海道出身者の隊員たち、二九日に関東、関西出身者が退隊することになった。そして最後に東北出身者が退隊となった。

東北出身者の退隊は八月三〇日だった。みな粛々と退隊していった。

私は大湊から汽車に乗り、途中、仙台駅で一泊した。米も飯盒も持っていたが炊くことができず困っていたら、駅員さんが炭火を起こして炊いてくれた。涙が出るほどありがたかった。

昭和二〇年八月三〇日、常磐線の汽車に乗った。ゴトゴトとゆられる。筑波山が見え、霞ヶ浦が見えたとき、生きて帰ってきたという実感が初めて湧いた。目がうるんで風景がぼやけた。

(嗚呼! 国破れて山河あり)

「誰か故郷を想わざる」の歌が頭のなかをぐるぐると回った。

戦闘帽をかぶり、大きな衣嚢をかつぎ、片手に軍刀を下げて、懐かしの家路を辿った。昔とちっとも変わっていなかった。我が家の前に立った時、しばらく呆然とした。

玄関の戸を開けた。

「ただいま」

と声をかけた。母が奥からでてきた。じっと私を見ている。私であることを確かめるように母がゆっくりと近寄ってきた。数歩前で立ち止まった。床にしずかに両膝をついた。母が両手で顔を覆った。そして泣いた。

特攻隊員の真意

太平洋戦争の開戦当初は海軍も優勢だったが、ミッドウェー海戦以後、明らかな物量の差に苦戦を強いられた。そして私が予科練に入隊したころは敗色が濃い戦時体制の真っただなかであった。

戦局の悪化に歯止めは最後まで効かなかった。そして追い詰められた日本軍は、ついに若者に爆弾を抱えさせて体当たりをさせるという特別攻撃隊を出撃させた。

航空機による最初の特攻隊は遠く離れたフィリピンのマバラカットで編成された。大西瀧治郎中将が訓示を与えて「敷島隊」を送り出したのが最初の特攻隊だと言われている。「敷島隊」の五人のうち四人が予科練出身である。敷島隊の中野磐雄と谷暢夫は甲一〇期生である。土浦航空隊時代の友人である。

昭和一九年一〇月二五日、敷島隊はわずか五機の零戦で出撃して空母を撃破した。その戦果は日本軍を歓喜させ、米軍に衝撃を与えた。そしてこの特攻作戦は、追い詰められた日本陸海軍の唯一の攻撃法として定着し、絶望的な戦雲の中に先輩たちが次々と消えていったのである。その数は陸海軍合わせておよそ六〇〇〇人といわれている。

戦時中、勝利を信じ、「決戦の大空へ」の呼びかけに応じた少年たちは、人々から「若い血潮の予科練」ともてはやされた。しかし終戦後は、「特攻くずれ」「ヨタレン」などと蔑まれることが多かった。私も、

「お前らがしっかりしないから負けたんだ」

と言われたことがある。この言葉は胸に突き刺さり、今なお抜けていない。

戦後、幾多の予科練出身者が世間を騒がせる事件を起こしているが、「特攻くずれ」と言われて爆発するのは無理もない心情だった。国のために死を賭して頑張った末の罵倒である。誰もが荒れもするであろう。

戦後、私は少年のまま社会の荒波のなかに放り出された。そして敗戦の混乱のなかで大人社会の醜さを見せつけられた。戦後の社会は「真面目」だけでは生きられない世の中になっていた。何事にも表と裏があり建前と本音がある。要領のいい奴が得をし、正直者が損をする社会になっていた。国家のことよりも個人の利益が優先される世界になっていたのである。私はなにも信じられなくなった。少年ながらに「もう騙されないぞ」と誓った。心のなかは不信感でいっぱいだった。そしていつしか、私は自分が予科練出身であることを他人に話すことはなくなっていた。

年月が経った。時代が大きく変わった。元兵士だった方々の多くが物故された。予科練は今、全ての日本人から忘れ去られようとしている。

(このまま忘却されていいのだろうか)

あれほど忘れたいと願った予科練のことが、今、気になって仕方がない。

私は思う。予科練は昭和の白虎隊であったと。予科練生は、身を捨てて国を守った殉国の侍であったと。

戦争指導者たちは航空機だけでなく、人間魚雷「回天」、人間ロケット爆弾「桜花」、その他、たくさんの特攻機や特攻兵器に予科練出身者を当然のように搭乗させた。そして、前途有為な二〇歳前後の若者たちが特攻で散っていった。その悲壮さを考えるとき涙なしではいられない。

もし、あの若者たちが戦後も生きていれば、どれほど復興を目指す日本の力となっただろう。そう思うとあまりにも悔しい。

死地に赴く彼らは何を想ったのであろうか。

出撃の時、先輩たちは、例外なく、

「先に行くぞ。後を頼むぞ」

と言い残して出撃して行った。我々は、

「ご成功を」

と叫び、機影が消えるまで帽子を振り続けた。

先輩は何を頼むと言ったのか。私は、当初、

「これからの空の守りはお前たちに任せたぞ」

という意味だと思っていた。後に残った後輩たちが、先輩に続いて飛び、日本の空を護ってくれることを信じて死んでいったのだと、私はそう思っていた、

しかし後日、思いを新たにするようになった。本当の答えは残された遺書にあった。

出撃前の別杯を交わす神風特別攻撃隊・敷島隊の隊員

◇神風特別攻撃隊神雷部隊・第九建武隊
海軍二等飛行兵曹　高瀬丁　一九歳（北海道）
第一二期丙種飛行予科練習生

母上様
いよいよ出撃します。今さらなにも悔いはありませんが、暖かく愛しい母上様に、御恩を果たさずに征く事が残念であります。唯々、皇国に命を捧げる丁を誉めて下さい。
母上様、丁は、死すとも魂なお留めて皇国に尽くします。お嘆き下さるな。丁は、この壮挙に参加できて嬉しいです。武人の本懐です。
母上様、永く永くご幸福にお暮し下さい。丁は母上様のお写真を胸に抱いて、必ず必ず立派に死ぬ覚悟です。出撃の日

妹よ
この兄死すとも嘆くなかれ。五体は無くとも魂はいつもお前達のもと、悠久の大義に生きている。嘆かず頑張ってくれ。妹よ、お前達は、帝国海鷲の妹なるぞ。兄の死に方に恥じないよう。何事にも頑張ってくれ。父母上を頼んだぞ。兄が残す最後の言葉は父母に孝、君に忠を尽せのみだ。妹よたのむぞ。兄は勇んで死んでゆく。妹よ、体を大切に永く永く幸福に

暮してくれ。

お前達の面影を偲びつつ征く。出撃の日

昭和20年4月16日、出撃する回天特別攻撃隊・天武隊

◇回天特別攻撃隊・天武隊（回天で発進前後の手記）
海軍二等飛行兵曹　松田光雄　二〇歳（茨城県）
第一三期甲種飛行予科練習生

出撃前、ちょっとでも家で母に会えたならと、念じたるは我が真の心なりき。

しかれども我が子、祖国のために散りゆくを喜ぶ我が母あれば、子は安心してご奉仕できるなり。

母よ、ああお母ちゃん、光雄は護国の鬼となり、母さんに面会に家に帰りますと、特眼鏡（注、潜望鏡）に映じたる水平線に祈りたり。

身はたとえ　米鬼と共に沈むと
笑顔で帰らん　母の夢路に

母上様、永く永くご幸福にお暮し下さい。

妹よ、体を大切に、永く永く幸福に暮してくれ。

松田先輩の遺書は小さな手帳に書いてあった。小さな紙面にぎっしりと書かれていた。文字のインクは滲んでいて今にも消えそうだったが、母や妹に対する想いが行間から溢れ出ていた。涙なくしては読めなかった。

松田先輩はこの手帳を遺して人間魚雷「回天」に乗り込み、母艦の潜水艦を離れ、ひとり敵を求めて暗い海中に発進し、その後、消息を絶った。茨城県の人だった。

先輩たちの真意が切々と書かれている遺書が特攻隊員の真情なのである。

先輩たちは、ただひたすらに親兄弟や家族を思い、愛する人々と祖国を守るために一命を捧げた。

そして、我々にかけた、

「頼むぞ」

という言葉の真意は、俺は先に行って死ぬから、生きている貴様たちが俺の父母を、俺の兄弟たちを、残された俺の家族をどうか守ってやってくれ、という意味だったのである。これをつきつめて言えば、俺の家族が住む祖国を守ってくれということであり、先輩たちの究極の願いは戦争に勝って日本に平和をもたらしてくれという願いであったのである。私はそう考えるようになった。

伝えたいこと

戦時中、我々は敵に勝とうとして頑張った。敗ければ祖国は滅ぶと信じ、勝てば豊かで平和な日本になると信じていた。戦うことが「平和を護る」ことだったのである。これが七〇年前までの日本人が持っていた平和への理念であった。

現代における「平和を護る」とはどういうことだろうか。

平和という字は「和やかに」という意味である。平和を護るということは、戦争を止めて、皆で和やかに、お互いの生命を守りながら生きることを意味するのである。

平和を乱す災難には天災と人災がある。天災は地震、津波、台風、雷、火山噴火などで人間の力では止められない。しかし戦争は人が起こすものだから止められるものなのである。しかも人間は誰しも平和を願っているのだから、戦争は必ず止められるはずなのだ。平和とは、偶然によって得るものでも、天から与えられるものでもなく、みんなで守り育ててゆくものなのである。

戦争は最大の人災である。最悪の環境破壊でもある。戦争を止めなければ人類の未来はない。

だからこそ、今ある平和を大切に守り、より堅牢なものに育て、未来に引き継がなければならないのである。

戦死した予科練生の数は一万九〇〇〇人である。その数は予科練卒業生の八割にも達する。

ひとつの教育機関の卒業生の八〇パーセントが戦死したのである。こういった事実を知ること、そして語り継ぐことが大切なのである。

幾多もある戦争の悲劇のひとつして、予科練の真実を後世に伝えることにより、戦争の歯止めのひとつになるのではないかと信じるからこそ、私は今こうして語っているのである。

私は、

「人は何のために生きているのですか」

という問いに対しては、

「それは、生きるために生きるのだよ」

と答えている。

人生は生命のたすきを肩にかけて走る駅伝ランナーである。生きて子孫を残し、次の世代のランナーに生命のたすきを渡す。だからこそ、次の世代にたすきを渡すために生きなければならない。

特攻で亡くなった先輩たちは笑って出撃していった。しかし本音は生きたかった。生きて結婚し、子供をつくり、子供の成長を見守りながら生涯を終えたかった。生きたい、死にたくない、という気持を押し殺し、愛する人たちの平和を護るために先輩たちは散って逝った。

戦争によって多くの死者がでたことにより終戦となった。終戦によって空襲はなくなった。日本を事実上支配していた軍部が解体され、特攻の命令を出す機関も消滅した。生き残った者たちが生を繋ぎ、日本は復興の道を歩み、現在を迎えた。

こう考えれば、我々はおびただしい戦死者のうえに立って平和と繁栄を築いたといえる。今を生きる我々は無数の死によって生かされたといえるのである。

だからこそ、生かされている生命の尊さと平和の有難さに深く感謝の念を持って生きることが大切であろう。生かされている絆を大切にし、今ある自分の命を大切にし、夢をもって元気に生きよう。それこそが私たちに与えられた義務なのではないだろうか。

私が中学校の校長をしていたとき、郷土史クラブの生徒たちが予科練を研究テーマにとりあげ、私が生徒のインタビューを受けたことがあった。

私は、予科練習生の猛訓練の経験を語り、予科練出身者の多くが激戦に散り、特攻隊員となって祖国のために命を捧げたことを話した。さらに戦争の虚しさ、悲惨さを語り、平和がいかに尊いものであるかを諄々と説き聞かせた。私は、じっと聞き入る生徒たちの姿を見て、

「ああ、このくらいの年で予科練に行ったのだなあ」

と感慨深かった。そして、このような少年を戦場に送るようなことを絶対にしてはならないと改めて思った。

戦争ほど愚かな行為はない。互いに傷つけ殺しあうことの馬鹿馬鹿しさ、それがわかっていながらいざ戦争が始まると人間は狂気し、動物の群れと化してしまう。

人間には知恵がある。偉大なる科学や文学あるいは芸術を生み出す頭脳がある。この大文

明を造った賢い人間ならば、いかなる問題が生じても平和解決の道を見つけることができるはずだ。

しかし、現実は、戦禍のうずが今なお地球から消えていない。

一日も早く、戦争がない世界を実現すること願い、そして未来永劫、この国に戦争が起こらないことを願いつつ、ここで筆を置くこととする。

軍歴（第一九連合練習航空隊）

昭和一九年六月一日　海軍二等飛行兵を命ず

昭和一九年七月一日　海軍一等飛行兵を命ず

昭和一九年九月一日　海軍上等飛行兵を命ず（操偵別分隊編成）

昭和一九年九月二六日　七九分隊八〇分隊は六五分隊一群二群となる。（一群は操縦、二群は偵察）

昭和一九年一二月一日　海軍飛行兵長を命ず

昭和二〇年三月二日　教育中止

昭和二〇年三月一五日　三沢第二海軍航空隊に転隊、二二分隊

昭和二〇年七月二五日　三沢空より大湊海兵団に転隊

昭和二〇年七月二八日　大湊海兵団より一群（一班から四班まで）は下北半島石持集落に駐屯

大湊第二特別陸戦第五大隊第二中隊と第三中隊二群（五班より八班まで）は通信隊として大湊海兵団に勤務

昭和二〇年八月一五日　終戦

昭和二〇年八月二八日　大湊海兵団で復員

昭和二〇年九月一日　任海軍二等飛行兵曹、予備役編入

あとがき

生糸と富国強兵

〝あとがき〟として雑談を書きたい。本書を書く上で私が学んだこの時代のことについてである。

明治二〇年ころになると西南戦争もおわり国内の治安もようやく落ちついてきた。そして、伊藤博文や山縣有朋といった幕末の志士たちが立身出世し、近代国家の骨組みをつくり始めた。

この当時、世界は帝国主義の全盛期である。日本は猛獣の群れのなかにいる羊のような存在であり、「なんとか欧米の植民地にならずに済んでいた」という状況に置かれ、先進国の軍事力に恐怖し、極度の緊張を強いられる国際環境のなかにあった。

そういったなか、明治二四年、ロシアの東洋艦隊（七隻）が来航した。ロシア艦隊を率いていたのはロシア帝国皇太子・ニコライ（後のニコライ二世）である。

シベリア鉄道の極東地区起工式典に出席するためウラジオストクにむかう途中、ついでに日本を訪問したという名目である。が、実際の目的は日本にロシアの軍事力を見せつけるためであった。

帝政ロシアの領土は広大であり、黒海、バルト海、極東などの海域を支配する必要があった。そのためロシアは海軍に国力の多くを注ぎ、世界有数の海軍国家として世界に威を示していた。

日本は大国ロシアとの友好関係を築くために、言いかえればロシアの植民地にならないために、国家をあげてニコライ一行を歓待した。

そのニコライが、滋賀県の大津において凶徒（警察官の津田三蔵）に襲われて負傷するという事件（大津事件）がおこった。戦慄すべき事件であった。

日本は、

（ロシアはこの事件を契機として日本を侵略するのではないか）

と恐れてパニックとなり、明治天皇が自ら謝罪にはしるという事態になったが、幸いにもこの一件はことなきを得た。


同年、清国の北洋艦隊（六隻）が親善訪問のため東京湾にはいった。清が弱体化して半植民地化するのは日清戦争以後である。この時期の清は世界有数の大国としてアジアに君臨していた。

清国の代表艦はドイツ製の甲鉄艦「定遠」「鎮遠」である。

排水量　七三三五トン

速力　一四・五ノット

装備

三〇・五センチ砲四門

一五センチ砲二門

という、世界第一級の戦艦を揃えていた。

日本という島国は、一筋の海峡をはさんで清というアジアの大国があり、その向こうにはロシアという脅威がひかえていた。

この時期、「恐露（こうろ）」「恐清（きょうしん）」というふたつの畏怖が日本を覆い、日本中がふるえあがっていたのである。

飛行機もミサイルも核もないこの時代、最強の近代兵器が戦艦であった。「国の強弱は戦艦の保有数によって明示される」という非常にわかりやすい時代でもあった。

明治二四年当時、日本の海軍力はゼロに等しかった。日本がもつ軍艦は、一〇数年前に購入した「扶桑」という小さな軍艦が一隻あるだけで、そのほかには木造船しかないというありさまだった。

日本の国家予算は五千数百万しかない。ロシアや清国に対抗する海軍力をつくるには五〇〇〇万をはるかに超える予算が必要となる。国家予算の全額をつぎこんでも足りないのである。

「とうていロシアや清国に対抗するのは無理だ」

と誰もが思った。

しかしである。なんと、その三年後の明治二七年の日清戦争のとき、日本海軍は、軍艦五五隻（六万一三〇〇トン）という世界屈指の兵力をもって清と戦ったのである。連合艦隊の誕生である。

黄海の海戦のときの投入兵力も、

清国　三万五〇〇〇トン

日本　四万トン

と清国を圧倒し、文字通りの圧勝劇を演じた。

嘘のような話である。世界も驚倒した。国民もこの快勝劇に狂喜乱舞した。ちなみにこのときの軍艦はすべて外国から購入したものである。

さらに奇跡はつづく。それから一〇年後、明治三七年、日露戦争がはじまる直前、日本海軍は、

軍艦　五七隻

駆逐艦　一七隻

水雷艇　七六隻
合計　一五二隻
合計トン数二六万五〇〇〇トン
という大艦隊を編成する。日清戦争当時と比較しても四倍である。この大艦隊に要した費用は、三億三〇〇〇万といわれる。
そして日本は、大国ロシアとの戦争に勝ち、世界の強国の仲間入りをし、近代国家として繁栄しつつ大正時代にはいる。
これだけ短期間のあいだに脅威的な経済成長をとげ、強大な軍事国家となれた「魔法のたね」は、「生糸」であった。

明治のはじめ、国内を見渡しても、自給生産ができて外国に売れるものといえば生糸しかなかった。

そこで明治政府が、明治五年に大規模な機械をフランスから導入し、フランス人の技師を招き、近代的な製糸場を群馬県の富岡に建設して稼動させた。これが富岡製糸場である。この製糸場で働いたのは士族の娘が多かった。しかし、期待された成果は出なかった。

富岡製糸場が操業を開始する二、三年前、イタリア式の機械を導入し、群馬県（前橋製糸）、東京（築地製糸）、長野県（深山田製糸）など、一〇をこえる工場が操業を開始していた。

しかし、これらの製糸場も結局は採算がとれず、つぎつぎと衰退し、姿を消していった。理由はいろいろだが、投資金額や機械の維持費あるいは人件費が膨大であったことが主たる理由であるようだ。

繭から生糸を作って販売する産業を製糸産業という。製糸産業に成功しなければ日本の近代化は不可能となる。近代化に失敗すれば他国の植民地にならざるを得ない。富岡製糸場をはじめとする製糸産業の不調は日本の危機を意味していた。

そして、この窮地をすくったのが長野県の民間製糸業者たちである。

長野県長野市埴科郡西条村（現、長野市松代町西条）の六工社は、富岡製糸場ができたと聞くとすぐに社員を派遣し、明治八年八月に、フランス式五十人操糸場（そうしじょう）の操業を開始した。村の大工や鉄砲鍛冶といった職人をあつめ、銅、鉄、真鍮の部分は木材でまかない、ガラスは針金で代用し、煉瓦は土間のままという日本初の民間蒸気製糸場をつくりあげたのである。建築資金は、富岡製糸場の約二〇万円にたいし、六工社は約二八〇〇円であったという。

さらに奇跡がおこる。

長野県下の九つの小工場が合体して中山社をつくり、富岡製糸場や六工社に足をはこんで研究をかさね、ついに明治八年、イタリア式でもフランス式でもない日本式の機械製糸機をつくったのである。

蒸気汽罐は松本の鍛冶屋がつくり（ホオズキ釜）、煮鍋は銅なべではなく半円の陶製した。これによって銅の科学変化がなくなり、糸の質が向上した。機械類は大工がつくった。いずれも簡易なものである。この機械類はどこでも、だれでもつくることができた。

「諏訪式製糸型」といわれたこのシステムは、たちまち全国にひろがった。とくに、発祥地である長野県ではすさまじい製糸ブームがまきおこった。一躍、製糸産業のメッカとなった平野村（現、岡谷市）では、明治から昭和のはじめまで発展をつづけ、その生産量は、全国の機械製糸の四分の一を占めた。

百人繰り（釜を一〇〇個すえて一〇〇人の女工が糸をたぐる作業を行なう）の場合、一釜あたりの設置費は、

富岡製糸場　二〇〇〇円
六工社　　　五七円
中山社　　　一三円五〇銭

という安さであった。

この製糸ブームにより、群馬、福島、埼玉、山梨に工場が広まり、それぞれの地域で生糸の生産が行なわれるようになった。一躍、製糸が日本の国家産業となり、明治のはじめの輸出品の約六〇パーセントを生糸が占めた。そして、大正、昭和にいたるまで日本の輸出品の三分の一が生糸であった。

生糸は原料採集から出荷まですべてを国産できた。江戸時代からつづく製糸の技術も日本にはある。外国から技師を雇う必要もない。一〇〇円の商品を外国が買ったとして何パーセントの利益がでるかというのを「外貨効率」というが、生糸の場合、外貨効率は一〇〇パー

セントであった。日本としてはこれほどうまい商売はない。

生糸はアメリカへの輸出が増大した。この生産高のあがり具合は爆発的で、明治八年を一としたとき昭和三年には六〇〇倍になったといわれている。こうして日本は、生糸の輸出による利益によって近代国家をつくることができたのである。

以上の経緯を考えれば、近年、日本の製糸産業に付与された「世界遺産」という称号も、富岡製糸場だけに与えられるものではなく、長野県をはじめとする各地の製糸場にも（その痕跡や跡地を含めてすべてに）冠すべきものだと私は思う。

女工と戦艦大和

繭から糸を紡ぐ場合、機械化できるのは糸をまきとる部分だけである。繭から糸をほぐしながら回転する糸車に細い糸を巻き取らせるのは手作業である。この繊細な作業には女性の細い指がむいている。

製糸ブームが起こると、女工（あるいは工女）といわれた女性労働者たちが農村から雇われ、製糸場に行って働いた。こうした女工の苦労話では『ああ野麦峠』（山本茂実著）が有名である。このあとがきも同著を参考にしている。

野麦峠は、岐阜と長野の県境にある標高約一六〇〇メートルの峠である。道はけわしく、ろくに整備されておらず、踏破するのは困難を極めた。

明治の中頃、毎年二月から三月の厳寒期、この細い山道を、桃割髪（ももわれがみ）に赤い腰巻き、すねあてにワラジばきの女性たちが列をなして越えたという。その多くが一〇代だった。飛騨（岐阜県）の娘たちは一四〇キロの道を歩き、諏訪（長野県）の製糸場で働き、年の暮れになると貯めたお金を胸に抱いて再び山道をこえて故郷に帰るのである。これは一例である。

明治二九年の時点において、全国の製糸業の労働者は約六三万人であった。そのうち約六〇万人が女性であった。

輸出による利益は生糸が群を抜いて一番であり、もし製糸産業が停滞すれば日本経済はまたたくまに破綻するという状況であった。しかし、日本経済の立役者である女工たちの労働条件はあまりにも厳しいものであった。

繭の糸をほぐすために釜の湯に一日中、手をいれて作業をする。湿度一〇〇パーセントという蒸気立ちこめる工場において、一日一五時間以上の労働であった。結核、眼病、胃腸炎、そして水虫と、女工たちはいろんな病気に苦しんだ。

製糸場では個人の成績によって給金の多寡がきまる。よければ一〇〇円工女（当時は一〇〇円あれば家が一軒建つと言われていた。現在の貨幣価値では一〇〇〇万円程度であろう）となって故郷に凱旋し、成績が悪ければ給金なしとなる。病気となって仕事ができなくなれば故郷に送りかえされた。労働基準法などない時代である。なんの保障もなかった。食事は粗食であり、狭い部屋に詰め込まれて雑魚寝であった。

製糸場で働いた女工さんたちの労働状況（特に明治時代）を「女工哀史」と言うべきか、

あるいは「女性労働史」と見るべきかについては議論が分かれるところであるが、少なくとも、明治期の製糸場における女工たちの労働は生易しいものではなかったのは事実である。明治という国家が、年若い女工たちが細い手でつむいだ生糸によって支えられたという事実は忘れてはならない。

明治四二年、日本の生糸の生産量は八〇〇〇トンを超えた。生糸生産の先進国はイタリアと中国であったが、日本はこの両国をはるかにこえて世界一となった。資料によると、当時の世界の生産量が二万四〇〇〇トンであったから世界総生産の三分の一を日本が占めたことになる。輸出金額も一億三〇〇〇万を超え、日本の輸出総額の三分の一を生糸が占めた。

明治四二年のこの年、蚕糸業界の有力者や政府要人らが帝国ホテルに集い、生糸輸出世界一を祝う祝賀会が開催された。横須賀軍港では国産第一号となる戦艦「薩摩」が完成した。以後、日本海軍は巨艦づくりに狂奔する。そして、その軍艦狂いともいえる大艦建造の最高到達点が、戦艦大和と武蔵であった。

こうした軍艦建造の予算もまた生糸を主体とする貿易収入によってまかなわれたことをかんがえると、大和と武蔵という日本人がつくった人類史上最大の戦艦もまた、糸を紡ぐ女工の手のなかから生まれたといえる。

歴史には明記されていないが、製糸場で働く一〇代から二〇代の女工のうち、少なくない数が過酷な労働に耐え切れず、病気で体を壊したり、亡くなったりしたであろう。

そうした女工たちの苦労によってできた戦艦武蔵は、捷一号作戦で沈められ、連合艦隊がほぼ壊滅したあと一艦だけのこった戦艦大和は、昭和二〇年四月、三〇〇〇人におよぶ一〇代から二〇代の若者たちをのせて沖縄特攻に向かい撃沈され、その多くの命が海に消えた。胸がしめつけられるような日本史ではないか。

日本人の労苦について

製糸場の労働環境は、粗悪な食事、長時間労働、低賃金と苦しいものだったが、そこで働く女工たちの九〇パーセント以上が「家の仕事よりも楽だった」と言っていたという。買い物もできるし、遊びにも行ける。なによりも白いごはんをお腹いっぱい食べられるのがうれしかったというのがその理由である。

女工たちが言う「家の仕事」とは実家が行なう農業のことである。女工たちの答えを逆に言えば、農業の手伝いをしていたときは、買い物にも行けず、遊ぶこともできず、白いごはんを満足に食べることもできなかったということである。一例をあげる。

雪深い奥飛騨の農業は、農業といえるようななまやさしいものではなかった。山の木をきり、石をどかし、火をつける。草木が燃えたあとの灰が肥やしとなって畑ができる。いわゆる焼き畑である。そこでヒエやアワをつくる。それも一年を食べるぶんもできない。

冬になると、けわしい山に木材を背負ってのぼり、雪中で炭を焼き、雪を溶かして地面を掘り、ワラビ根をとる。それを木槌で叩いて細かくし、砕片にしたものを水でなんども濾して澱粉水（澱粉を含んだ水）をつくり、数日置いて澱粉を沈殿させ、うわずみをすて、粘液状となった澱粉を乾燥させる。

そうしてできたのがワラビ粉である。飛騨地方ではハナと呼んだ。粉にするのに一〇数日かかる。すべて手作業で、しかも一〇キロのわらび根から七〇グラムしかとれない。わらび粉は、障子貼りなどのノリとして重宝された。農家にとって暮らしを支える貴重な現金収入である。戦前の飛騨では、このわらび粉つくりが農作業がおわったあとの重要な夜なべ仕事となっていた。これでは娘さんたちが遊びに行く暇などないであろう。

明治から大正そして昭和初期にかけての農村の生活は、程度の差こそあれ苦しかった。そうしたかつかつの生活を助けるために農家の娘たちは家を離れて女工となったのである。

日本の製糸産業が成功したのは、女工たちが安い労働力で厳しい労働に耐えたからにほかならない。女工たちが厳しい労働に耐えたのは、貧しい農村の暮らしを経験していたからである。糸を紡ぐ以外に自分と自分の家族が生きていく方途がないという家庭環境が女工たちを奮起させ、懸命に糸を紡がせた。その結果、日本の製糸産業が発展し、日本の近代化が成功したのである。

戦記というとどうしても零戦や戦艦の性能、あるいは軍人たちの能力や活躍、さらには戦局の変遷や政治家たちのうごきに目が行くが、明治以降、太平洋戦争が終わるまで、日本近代史の根底にあったのは、「当時の日本は貧しかった」ということである。このことを常に念頭に置いておかなければ、戦史の本質を見失うことになると私は考えている。

隆盛を極めた日本の製糸産業も昭和に入ると衰退する。

関東大震災による経済界の混乱（大正一二年）、長野県下で起きた霜の害（昭和二年）、アメリカ株価の大暴落（昭和四年）、化学繊維の発達等により生糸の輸出が激減したのである。これにより、これまで養蚕によって現金収入を得ていた農家の暮らしが苦しくなった。

こういった経済情勢から日本は満州を欲しがりはじめ、日本人全員が「満州こそが日本経済復活の切り札である」と考えるようになり、やがてそれが固定概念化し、こうした国民の気運を利用した日本陸軍が満州事変（昭和六年）を起こし、政府が陸軍の行為を追認し、経済界もそれに乗じて商社を満州に送りこみ、結局、日本は事実上、満州（中国東北部）を支配した。

さらにその後、昭和一一年になると、政府が開拓移民として満州に日本人を送りこみはじめる。満蒙開拓民である。製糸産業が破たんして苦しんでいた多くの農民がこの政策にすがって満州に渡った。その数は二〇万とも三〇万ともいわれている。

満蒙開拓民として満州に渡った者は国境付近の開拓に従事した。そして、太平洋戦争の敗戦時、ソ連が参戦するなどの戦況に巻き込まれ、半数以上の人が帰ってこなかった。

戦前は日本人の七〇パーセントが農家だったから、当時の農民が味わったこうした苦労は、日本人全体の苦労であったといっていい。

すでに紙数が制限を超えている。以上、蛇足ながら、こういう話もあるということをあとがきとして書き添えておく。

最後に、本書の出版にあたり、御協力いただいた各位に対し、厚く御礼申し上げる。

平成二十八年三月三一日

久山　忍

文庫版のあとがき

「予科練」は海軍航空機のパイロットを養成する教育制度である。正式には「海軍飛行予科練習生」という。陸軍にも「陸軍少年飛行兵」という同様の制度があった。「少飛」と略称される。どちらも全国から優秀な少年（あるいは青年）を集め、訓練が終了すると空の戦線に送り出した。

太平洋戦争中の軍機搭乗者の戦死率は、八割以上といわれる。戦時中「戦闘で真っ先に死ぬのは飛行機乗りだ」と言われていたが、戦死率の高さがそのこと裏付けている。

いうまでもなく、戦争が始まれば空海地を問わず戦場に立つのは常に若者たちである。戦争を計画実行した「大人たち」は後方に居てその多くが死を免れる。

若者の命を戦争の道具として使用することの愚かさと恐ろしさに想いを馳せ、一刻も早く地球上に平和が訪れることを祈念し、文庫版のあとがきとしたい。

令和四年三月

久山　忍

単行本　平成二十八年五月「予科練の戦争」改題　潮書房光人社刊